CASTERBERG
HILL

JUDIT FERNÁNDEZ

CASTERBERG HILL

Libros de
seda

A mi madre,
que nunca ha dejado de creer en mí.

Prólogo

Londres.
Primavera, 1866

Los carmesíes y violetas de la tarde estaban en su máximo esplendor cuando la joven de ojos azules descorrió la cortina de terciopelo del carruaje. La callejuela estaba desierta, apenas se vislumbraban un par de caballos atados bajo una tejavana y ningún transeúnte a la vista. Satisfecha, dejó caer la tela y se volvió hacia la sirvienta que aguardaba a su lado con el ceño fruncido y los labios prietos. Clarice sonrió, gesto que la otra muchacha devolvió, poco convencida, antes de romper el silencio con un suspiro.

—Ya sé que no es asunto mío, pero debo hacerlo, señorita Richemond, o no me quedaré tranquila: lo que hacemos no está bien —protestó Jane mientras cruzaba los brazos bajo la mantilla de punto que la cubría.

—Ay, Jane, sé que no es lo ideal, pero ya sabes lo que opina Russell al respecto. Debemos casarnos antes de contárselo a mi hermano, o Tim lo descartará por su falta de linaje —contestó Clarice y amplió la sonrisa—. ¡Vamos, no seas así, no es tan malo! Piensa en los preparativos que nos ahorramos: invitaciones, trajes, recepción...

—Aunque así sea, ¿por qué tiene la costumbre de citarla en un sitio tan deprimente y alejado como este? Ni siquiera sé en qué calle estamos. ¿No sería más lógico verse en Hyde Park o en un café del centro? Este lugar me da escalofríos, ¡y mire qué hora es, casi las siete y media! Ningún caballero decente consideraría siquiera que...

—Shhh, calla, Jane, he oído algo —interrumpió Clarice haciendo caso omiso de sus quejas.

Ambas jóvenes se asomaron a la ventana, para comprobar que una calesa negra tirada por un único caballo se aproximaba por entre las callejuelas. Clarice sonrió al ver que se detenía y de ella descendía un hombre, aquel al que había estado esperando, el hombre al que amaba. Sin esperar a que su dama de compañía dijese algo más, la joven abrió la portezuela y corrió a reunirse con el recién llegado, que la estrechó entre sus brazos antes de besarla. Un beso se convirtió en dos, y dos en tres, y no fue hasta que la joven se apartó con una leve risa embobada cuando él centró la mirada en el carruaje.

—¿Estás sola? —inquirió.

—Sí, sí, he hecho como siempre me dices, contratar a un cochero del centro que no guarda ninguna relación con mi familia. No te preocupes, mi amor, no van a descubrirnos —asintió Clarice antes de besarlo en la mejilla—. ¿Está ya todo listo para mañana? ¿Has logrado organizarlo sin levantar sospechas?

—Por supuesto, tú encárgate de estar allí a la hora convenida y seremos marido y mujer —confirmó él—. ¡Ah, mi Clarice! No veo la hora de poder llamarte esposa, de poder tenerte en mis brazos.

—Russell, calla, calla, nos van a oír —se rio Clarice.

—¡Qué me oigan todos! Te amo con cada fibra de mi ser, *lady* Clarice Richemond, y no me avergüenza admitirlo. Llevo esperando toda una vida para conocerte, y dentro de unas horas podremos dejar de escondernos.

—No veo el momento... ¡Te adoro, Russ!

El hombre no respondió. En su lugar, tomó las mejillas de la joven y se acercó a su rostro para volver a besarla. La caricia se tornó apasionada y Clarice sintió que se derretía bajo sus manos como mantequilla caliente. Russell era todo lo que siempre había soñado: joven, amable, caballeroso, dulce y atento. Parecía un príncipe de cuento de hadas de carne y hueso, con su cabello cobrizo, sus ojos grises y su enorme atractivo. A Clarice no le importaba lo más mínimo que no procediera de familia noble, haría lo que fuera necesario para estar con él. Incluso si eso suponía desafiar a su hermano.

Sus pensamientos fueron interrumpidos por una caricia y todo su raciocinio voló con el viento, llevado por los susurros de amor de Russell. Estaba a punto de rodearle la espalda para abrazarlo cuando un carraspeo a su espalda logró que se alejaran. Jane había descendido del carruaje con un pequeño paquete entre las manos y al verla Clarice sonrió. Russell, sin embargo, no compartió su alegría.

—Creí haber sido claro al decir que no quería testigos, Clarice —gruñó con frialdad.

—No te preocupes, Jane es de mi total confianza —lo tranquilizó ella.

—Que no se vuelva a repetir, nada nos garantiza que en cuanto llegue a Richemond Manor no vaya a irle con el cuento a tu hermano.

—Tranquilo, no lo hará, confío en ella con mi vida. En realidad, la he traído para darte un presente sin levantar las sospechas de Timothy —explicó Clarice, y abrió la caja que la sirvienta aún sostenía para tenderle el regalo—. Esto es para ti. Es el blasón de mi casa, lo he mandado hacer para que puedas llevarlo en nuestra boda.

El pelirrojo extendió la mano y tomó el broche. Era un escudo con pasador, de oro macizo, tallado con delicados grabados que mostraban las cuatro partes del emblema ancestral del condado de Armfield: dos robles y dos linces en un broquel rodeado de laureles. Lo observó en silencio antes de levantar la vista hacia Clarice, que se mordía los labios y lo miraba preocupada.

—¿Acaso no te gusta? —dudó.

—Por supuesto que sí, ángel mío, es precioso.

La joven sonrió y se lanzó a sus brazos. Sin embargo, Russell la alejó antes de que llegase a tocarlo. Una expresión indescifrable brillaba en sus claros ojos grises, y por un momento Clarice dudó. Estaba a punto de preguntar al respecto cuando él habló.

—Deberías irte, mañana es el gran día y no deseo que nadie sospeche hasta que seamos uno de forma oficial —dijo—. Voy a soñar contigo esta noche, no tengas la menor duda.

—Yo también soñaré contigo —sonrió Clarice.

—Entonces vete ya, amor mío —se despidió Russell.

La joven asintió ruborizada, antes de darse la vuelta para volver al carruaje seguida de Jane, que cerró la puerta con suavidad. En cuanto ambas mujeres hubieron entrado, el cochero tiró de las riendas y espoleó a los caballos. Estaban lejos del centro y Clarice se moría por llegar a casa. Después de todo, una novia que se preciara necesitaba un sueño reparador. Una sonrisa se dibujó en sus labios, no podía esperar al alba.

Para desgracia de Clarice, el gran día se levantó encapotado. Nubes grises y púrpuras cubrían el cielo e impedían que brillase el sol. «Bueno, no voy a desanimarme por eso», pensó la joven mientras se ajustaba la pequeña tiara de diamantes en la cabeza. Llevaba el cabello recogido en un intrincado moño del que colgaban tirabuzones y unos pendientes de perla en forma de lágrima le adornaban el rostro. Estaba radiante, por dentro y por fuera. El cuarto trasero de la iglesia de St. Helen parecía un caos. A pesar de que estaba vacío, había prendas desperdigadas por todas partes. Tal como le había sugerido Russell, en la iglesia no había nadie aparte del sacerdote y la novia. Ni siquiera Jane, su dama de compañía, había sido invitada. En tales circunstancias, Clarice se vio forzada a vestirse sola en la antesala clerical.

Hacia media tarde el cielo era ya el escenario de una incesante maraña de agua y truenos. Pero el ánimo de Clarice permaneció alegre. Cuando las campanadas de media tarde comenzaron a sonar al ritmo de su corazón, la joven tomó el flamante ramo de novia formado por rosas blancas, lirios, y gardenias, y soltó el aire que guardaba en el pecho para aplacar los nervios. «Valor, Clarice, estás a punto de convertirte en la mujer más feliz de la tierra», pensó mientras giraba el pomo para abrir la puerta. Dado que no había coro, ni monaguillos, ni invitados, ni decoraciones florales, la iglesia estaba sobria y tranquila. Las velas de candelabros y lámparas permanecían encendidas y el aroma a incienso inundaba el aire. La joven clavó los ojos en el altar esperando hallar allí a Russell, pero para su sorpresa solo encontró al párroco.

Desconcertada, avanzó por el pasillo alfombrado hacia el retablo y, al verla, el clérigo dejó su labor de abrillantar cálices para mirarla. Clarice tragó saliva, inquieta.

—Reverencia, ¿no es cierto que son las seis en punto? —preguntó nerviosa.

—Pasan las seis y media, y de la boda que debía oficiar parece que solo ha aparecido uno de los implicados —contestó con voz solemne—. Cuando eso ocurre... Tal vez sea mejor que regrese usted a su hogar, puedo mandar a buscar a algún familiar si lo desea.

—No, no, esperaré. A Russell ha debido pasarle algo, lo sé.

—Querida niña, que Dios me perdone por lo que voy a decir, pero tal vez esto sea una bendición —dijo el sacerdote, y posó el cáliz para centrarse en Clarice—. Una boda oculta es a todas luces un error, un acto indigno que marcaría su reputación sin remedio. Que el novio no haya venido es una muestra de su poco...

—¡Vendrá! —exclamó Clarice—. Sé que vendrá, no me va a fallar.

—En tal caso, aguardaré con usted y tendré unas serias palabras con él.

Clarice no respondió. El pánico le recorría las venas. Estranguló el ramo sin darse cuenta de que lo hacía y cuando una de las espinas se le clavó en un dedo, siseó, volviendo a la realidad de golpe. Cuando las campanadas de la iglesia marcaron las siete, el miedo ya no pudo ocultar su tristeza: quería morir allí mismo, en medio del altar, y que la enterraran en ese bochornoso día. A las ocho, las lágrimas se desbordaron de sus ojos como un torrente y, al verlo, el sacerdote se acercó, dispuesto a acompañarla a la salita para que se cambiara el vestido de novia por otro.

Entonces se abrieron las puertas de la iglesia. El jaleo se oía desde lejos, y tanto la novia como el párroco se volvieron para ver cuál era el motivo del estruendo. Tres hombres y seis mujeres hablaban a voz en grito, entre risas, a medida que se acercaban a paso lento por el pasillo alfombrado. Russell era uno de ellos y, al verlo con dos fulanas pendidas una de cada brazo, Clarice sintió que le temblaba hasta el alma. ¿Qué estaba pasando? Sabiéndose dueño de sus pensamientos, el pelirrojo se acercó.

—Mi dulce y tontita Clarice, veo que aquí estás, esperándome como una idiota leal —comentó Russell, a todas luces borracho—. No me mires así, ángel mío, no creerías que iba a casarme contigo de verdad, ¿no?

—Russell, ¿q-qué estás diciendo? —murmuró ella con la garganta seca.

15

—¡Claro que lo cree, Russ, mira cómo va vestida! —dijo uno de sus acompañantes.

—¡Mejor haría en quitárselo, el blanco es para mojigatas, le va a traer mala suerte! —se burló una de las mujeres antes de alzar una botella de ron y dar un trago.

Ese fue el momento en que el sacerdote reaccionó y decidió intervenir.

—¡Por Jesucristo! —exclamó—. ¡Fuera de aquí ahora mismo, todos!

—¿Quién nos va a sacar, oh, ilustrísima? ¿Tú? —dijo el tercer varón.

—Calla, Charlie, es un cura... No querrás ofender a Dios, ¿no? —se burló Russell.

El grupo rompió a reír y Clarice avanzó para darle una bofetada a su antiguo prometido. Sin embargo, antes de que su pequeña mano enguantada llegase siquiera a rozarle la barba, el pelirrojo le sujetó la muñeca y se la dobló, para ponerla de rodillas.

—Estúpida, deja de humillarte y vuelve a tu casa, no tengo intención de casarme contigo, ni ahora ni nunca —dijo, y le arrojó el broche de oro con el blasón.

—Creí que me amabas... —sollozó Clarice.

—¿Oís, amigos míos? ¡Creyó que la amaba! —se burló Russell—. Por supuesto, eso es lo que yo quería que pensaras. ¿Amarte? Jamás te amaría, niña malcriada, aborrezco a los de tu clase. Antes prefiero la muerte que unirme a alguien tan despreciable como tú.

Clarice enmudeció y el párroco aprovechó el repentino silencio de la joven para sacar a empujones a los borrachos de la iglesia. Ninguno se resistió, en vez de ello se pasaron varios fajos de billetes como si hubieran estado apostando sobre la respuesta de ella. Una vez a solas, el dolor la golpeó tan frío y cortante como el acero. Ni siquiera oyó las palabras del sacerdote, que le rogaba que esperase a que escampara antes de salir. Cruzó las puertas de la iglesia y se dejó caer sobre los baldosines embarrados.

Que la oscuridad se la tragara, ya nada le importaba.

La lluvia golpeaba los cristales con un incesante repiqueteo. Cuando un relámpago brilló en la lejanía, la luz de las velas de la lámpara titiló, antes de que el trueno resonase en la estancia. Aquella era una tarde inusual para estar a principios de abril, pero el conde de Armfield no iba a quejarse. Odiaba Londres con cada fibra de su ser, y la comodidad de su casa era el refugio ideal ante las inclemencias del tiempo, las «amistades» molestas, y peor, las mujeres que lo perseguían como moscas. Era el precio que debía pagar por ser soltero, noble y rico en un lugar como ese. Sin embargo, no se iba a quejar; todo lo hacía por su hermana. Que Clarice tuviese una temporada social adecuada era lo mínimo que le debía, así que allí estaban, atrapados en Londres.

Cuando resonó un nuevo trueno, se acercó a la mesa de licores para servirse una copa de ron. Estaba a punto de tragarse el dorado contenido cuando la campanilla de la puerta sonó y los pasos de Jane, la dama de compañía de su hermana, resonaron por el pasillo. La campanilla volvió a sonar de forma más insistente y la urgencia sorprendió al hombre, que pasó la mirada por encima del hombro para ver quién era. Tenía curiosidad, y no pudo evitar la sorpresa cuando la conocida figura de la condesa de Conhall se hizo visible bajo el tejadillo de la puerta. Aún más sorprendente era su aspecto. La elegante dama traía las mejillas rojas, la respiración agitada y la ropa empapada.

No supo por qué, pero, como si intuyese que algo terrible había ocurrido, Timothy dejó la copa en la mesita y se encaminó a la puerta. Al verlo llegar, la dama no hizo caso a la sirvienta y se aferró a los brazos del perplejo conde.

—*Lady* Mary, ¿se encuentra usted bien? —inquirió él.

—Lord Timothy, es Clarice... Tiene que venir conmigo, rápido —urgió ella.

Las palabras lo alarmaron y sujetó a la condesa por los hombros con mano firme. Se estaba empezando a asustar. Su respiración se agitó y tragó saliva.

—¿Qué le ocurre a mi hermana? —dudó Timothy.

—Está muy mal y se niega a escucharme, tiene que traerla a casa.

Un miedo feroz empezó a instalarse en el pecho de Timothy, que soltó a *lady* Mary y salió por la puerta sin molestarse en ponerse un abrigo o una capa que lo protegiera de la lluvia. Las cortinas de agua lo empaparon al instante, pero no le importó. Dirigió sus pasos hacia el carruaje de la dama y subió de un salto seguido de cerca por ella, que corría tras él con pasos acelerados como un ratón. Una vez resguardados de la lluvia, *lady* Mary dio orden de ponerse en marcha y clavó aquellos ojos marrones y claros que tenía en los azules del hombre, que parecía tremendamente angustiado.

—Cuénteme qué le ha sucedido a Clarice, *milady,* se lo ruego —pidió Timothy—. ¿Está herida? Dígame que no, por Dios...

—No estaba herida cuando la dejé para venir a buscarlo, el párroco me vio por casualidad, ¡y menos mal! —contestó ella mordiéndose los labios.

—¿El párroco? ¿Qué párroco? Pero ¿de qué me está hablando, *milady*?

—No insista, por favor, no diré más. Creo que será mejor que lo vea usted mismo, ya no estamos lejos. —La mujer bajó la mirada mientras negaba con la cabeza.

Timothy optó por no insistir, tal era la firmeza de la negativa de la dama, y *lady* Mary no quiso decir nada más, así que aguardaron en silencio. Cuando el traqueteo se detuvo, el conde tiró de la cortina para ver dónde estaban. Su sorpresa fue grande al comprobar que se hallaban en el centro de Londres, junto a la iglesia de St. Helen. Timothy recorrió el lugar con la mirada en busca de su hermana, hasta que dio con ella; estaba inclinada bajo una de las dos grandes arcadas del templo, arrodillada entre los adoquines embarrados con el párroco a su lado tratando de protegerla en vano de la tormenta.

La imagen era tan desgarradora y miserable que le partió el corazón.

La joven estaba vestida de novia y tenía el vestido blanco nacarado, empapado y lleno de lodo, parecía un trapo viejo. Tenía los rizos, dorados, pegados al rostro y temblaba, no supo si de frío o por el llanto que la sacudía. Sin importarle la bochornosa escena, Timothy corrió y se arrodilló a su lado, para comprobar lo helada y pálida que estaba. ¡Sabe Dios cuánto tiempo llevaba ahí tirada llorando bajo la lluvia! Al ver que alguien la sostenía, Clarice lo miró. Timothy la abrazó y ella se lanzó a llorar sobre su chaleco empapado.

—¿Qué ha pasado, hermanita? —preguntó con voz suave, para no asustarla.

—Oh, Tim, es... es terrible, ¡mi vida se ha acabado! —sollozó Clarice.

—No vuelvas a decir eso, ¿me oyes? —espetó Timothy, y le alzó el rostro para que lo mirara—. Dime ahora mismo qué ha pasado, ¿qué te han hecho?

—Es Russell, me ha abandonado. ¡Nunca me ha amado, Tim!

Este se alejó y la miró perplejo, pero al ver que no continuaba, insistió.

—¿Russell? ¿De quién estás hablando, Clarice? —dudó.

—¡De Russell Carbury, el hombre que dijo que me amaba! —contestó ella.

Nada más decirlo rompió a llorar y Timothy supo que ya había oído bastante. Alzó a su hermana para ayudarla a caminar hacia el carruaje. No podía permitir que siguiese tirada bajo la tormenta o terminaría con una pulmonía. Sin embargo, mientras andaban no dejaba de pensar en lo que había dicho. ¿Russell Carbury? Los Richemond no conocían a nadie con ese apellido, ninguno de los nobles de su círculo de amistades era... ¡Oh! Carbury, de las siderúrgicas de acero. Uno de esos nuevos ricos, magnates sin título, con más dinero que escrúpulos. Debía de referirse a alguien de esa familia, no había otra posibilidad, pues no había más Carburys en Londres.

¿De qué conocía Clarice a los Carbury? Debía averiguarlo. Cuando llegaron al carruaje, Timothy la ayudó a subir y se sentó frente a ella, que se recostó en el amoroso abrazo de *lady* Mary.

—Clarice, tienes que contármelo. Dime qué te ha hecho ese bastar... ese Russell —rogó Timothy—. ¿Ha comprometido el honor de los Richemond?

«Por Dios, que no lo haya hecho o le cortaré las pelotas con mis propias manos», pensó. Bastante horrible era ver sufrir a su hermana como para que además el nombre de su familia y la reputación de ella quedasen arruinados.

—N-no, dijo que me amaba, que se casaría conmigo y me haría su esposa ante Dios —musitó Clarice, todavía agitada por el llanto—. Dijo que, como no tiene título, debíamos casarnos en secreto para que mi familia no impidiese la unión. Todo era perfecto, pero cuando ha llegado el día de la boda...

—Tranquila, querida —la consoló *lady* Mary al ver que un nuevo sollozo amenazaba con apoderarse de la joven.

—No te apures, hermanita, dilo sin más. Nadie va a juzgarte por esto —le pidió Timothy.

Clarice asintió, nerviosa, y apartó la mirada al sentir que se sonrojaba.

—Hoy era el día, pero se ha presentado con un par de amigos y un montón de mujerzuelas —contestó sin mirarlos—. Se han reído de mí y se han lanzado billetes, como si todo el asunto no fuese más que un juego. Al parecer solo he sido para él un reto, nunca me ha amado. Oh, Dios, ¡Timothy! ¡Que la tierra me trague! Quiero desaparecer...

—¡Te prohíbo hablar así, Clarice Richemond, ningún hombre vale tus lágrimas! —exclamó él, pero se silenció al ver la mirada de *lady* Mary. Después habló con un tono de voz más suave—. Sé que estás dolida, pequeña, pero encontrarás consuelo muy pronto, ya lo verás.

Clarice frunció el ceño y abrió los labios para replicar, aunque ningún sonido salió de su boca. Cuando encontró su voz, sonó débil y frágil como un conejillo apaleado.

—¿De qué estás hablando, Timmy? —dudó.

—De nada que deba preocuparte ahora, tú descansa —sonrió Timothy.

La joven se limitó a asentir y cerró los ojos, demasiado agotada emocionalmente como para discutir. Cabalgaron en silencio de regreso a Richemond Manor y, una vez que su hermana estuvo limpia, seca y tendida en la habitación con sus damas de compañía velando por ella, Timothy bajó a agradecerle a *lady* Mary lo que había hecho por ambos. Dado que su padre había muerto hacía varios meses y su madre estaba de viaje en el norte de Escocia, era su responsabilidad ocuparse de la familia, incluido el bienestar de su hermana pequeña. Al llegar a la puerta se detuvo y tomó la mano de la mujer entre las suyas.

—Gracias por lo que ha hecho hoy, *lady* Mary, no lo olvidaré —dijo.

—No hay por qué darlas, era lo mínimo que podía hacer. Aprecio a su familia desde hace muchos años, y ver que aún hay malnacidos que juegan con jovencitas de buena familia me entristece mucho —contestó la condesa e hizo una pausa, como si estuviese eligiendo sus palabras—. Intuyo lo que planea hacer, lord Timothy, pero tenga cuidado. Russell Carbury podrá no ser de nuestro círculo social, pero tiene tanto dinero e influencias como si lo fuera. No cometa el error de subestimarlo.

—Créame, me las he visto en peores circunstancias, *lady* Mary. Un imbécil de Liverpool con ínfulas de noble no me supondrá ningún obstáculo —afirmó Timothy tensando la mandíbula.

—En tal caso, quizá le interese saber que el joven Carbury está emparentado con los Hasford. Tiene mucho dinero, pero él desea ser noble. Ya ve, los rumores corren como la pólvora hoy en día en Londres... Y todo el mundo sabe que es hijo de lord Charles Hasford.

Timothy frunció el ceño, determinado e irritado a partes iguales.

—¿Se refiere al duque de Casterberg? Creí que solo tenía una hija —comentó, antes de añadir—: ¿Me está queriendo decir que el tal Carbury es un bastardo?

—Sí, Russell es un hijo ilegítimo, su hermanastra es la heredera. Al parecer, su madre era de otra clase social, un amorío de lord Charles —explicó *lady* Mary—. Debo irme ya, pero no sin antes desearle suerte. No se preocupe por Clarice, pronto lo superará, solo debe pasar un tiempo entre amigos. Llévela a Cloverfield a disfrutar del sol y la brisa junto a los Wadlington, he oído que el verano en la campiña es entrañable.

—Eso haré, *lady* Mary.

—En tal caso me voy ya. Le deseo mucha suerte en su cruzada contra ese vil personaje —se despidió ella, sonriendo con tristeza mientras se alejaba.

Un pensamiento comenzó a tomar forma en la mente de Timothy al ver a la condesa alejarse escaleras abajo. Russell Carbury era un bastardo, literal y metafóricamente, pero no más que él. Más sabía el diablo por viejo que por diablo, y Timothy había estado con muchas mujeres. Carbury era rico, aunque si lo que buscaba era el poder y el prestigio de un título nobiliario, podía dárselo. ¿Qué mejor carnada había para un trepador que las influencias de un título de conde? Nadie rechazaría ese cebo, se lo pondría en bandeja de plata. Su objetivo ahora era evidente: *lady* Halley Hasford.

«¿Suerte yo?», resopló Timothy mientras se acercaba a la ventana para mirar el carruaje que se alejaba. «Nunca la he necesitado, y ni un desgraciado que solo busca ser noble, ni una cría malcriada romperán esa regla». Sea como fuere, tenía trabajo que hacer. Averiguar todo lo que pudiera sobre él era el primer paso. Si ese parásito creía que podía burlarse de los Richemond, se equivocaba. No mientras él estuviese a cargo. Si algo sabía era que por su familia y sus amigos no le importaba jugar sucio.

Había ido y regresado del infierno por amor en el pasado. Después de aquello, podía superar cualquier cosa. Tras su historia con Elisabeth Whitehall, era inmune al amor y su ponzoña.

Capítulo 1

No soy tuya, no estoy perdida en ti.
No estoy perdida, aunque anhelo perderme
como la llama de una vela al mediodía.
Perderme como un copo de nieve en el mar.

SARA TEASDALE

Londres.
Verano, 1866

Cuando sonaron los golpes en la puerta de roble, la joven se sobresaltó y casi dejó caer el montón de libros que cargaba en los brazos. Un pequeño silbido de alivio escapó de sus labios mientras se acercaba a una mesa desde lo alto de la escalerilla en que estaba encaramada. Su biblioteca tenía una distribución extraña y tener que andar subiendo y bajando escaleras era bastante molesto si lo pensaba con mente práctica. Al oír un nuevo toque, Halley se asomó en busca de alguno de los criados, pero no vio a nadie.

—¡Josephine! —llamó—. ¿Podrías abrir la puerta, por favor?

No obtuvo respuesta, y como si intuyese que no iba a tener paz hasta que atendiera esa llamada, bajó las escaleras y cruzó la biblioteca a paso rápido. No había nadie en el recibidor, cosa que le extrañó, así que se encogió de hombros y abrió la puerta, para encontrar a quien menos esperaba al otro lado. Alzó las cejas y una sonrisa se dibujó en sus labios.

—¡Maggie, qué alegría verte! —exclamó—. ¿Cuándo has vuelto?

—Acabamos de llegar. John está encargándose de que traigan las maletas desde la estación, pero yo he venido directamente. ¿No me vas a invitar a entrar, querida prima? —respondió Margaret, y recorrió a su prima con la mirada antes de romper a reír—. Ah, Dios santo, Halley, veo que has vuelto a quedarte sola en la biblioteca. ¿Quién ha sido esta vez el culpable? ¿Shakespeare, Irving, Verne?

—En realidad, Elisabeth Gaskell —contestó Halley, que se hizo a un lado para dejar pasar a la otra mujer—. En mi defensa, diré que el libro fue un regalo de mi padre.

—No cambiarás nunca, prima —comentó Margaret en tono cariñoso.

—Si algo no está roto, no lo arregles. ¿No es eso lo que dicen? —bromeó Halley.

—*Touché*.

Ambas jóvenes rompieron a reír y la anfitriona cerró la puerta con el pie mientras agarraba a su prima por el codo para cruzar el recibidor y adentrarse en el salón. Se alegraba tanto de verla que cuando su institutriz y ama de llaves apareció por el hueco de las escaleras se volvió con una sonrisa.

Josephine se disculpaba por el retraso cuando de pronto reparó en la recién llegada y una expresión de asombro se plasmó en su rostro.

—¡Señora Rhottergram, menuda sorpresa! —exclamó—. ¿Cuándo ha llegado? ¿La acompaña su esposo? Debió avisar de que venía, hay mucho que hacer...

—Tranquila, Josephine, acabo de llegar hace un minuto —contestó Margaret—. ¡Y deja de llamarme «señora Rhottergram», hace que me sienta mayor! Para los que viven en esta casa seré siempre Maggie, ¿de acuerdo? Mi boda no cambia nada, sigo siendo yo.

—Bien dicho, prima —asintió Halley.

—Si usted lo dice así será, señora Margaret —suspiró Josephine—. Ahora, si no le importa, ¿podría sacarme de dudas? Si el señor Rhottergram y usted se alojarán aquí debemos acondicionar su dormitorio y el del bebé, ¡no esperará dormir en el sofá!

Las dos jóvenes cruzaron miradas para volver a reír, antes de acercarse a la mujer con una mirada cargada de cariño. La querían como a una abuela, pues prácticamente las había educado sola. Margaret era huérfana de madre y Halley de padre. Por añadidura, la madre de Halley, *lady* Alice Wallard, nunca había sido conocida por su espíritu maternal. Josephine era para ellas mucho más que una institutriz o una sirvienta.

—Puedes estar tranquila, Josie, John y Gabriel no han llegado, están en la estación de ferrocarril. Nos vamos a quedar unos meses, hasta Navidad como mínimo. John cree que es mejor que el invierno lo pasemos con su familia en Rhottergram Hall, así el niño estará más crecidito cuando llegue el frío —explicó Margaret y sonrió—. Temo que tendréis que soportarme durante toda la temporada.

—Que estés de vuelta nunca es una carga, Maggie, te he echado mucho de menos —dijo Halley—. Además, tienes que ponerme al día sobre tu vida de casada.

Margaret le dirigió una mirada divertida. Halley lo había dicho en tono de broma, pero no entendía la verdad que había oculta en sus palabras. Sí que iba a ponerla al día sobre su vida de casada, y de paso señalaría las virtudes del matrimonio e intentaría convencerla de que siguiese su ejemplo cuanto antes. Desde que se había casado con John Rhottergram hacía un año y medio no podía ser más feliz, y deseaba esa misma felicidad para su prima. Sin embargo, sabía que sería un reto. Una tarea difícil, pues Halley era de todo menos una mujer convencional.

En vez de gustarle las fiestas, los bailes, las casas de té y los partidos de polo y cricket como a toda respetable señorita, lo que le entusiasmaba eran los libros. Cualquier cosa que oliese a viejo, y con «viejo» podía entenderse de más de un siglo de antigüedad, la atraía. Prácticamente ocupaba todo su tiempo entre la biblioteca y el Museo Británico, para admirar libros de tierras lejanas y antigüedades arqueológicas. Una joven preciosa como una joya, oculta de la vista de los caballeros tras un montón de pergaminos polvorientos. ¡Aquello era inadmisible! Y, si de Margaret dependía, eso iba a cambiar muy pronto. Para inicios de otoño se aseguraría de que Halley estuviese comprometida, así tuviera que hacer de alcahueta ella misma.

Miró a la joven, que, ajena a sus pensamientos, se había entretenido con una galleta de mantequilla y almendras. Margaret sonrió con determinación.

—En realidad, Halley, esperaba que me acompañases mañana a Doleen's Pottery. Deseo comprar unos regalos para mi suegra —comentó en tono casual.

—¿En el salón de té? —se sorprendió Halley.

—Bueno, ya sabes que allí se venden algunas de las mejores porcelanas de Londres. Que además sea un salón de té muy concurrido no es culpa mía.

Halley se tragó el trozo de galleta que tenía en la boca con lentitud deliberada. Odiaba ese lugar, y no porque no le gustasen el té o la compañía de otras muchachas, sino porque lo que allí se hacía era cotillear sobre la vida amorosa de las demás. Que Maggie quisiese ir no auguraba nada bueno. Sin embargo, no quería rechazarla de plano.

—Supongo que sí, te acompañaré —declaró al final.

—¡Perfecto, tenemos un plan entonces!

Margaret dio un par de palmadas, entusiasmada con su propia ocurrencia, pero antes de que Halley pudiese responder la campanilla de la puerta sonó e hizo que se distrajese de aquellos pensamientos. Fue Margaret quien la devolvió a la realidad con su pregunta.

—¿Esperabas visita? —quiso saber.

—No, y no tengo ni idea de quién puede ser —admitió Halley.

No tuvieron que esperar para saberlo, instantes después Josephine regresó con una carta que le entregó a Halley con evidente entusiasmo. La joven tomó el sobre y lo observó, notando que portaba el sello del conde de Armfield. Halley frunció el ceño y, al dar la vuelta a la carta para leer el remitente, se cercioró de que no estaba en un error. Aquel era el blasón de los Richemond: un escudo verde con dos linces rugientes que se oponían a dos robles, rodeado por una rama de laurel.

—¿Quién te escribe? —preguntó Margaret con curiosidad.

—Al parecer, el conde de Armfield —dijo Halley con la vista fija en el sobre.

—¿El conde de Armfield? Vamos a abrirla, a ver qué es lo que dice. ¡Ah, Halley, qué emoción! Nunca pensé que vería el día en que te cortejase un noble por iniciativa suya. ¡Y por carta, ni más ni menos! Es maravilloso, prima.

Halley no respondió, desconcertada. Como decía Margaret, ningún hombre le había escrito antes, y ahora tenía en las manos una carta dirigida a ella con el sello del conde de Armfield. Rompió el sobre con dedos ágiles y sacó la misiva. El papel era elegante, suave y fino, y la caligrafía, exquisita.

A lady *Halley Hasford:*

Tal vez le sorprenda mi carta, ya que a día de hoy aún no nos han presentado, si bien tengo intención de cambiar eso muy pronto. Me complace informarla de que dentro de dos días celebraré mi cumpleaños aquí, en mi casa de Londres. Por esa razón le adjunto una invitación para que acuda. Me alegraría mucho si lo hicieses, he oído hablar maravillas

de usted, y, francamente..., no envío una invitación
personal a todas las damas.

   Me lo tomaría como un pequeño regalo que deci-
diera satisfacer mi deseo.

Atentamente:
Lord Timothy Richemond, conde de Armfield

Halley parpadeó, perpleja, y releyó la carta para asegurarse de que no se lo había imaginado. «No envío una invitación personal a todas las damas», decía. Pero ¿quién demonios se creía ese tipo? ¿Tan garantizado veía su éxito que alardeaba incluso sin haber obtenido el trofeo? No pudo seguir elucubrando porque Margaret le dio un toque en el costado para llamar su atención, así que finalmente despegó sus iris marrones de la misiva y los clavó en los de su prima, del mismo color.

—Bueno, ¿qué dice? —inquirió Margaret con curiosidad.

—Nada, es una invitación de cumpleaños —contestó Halley.

—¿De verdad? Déjame verla.

La joven le tendió la nota y Margaret devoró las palabras. Halley notó el momento en que su prima leyó aquella frase concreta por el modo en que sus ojos se iluminaron y una sonrisa traviesa se le dibujó en los labios. No había dicho que fuese a acudir, pero, a juzgar por su expresión, Maggie ya estaba soñando con jugar a las muñecas con ella: pensaba elegir su vestido, su peinado, sus joyas...

—¿Y bien? —dijo Margaret, y la sacó de sus pensamientos.

—Y bien, ¿qué? —dudó Halley.

—No te hagas la tonta, prima, es obvio que algo has estado haciendo para llegar a oídos del conde de Armfield. Créeme, todo el mundo en York conoce la reputación de lord Timothy Richemond, y que te haya escrito a ti, una joven de Londres, para invitarte en persona quiere decir que le gustas. ¿Qué es lo que has hecho en mi ausencia, Halley?

—¡Nada! Ni siquiera lo conozco —se defendió ella.

—Pues creo que es momento de cambiar eso, señorita —intervino Josephine—. No va a encontrar otra oportunidad como esta en Dios sabe cuánto, no la deje escapar.

—Estoy totalmente de acuerdo contigo, Josie —asintió Margaret.

Halley pasó la mirada de una a otra con una sonrisa incrédula. Parecía que las dos mujeres más importantes de su vida se habían confabulado en su contra, y aunque hubiese podido resistirse a la insistencia de Josephine, con Maggie de su lado no tenía nada que hacer. Además, en cuanto su madre lo supiera, podía darse por perdida. La única ambición de *lady* Alice era verla bien casada con un noble, fuera el hombre quien fuese. En tales circunstancias, podía resistirse o claudicar.

—Sé lo que estáis tramando y antes de que lo digáis la respuesta es no —aclaró—. Si ese tal Timothy quiere algo de mí, al menos debería saber quién soy primero. ¡Ni siquiera hemos hablado en toda nuestra vida! No pienso ir a su fiesta de cumpleaños.

—¡Halley! —protestó Margaret.

—Si de verdad le intereso, Maggie, sabrá cómo arreglárselas. Y, si por el contrario solo soy un capricho, tendrá que vivir con el disgusto.

Institutriz y señora cruzaron una mirada, y Margaret suspiró con resignación. Sabía que cuando su prima se ponía testaruda no había nada que hacer. Halley ya había decidido no acudir a la fiesta y no había nada que pudiese decirle para convencerla, así que se encogió de hombros y le sonrió.

—Al menos escríbele una carta para agradecerle el detalle —propuso.

—Desde luego, así al menos uno de los dos será cortés —asintió Halley.

Sin añadir palabra, Halley se encaminó a la salida con la intención de redactar una misiva para agradecer la invitación de lord Richemond y declinarla educadamente. No conocía al conde de Armfield, pero no le gustaba que la diesen por garantizada sin siquiera conocerla. No, si algo quería de ella tendría que ganárselo y, desde luego, no empezaba con buen pie para seguir el sendero a su corazón.

✻ ✻ ✻

Una vez terminó de leer la nota que acababan de entregarle, Timothy sonrió. Sabía que al enviar una carta como aquella lograría que se ganara la atención de la joven Hasford. Ninguna mujer decente que no estuviese tras su dinero o su título habría aceptado acudir sin haber cruzado palabra.

Que hubiese rechazado la invitación hablaba bien de ella. Parecía una muchacha decente y casi sintió lastima. Casi. No era como si casarse con él fuese un castigo, de todas formas. Era guapo y tenía muchos talentos. No, no iba a ser un suplicio para Halley entrar en su hogar y en su cama.

Peor sería para él, que tendría que estar con ella sin sentir el menor interés por su persona. Pero, bueno, tampoco iba a quejarse. Había visto a Halley de camino al centro y no le había desagradado su aspecto. No era el tipo de mujer que él prefería: rubia y de mirada angelical, aunque definitivamente había algo en ella. Sea como fuere, la culpa de que se encontraran en esa situación no era de Timothy. La culpa era de Russell Carbury, por haberse encaprichado de Clarice para sus diversiones, y de Dios sabía cuántas muchachas inocentes más. Era un hombre despreciable, no debería haber metido los pies en ese cesto y humillado a su familia, ahora lo pagaría caro.

Halley, al ser hermanastra de Carbury, no era más que la pieza que pensaba usar para destrozarlo. No buscaba hacerle daño a ella, solo la utilizaría para acercarse a él. Llegaría al mismo corazón de Casterberg Hill sin levantar la espada. No tenía por qué retar a Russell a un duelo, podía hacer mucho más daño desde dentro de lo que podría lograr con las armas: humillarlo, hundir su reputación y al hombre mismo. Tan distraído estaba que no se dio cuenta de que había arrugado la carta y formado una bola hasta que un toque sobre la espalda lo devolvió a la realidad.

—¿Estás aquí o te has convertido ya en una ceñuda gárgola? —se burló la voz.

—Lo siento, solo estaba pensando —contestó Timothy y se volvió hacia su amigo, que lo miraba de brazos cruzados, apoyado contra el escritorio—. No me mires así, Aiden, sabes que tengo que hacer esto.

—No te lo estoy recriminando, Tim, por eso estoy aquí, para ayudaros a Clarice y a ti. Sin embargo, estás jugando con fuego, si me lo preguntas. Te lo advierto, ten cuidado. Una cosa es casarse sin amor, pero existiendo una base de complicidad y deseo entre ambos, y otra muy distinta es casarse a ciegas como tú pretendes hacer.

El conde puso los ojos en blanco mientras se acercaba a la mesa de licores para servir dos copas de ron, una para él y otra para Aiden, que la aceptó sin quejarse.

—Aunque en otras circunstancias me alegraría que compartieses tu experiencia, te recuerdo que tu caso y el mío son totalmente distintos —dijo Timothy—. No me importa en absoluto esa mujer, no siento nada por ella, solo deseo joderle la existencia a Carbury.

—¿Entonces te da lo mismo casarte con *lady* Halley Hasford que con cualquiera?

—Eso he dicho.

—Pues déjame decirte que te equivocas, Timothy —dijo Aiden—. Si de verdad vas a seguir adelante con esto, no te pases de listo y trata de enamorarla. Conócela, encariñate al menos... Si lo que he oído sobre ella es cierto, es una romántica de la vieja escuela. Ya no te digo que lo hagas por respeto a ella, sino por ti, porque te mereces ser feliz.

Ante la mención de Halley, Timothy suspiró. Después se llevó la copa a la boca y la vació de un trago. El ron estaba fuerte y dulce, justo como a él siempre le había gustado.

—Olvida eso, tener a una mujer que me complazca no es un sacrificio —dijo—. Además, lo estoy haciendo por el honor de mi familia, no lo olvides, Aiden.

—Eres un terco, pero te voy a ayudar —afirmó el duque de Wadlington—. Ya que eres más tozudo que una mula, aunque menos sutil, me vas a necesitar. Con Clarice a salvo en Cloverfield no tenemos de qué preocuparnos, Ellie está con ella.

—Contaba con eso, y ya he dado comienzo a la siguiente fase del plan.

Aiden frunció los labios al ver la determinación de su mejor amigo. Timothy era el hombre más tenaz que conocía y, si de él dependía, aquel asunto iba a salir bien.

Capítulo 2

Hoy la tierra y los cielos me sonríen;
hoy llega al fondo de mi alma el sol.
Hoy la he visto..., la he visto y me ha mirado...
¡Hoy creo en Dios!

GUSTAVO ADOLFO BÉCQUER

La despertó el canto de los pájaros que anidaban en el abeto del jardín. «Debe de hacer poco desde que ha amanecido», pensó Halley adormilada, al sentir la calidez del sol sobre su rostro. Después se llevó una mano a los ojos para cubrirlos de la luz. Sonrió sin poder evitarlo, y se permitió un momento de paz bajo las mantas, antes de desperezarse y alzar los párpados. Tal como había supuesto, el sol brillaba radiante e iluminaba la habitación a raudales. No le gustaba dormir con las cortinas cerradas, así que se levantó y se dispuso a abrir las ventanas para dejar que la brisa ventilase el cuarto.

Halley amaba el verano con cada pedacito de su ser. El sol, el campo y el aire eran parte de ella, que por suerte vivía en una de las zonas más ricas de Londres: Kensington, territorio de mansiones y jardines de aristócratas en la zona centro oeste, muy lejos de las fábricas que nublaban el cielo con sus incesantes humos. Halley soñaba con vivir algún día en la campiña, muy lejos de allí, razón por la cual pensaba en sí misma como un bicho raro por anhelar esos remansos de paz. Parecía cortada por un patrón opuesto al de su familia.

Su difunto padre, lord Charles Hasford, duque de Casterberg, siempre fue un hombre de ciudad: adoraba su selecto club de caballeros, su banco, su cámara de los lores y su precioso ducado. Luego estaba su madre, una dama de linaje intachable, *lady* Alice Wallard, tan perfecta y elitista que se negaba a relacionarse con nadie que no fuera de su círculo social. Sus tíos, su prima Margaret y su cuñado John Rhottergram eran buenas personas, pero tan arraigados en la tradición como el que más. Incluso su hermanastro, Russell, criado en los barrios humildes de Liverpool y Londres, llevaba la industria y el acero en las venas. Para ellos, la vida del campo era un atraso al avance de la sociedad. Halley, por el contrario, era como el sol que brillaba tras las espesas nubes del progreso.

Sonriendo ante su propia conclusión, se levantó y abrió las ventanas. La mañana estaba espléndida, y en días como esos no le apetecía quedarse en casa o ir al Museo Británico. En días así lo que quería era pasear al aire libre. Podría ir al anticuario de los Downey, quedaba cerca del Támesis y, de paso, aprovecharía para echar un ojo a las reliquias que el matrimonio hubiese adquirido. Le encantaba comprar bagatelas de tierras lejanas, como si tenerlas pudiese transportarla al lugar del que procedían. Contenta, Halley se dirigió al vestidor para elegir un vestido sencillo que no llamase la atención. Sacó uno de sus preferidos: manga corta y escote redondo. La tela era de color beis y el lazo en la cintura de un suave tono dorado. Elegante, sencillo y sutil, como ella.

Estaba enredada con los lazos del corsé cuando la puerta se abrió para revelar a Josephine, que entraba cargando la bandeja con el desayuno. Café con leche, tostadas con mermelada de naranja, fruta fresca con miel y galletas de chocolate, el cielo para una golosa incurable como ella. Sin embargo, al ver que Halley se había hecho un lío con los lazos, dejó la bandeja y puso los ojos en blanco antes de acercarse para ayudarla.

—¿Algún día entenderá que no puede atarse el corsé usted sola? —inquirió—. Esta prenda no fue diseñada para que la abroche una sola mujer, señorita. Vamos, deje que la ayude, lo está enmarañando todo.

—No será tan difícil si las mujeres humildes que no tienen sirvientas logran hacerlo a diario, Josie —cuestionó Halley soltando los lazos—. Además, ya he abrochado la mitad.

—Sí, y ha enredado la otra mitad —comentó la mujer mientras comenzaba a tirar de los cordones para ajustarlos—. Dicen que la práctica hace al maestro, aunque, si me permite decirlo, a usted le queda mucho por practicar. ¿Adónde va, por cierto? No ha comido nada, y veo que pretende salir de paseo, a juzgar por el vestido que ha elegido.

—Es cierto, voy al anticuario. Quiero dar un paseo y ver las novedades.

Josephine suspiró mientras le daba la última lazada al corsé, antes de tomar el vestido.

—En tal caso le recomiendo que desayune y espere a su prima —comentó—. La señora Margaret está terminando de amamantar al pequeño Gabriel, no tardará. Sabe que no me gusta que salga sola, señorita Halley, Londres cada día es más inseguro.

—No me va a pasar nada, Josie, he recorrido ese camino decenas de veces —dijo Halley con tono cariñoso, en un intento por tranquilizar a la mujer—. Además, no quiero molestar a Maggie cuando está con el niño, el bebé necesita a su madre más que yo.

—Me temo que debo insistir, señorita. Si no quiere que vaya Margaret, permita que William o Matthew la acompañen. Me quedaré mucho más tranquila si sé que no va sola.

—Y yo me mantengo firme. ¡Ay, Josephine! Si tanto te preocupa que cruce a esa parte de la ciudad, iré a caballo. *Promesa* es la yegua más veloz de Inglaterra, nadie me atrapará a lomos de tan veloz montura. ¿Es suficiente para ti?

—No, pero tendrá que servir, me lo estoy temiendo.

Halley se volvió a mirarla y una expresión dulce se dibujó en el rostro de la sirvienta. Quería mucho a esa chiquilla y sabía que, terca como era, no iba a ceder en su capricho. Había ido al anticuario muchas veces, sí, pero siempre llevaba con ella al cochero o al mozo de cuadras. Todo el mundo sabía qué calles se debían evitar. Resignada, suspiró y le dio un rápido abrazo antes de alejarse para recoger la bandeja.

—De acuerdo, vaya a dar ese paseo, al volver tendrá un delicioso guiso en la mesa —dijo—. No se olvide del *foie* de pato que el señor Rhottergram tan amablemente nos regaló al llegar, lo hemos puesto de relleno en el asado de hoy. ¡Toda una delicia!

—En tal caso me daré prisa en volver —sonrió Halley.

Josephine asintió y, dicho aquello, la joven salió en dirección a las caballerizas. Casterberg Hill poseía un terreno amplio para estar en el centro de Londres. Los jardines delanteros ocupaban decenas de metros hasta el camino principal y los traseros, el doble. Las caballerizas estaban en la parte de atrás, ocultas por un agrupamiento de frutales. En esa época los frutos aún estaban madurando, pero multitud de manzanas, higos y ciruelas cargaban ya las ramas. En otoño estarían tan pesados que inundarían el pasto.

Halley sonrió y alzó la mano para tomar una ciruela. Estaba verde y el jugo llenó su boca mientras abría la puerta de los establos. Había seis huecos, aunque solo tres estaban ocupados. *Promesa,* su yegua zaina purasangre española, era la primera en la fila, seguida de *Buhonero,* el mustang negro de Russell, y *Colibrí,* el purasangre inglés de su difunto padre. La joven adoraba a los tres ejemplares, y los saludó con cariño antes de detenerse frente a la puerta de *Promesa.* La yegua posó la cabeza sobre la portezuela.

—Vamos a dar un paseo, ¿te apetece, bonita? El día esta radiante —dijo Halley—. Después te daré unas frutas, ¡pero solo si te portas como Dios manda, nada de morder!

Como si hubiese entendido lo que acababa de decir, la equina movió la cabeza y Halley se rio sin poder evitarlo.

La ensilló rápido, lo había hecho tantas veces que conocía el protocolo de memoria: ajustar la manta, la silla, atar las correas, pasar las riendas por la embocadura... Podría hacerlo con ojos cerrados. Por eso no se sorprendió cuando *Promesa* avanzó y se detuvo con el cuerpo vuelto hacia ella como una invitación. Sabía lo que quería y Halley no se hizo de rogar. Subió y la espoleó para sentir la brisa de verano acariciarle las mejillas. Cruzó los jardines y saltó la baranda para galopar por la tranquila calle hacia el centro de la ciudad.

❁ ❁ ❁

Timothy suspiró. ¡Bendita la hora en que le dijo a Wade que vigilase a la señorita Hasford! Esa chiquilla era del todo inesperada, no la sosa aspirante a bibliotecaria que se había imaginado por las descripciones que Aiden, Byron y él mismo habían obtenido de sus contactos. A ninguno le resultó difícil, los tres tenían amistades en Londres y habían sido promiscuos en el pasado. En realidad, la vida social de un noble era sencilla, siempre se movían en el mismo círculo y, por ende, se conocían todos: amigos de la universidad, socios comerciales, familiares... Lo mismo una y otra, y otra vez.

En tales circunstancias, le sorprendía que el duque de Casterberg, lord Charles, hubiese logrado mantener en secreto durante tantos años a Russell, al que terminó por permitir vivir en su casa como hijo suyo tiempo atrás, aunque sin derecho a su apellido o propiedades. A Carbury parecía no importarle ese veto, pues era rico por derecho propio, aunque Timothy sospechaba que esa solo era la fachada que mostraba en la superficie. Intuía que había algo más tras su éxito y amabilidad, y estaba dispuesto a averiguarlo.

Halley, por otra parte, no era ni mucho menos predecible como su hermanastro. Parecía una joven solitaria y aburrida que se encerraba en bibliotecas y museos, o eso era lo que todos pensaban; lo que ella permitía que pensasen. La realidad, para su sorpresa, era que hacía cosas arriesgadas para una joven de buena posición. Como en ese mismo momento, en que estaba paseando sola por un barrio de dudosa reputación para hacer quién sabía qué.

Esa mañana en concreto, Timothy estaba decidido a seguirla él mismo porque Wade, su hombre de confianza, le había hecho saber mediante un limpiabotas que había visto a Halley salir en dirección a la zona norte de Londres, los barrios bajos. Aquello despertó su curiosidad lo suficiente como para que se molestara en ir en persona. Y, dado que tenía que conocer sus gustos para conquistarla, acudió. Y ahí estaban, esperando a que saliera del anticuario en el que había entrado hacía ya más de veinte minutos.

¿Qué podía hacer una mujer en un lugar como ese durante tanto tiempo? No era una joyería, ni una tienda de vestidos, ¡era un maldito anticuario! Timothy ignoraba lo que Halley podía encontrar atractivo en un lugar así, pero estaba comenzando a desesperarse. Fue la voz de Wade la que lo devolvió a la realidad e hizo que se volviese.

—Va a haber problemas, lord Richemond —dijo.

—¿Por qué? —inquirió Timothy.

Wade señaló con un ademán la pared que había junto a la entrada de la tienda. Parados en la calle, con un aparente y repentino interés en el lugar, había tres hombres. Dos estaban fumando con la vista fija en la calzada, pero el tercero no se molestaba en disimular mientras fisgoneaba por la ventana del escaparate. Timothy tensó la mandíbula al entender lo que pretendían. Era obvio que estaban esperando a que Halley saliese para robarle, no hacía falta ser muy listo para ver qué intenciones tenían. Todos iban vestidos como obreros: pantalones y chaleco de lana gris, camisas humildes y gorras de trabajador. Una dama como ella llamaba demasiado la atención en un lugar así, era una presa fácil.

—¿Quiere que me libre de ellos, señor? —propuso Wade—. Tengo mi revólver, pero con amenazarlos de palabra será suficiente para que pongan pies en polvorosa.

—No, vamos a esperar a ver qué hacen —contestó Timothy sin despegar la vista de los tres hombres—. En realidad, esos idiotas me han dado una idea.

Y era cierto, una idea se estaba comenzando a formar en su cabeza. Con la carta que le había enviado a Halley se había asegurado de que la joven retuviese su nombre en la memoria. Ese era el principal propósito, si bien la impresión que le habría causado tal misiva sin duda fue negativa, arrogante, quizá. Ahora estaba en su mano cambiar esa opinión y transformar el rechazo en admiración. ¿Quién no admiraría a su salvador? Timothy sería un héroe. Una sonrisa divertida se dibujó en sus labios al imaginarlo.

Satisfecho, hizo un gesto a su compañero y esperaron. Cuando se iba a cumplir ya media hora desde que la joven había entrado, la puerta de la tienda se abrió y Halley salió con un par de paquetes bajo el brazo. Ajena a lo que se fraguaba a su alrededor, comenzó a caminar en dirección al paso de peatones para cruzar al otro lado. Sin embargo, apenas hubo dado cinco pasos, un tirón en la garganta la volteó bruscamente e hizo que se le cayesen las compras. ¡Alguien le había arrancado la cadena del cuello! Halley ahogó un gritó y se volvió, para encontrar al grupillo de ladrones mirándola con cara de pocos amigos.

—¿Qué creen que están haciendo? —gritó la joven y trató de zafarse del agarre—. ¡Devuélvame mi gargantilla ahora mismo!

—¡Danos todo lo que lleves encima o lo vas a pasar mal, zorra! —amenazó el tipo que la sujetaba y sacó un cuchillo, que le pasó por el costado para enfatizar el peligro.

Halley tragó saliva y sintió que se congelaba al entender que le estaban robando. El pulso comenzó a latirle aceleradamente y supo que tenía que hacer algo para escapar. Sentía el miedo reteniéndola como una soga y miró a su alrededor en busca de ayuda, pero por desgracia no había transeúntes en la calle. No le quedaba más remedio que huir. No sabía si lo conseguiría, aunque debía intentarlo, no se dejaría robar sin más. Con la decisión tomada, reunió todas sus fuerzas y le dio al hombre que la sujetaba un pisotón con el tacón de su zapato, para acto seguido empujarlo y echar a correr. A ninguno de los rateros se le pasó por la cabeza que la joven intentaría huir y tardaron unos instantes en reaccionar.

Se lanzaron tras ella y Halley cruzó al otro lado con el corazón en un puño. Sabía que si lograba llegar a una avenida llena de gente estaría a salvo. Ahora que su seguridad estaba en juego, las compras quedaron olvidadas. Aquel precioso juego de té que había adquirido era ahora lo de menos. Corrió por la deteriorada acera que serpenteaba junto al Támesis en dirección a la calle principal y, al volver la vista atrás para comprobar si la seguían, vio que estaban ya muy lejos. Había logrado librarse de ellos sin sufrir daños, y por un instante agradeció su complexión ligera, que la hacía correr tan rápido. Se detuvo a recuperar el aliento sobre unas baldosas mojadas. ¡Estaba a salvo! O eso creía, pues al volverse el ímpetu hizo que sus pies se enredaran y resbalase con los adoquines en los que estaba parada, para caer en plancha por la pendiente.

Halley se deslizó por el barro hacia la orilla del río, donde se hundió como una piedra. Timothy, que la había seguido a una distancia prudente, vio el suceso desde la silla de *Ébano* y, al notar que se hundía, abrió los ojos con espanto. ¡Eso sí que no se lo esperaba! La situación estaba totalmente fuera de control. En realidad, la idea era liberarla de los ladrones y sentarla en la grupa de *Ébano* cual caballero de reluciente armadura. En ningún momento se le ocurrió que lograría librarse, y mucho menos que se caería al fondo del Támesis. Al pasar unos instantes, en los que vio que no salía a la superficie, Timothy se asustó. ¿Y si el vestido pesaba demasiado y no podía subir a tomar aire? O peor, ¿y si no sabía nadar y se estaba ahogando?

La adrenalina le inundó las venas y, sin dudarlo un instante, se quitó el *blazer* y se lanzó al cenagoso río. «Las cosas que hago por una mujer...», pensó antes de sumergirse. El agua estaba tan turbia debido al lodo y la contaminación que Timothy apenas veía a un palmo de distancia, aunque no pensaba rendirse. Braceó en busca de algún bulto que pudiera ser Halley, pero no la encontró. Desesperado, subió a tomar aire y volvió a sumergirse. Si no se daba prisa en encontrarla terminaría por ahogarse, así que buceó en círculos sobre el lecho del río hasta que con las manos dio con algo.

Timothy aferró aquel bulto con ambas manos y cargó contra la corriente para salir a la superficie. Cuando la luz del sol iluminó sus ojos notó aliviado que lo que cargaba era el cuerpo inconsciente de la muchacha. Nadó hacia la orilla para sacarla del río, pero el regreso resultó una odisea. El vestido de Halley pesaba una tonelada debido al agua que inundaba sus enaguas y las múltiples capas de tela, y la corriente no ayudaba. No pensaba rendirse. Siguió braceando hasta llegar a la embarrada ribera, donde depositó a la joven, para arrodillarse junto a ella y comprobar si tenía pulso. Halley no respiraba. Se apresuró a sacarle el agua de los pulmones, le palmeó con fuerza la espalda y, tras un par de intentos vanos, supo que tenía que hacer algo más. Desesperado, se inclinó sobre su rostro y unió sus labios para insuflarle aire. Una vez, dos... y reaccionó.

Así fue como Halley despertó: ella tendida sobre el fango y un desconocido inclinado sobre ella. Había sentido el calor de unos labios y el peso de otro cuerpo encima del suyo. Lo apartó de un empujón y se fijó en su aspecto; entonces reparó en que no era uno de los ladrones, sino un caballero. Empapado, pero bien vestido. Halley hizo un mohín, confusa, momento que Timothy aprovechó para sacar del bolsillo del chaleco la cadena de oro que se le había caído a uno de los rateros durante la persecución.

—Creo que esto es suyo, señorita —dijo, y le tendió la joya.

Halley miró al desconocido y después a la gargantilla que tenía entre los dedos. No podía creer en qué momento su mañana se había convertido en una huida y rescate, pero alargó una mano temblorosa para recuperar el colgante. Al rozar sus dedos, elevó la mirada hacia la azul del hombre, que la observaba preocupado.

—¿Se encuentra bien? Estaba paseando por aquí cuando la he visto huir de unos tipos, así que he cabalgado tras usted para ayudarla. Y justo a tiempo, ¡casi se ahoga! —explicó—. ¿Han llegado a herirla? No se apure, iré yo mismo a poner una denuncia a Scotland Yard.

—No será necesario, no me han hecho daño. Estaban a punto, pero he escapado antes de que pudieran —contestó Halley—. No sé cómo darle las gracias, señor…

—Richemond, Timothy Richemond.

La joven parpadeó y miró a Timothy de arriba abajo. Alto, cabello castaño avellanado, barba, ojos azul índigo. Vestía ropas caras: traje de tres piezas y botas de montar, solo le faltaban el sombrero y el *blazer*. Si ese era el hombre cuya invitación había rechazado, entendía de dónde venían los rumores. Era realmente apuesto. Sin embargo, otros comentarios que le habían llegado no se correspondían con la persona que tenía delante. El libertino derrochador que decían que era no se habría lanzado al Támesis para ayudar a una extraña.

—¿Es usted lord Timothy Richemond, conde de Armfield? —dudó.

—El mismo que viste y calza —confirmó él y arqueó las cejas—. Parece conocerme, señorita, pero yo no tengo el mismo placer. ¿Cómo se llama?

—Oh, pues yo... ¡lo lamento, pero, ingenua de mí, he creído que me reconocería! —respondió Halley, que sonrió al sentir que se ponía colorada hasta las orejas—. Me llamo Halley Hasford, la misma Halley Hasford a la que ayer invitó a su cumpleaños.

Timothy rompió a reír y ella se unió a él sin poder evitarlo. Parecían dos marionetas cuyos hilos se enredaban por capricho del marionetista. Poco imaginaba Halley que Timothy era en realidad el maestro juguetero. Sin embargo, el hombre admitió internamente que la sinceridad de la joven hacía más fácil fingir aquella mentira. Además, debía reconocer que aquella mezcla de candor y valentía le parecía refrescante, sin duda.

—Entendí su respuesta con toda claridad, no se preocupe —dijo al fin.

—Creo que lo sucedido ha sido el toque de atención que necesitaba para rectificar —aceptó Halley—. Si no le parece indebido, lord Richemond, me retracto de mis palabras. Me ha salvado de ahogarme, así que, si aún sigue en pie la invitación, acudiré encantada a su fiesta de cumpleaños.

—¿Por qué? Dejó muy clara su opinión al respecto —cuestionó Timothy.

—Lo hice, sí, y me equivoqué con usted. No es el tipo de hombre que imaginaba.

Timothy se acarició la barba y fingió meditarlo, antes de volver a alzar la mirada hacia ella, que aguardaba en silencio una respuesta. Su voz sonó juguetona al hablar.

—Sincera hasta el final, me gusta ese rasgo, *lady* Hasford —dijo—. No me arrepiento de lo que decía en la carta, pues es cierto, no le envío una invitación personal a todas. Así que, por supuesto que acepto que acuda a la fiesta. Será un placer recibirla y compartir un baile... Porque soy un bailarín excelente, ¿sabe?

—Que así sea, lord Richemond —asintió Halley con una sonrisa que le iluminó el rostro.

—En tal caso, permita que la acompañe a su casa —dijo Timothy—. No quiero que sufra más percances antes del sábado, no me perdonaría que nos perdiéramos ese baile.

La joven sonrió ante la evidente ironía del hombre y su sonrojo se intensificó. Sin saber bien qué decir, asintió. Timothy la ayudó a incorporarse y la condujo al poste de caballos al otro lado de la calle Garnet, donde había amarrado a *Promesa*. Con el corazón latiéndole al ritmo de un colibrí, Halley subió a la silla y comenzó a cabalgar, mientras Timothy caminaba a su lado de regreso a Casterberg Hill.

Tan concentrada estaba en no parecer afectada que no se percató de que él cruzaba una mirada con otro hombre. Wade asintió al entender lo que quería su patrón. Llevar la montura a cierta distancia para poder regresar a casa sobre *Ébano*. Halley había picado el anzuelo tal y como había vaticinado Timothy y, más satisfecho que nunca, el conde de Armfield se permitió una sonrisa antes de mirarla. El plan iba viento en popa.

Capítulo 3

Bébeme solo con tus ojos y yo me
comprometeré con los míos.
O deja un beso en la copa y no buscaré el vino.

BEN JONSON

L a mañana de la fiesta se levantó cambiante, a ratos nublada y a ratos soleada. Halley se despertó con las primeras luces, completamente aterida. Había pasado mala noche, nerviosa sin entender bien el motivo. Ella lo achacaba a la emoción de acudir a la fiesta después del incidente que había sufrido en la visita al anticuario. Tal como había prometido, Timothy la había acompañado hasta su casa y se había presentado a John, Margaret y Josephine. Después, a Halley no le había quedado más remedio que confesarles todo lo que había sucedido.

Aún oía las palabras de su prima en la cabeza.

—Ay, Halley, ¡esto es mejor de lo que imaginaba! —había exclamado entusiasmada—. ¿Es que no te das cuenta de la suerte que tienes, mujer?

—¿Suerte de que unos ladrones me atraquen y me caiga al río? Si esa es mi suerte, prima, te la regalo. Ya he tenido bastantes incidentes «afortunados».

—Eso no, boba, lo del conde —había resoplado Margaret sin desanimarse—. ¿No ves que se ha prendado de ti? Puede que no lo sepas, Halley, siempre metida en tu burbuja de libros escritos por tipos muertos hace diez siglos, pero el conde de Armfield nunca había mostrado interés por cortejar a nadie hasta que has aparecido tú.

—No es eso lo que he oído —la había contradicho Halley—. Josephine me ha comentado que, según las otras gobernantas con las que ha hablado, lord Richemond se ha acostado con muchas mujeres en las fiestas de temporada social.

—¡Pues mucho mejor aún, eso demuestra que es un hombre sano y vigoroso!

—Vigoroso, uf, no sé yo...

—Ya entenderás de lo que hablo cuando estés en el lecho con él —se había reído Margaret.

Después, Halley no había podido dejar de pensar en él. No lo conocía de nada y, sin embargo, se repetía, los rumores no se correspondían con lo que había visto de él días atrás. A pesar de la arrogante invitación que le había enviado, lord Timothy Richemond no le había parecido un tipo pagado de sí mismo, más bien al contrario. Amable, valiente, cortés... No le había visto la cara de cínico por ninguna parte, y eso la confundía más que nada. Había despertado su curiosidad, y el deseo de aprender era una de sus mayores debilidades.

❀ ❀ ❀

Por fin había llegado el día del cumpleaños, apenas faltaban un par de horas para que Halley tuviese que salir hacia la mansión Richemond. Tan sumida estaba en sus pensamientos que cuando la puerta se abrió y entró Josephine con un vestido recién planchado ni se inmutó.

—Está usted preocupada sin motivo, señorita —dijo la buena mujer—. No tiene de qué tener miedo, no es más que una fiesta rutinaria: reirá, comerá canapés y pastel, charlará con los invitados y le dará un regalo al anfitrión... Puede que incluso la saque a bailar.

—¿Bailar? Claro que bailaré con él, se lo debo después de lo que hizo, ¿no crees? —dijo Halley—. ¿Es mi vestido eso que traes ahí, Josie?

—Recién planchado, ya verá qué suave ha quedado la tela.

Halley abrió los brazos para que se lo mostrara y la institutriz lo extendió para que diera el visto bueno. De seda verde pastel y encaje dorado sembrado de pedrería, el vestido era una delicia, digno de una duquesa. Halley sonrió y alzó aquellos cálidos ojos marrones que tenía hasta los verdes de la institutriz.

—Quizá sea demasiado, ¿no crees? —comentó.

—Un vestido nunca es demasiado cuando se va a una fiesta por invitación expresa del anfitrión —contradijo Josephine y lo dejó sobre la cama.

Halley se dio la vuelta para que la ayudase a desatar el ligero vestido de rayas que llevaba y ponerse el de gala. No tenían tiempo que perder si quería llegar a la hora.

—Nunca se va demasiado guapa cuando se va a echar el lazo, ¿eh, Josie? —dijo.

—Usted lo ha dicho, señorita. Y no sea tan remilgada, estoy segura de que disfrutará —dijo mientras le ponía el vestido—. Ahora, vamos, contenga el aliento, que voy a apretar tanto los lazos que su cintura parecerá la de una muñeca.

«Justo lo que necesito para no desmayarme al bailar», se dijo Halley con diversión. Una vez el vestido estuvo atado, se miró en el espejo y quedó impresionada por la imagen que vio. No solía vestir a menudo con la fanfarria que su título de duquesa ameritaba, pero, cuando lo hacía, no podía negar que se veía hermosa. «Aunque innecesario para una fiesta de cumpleaños», pensó.

—¿Crees que estoy lista, Josie, o quieres añadir algún adorno más? —dijo Halley.

—Solo faltan los guantes, por lo demás está preciosa, señorita —afirmó Josephine.

—Bien, entonces bajaré al salón a esperar a Matthew.

La institutriz sacó del cajón de la cómoda unos guantes de satén blancos, que le entregó a su protegida mientras salía por la puerta. Después observó el ondear del vestido sobre los escalones de mármol y una sonrisa esperanzada se le dibujó en los labios. Halley era preciosa: soñadora, dulce e ingenua, merecedora de que le sucediesen muchas cosas buenas. Encontrar el amor entre ellas. Ojalá ese lord

Richemond fuese el indicado. Josephine cruzó los dedos con una sonrisa. El destino pondría las cosas en su sitio. Si no, las mujeres Hasford se encargarían.

❖ ❖ ❖

A las seis y media el ajetreo era total en Richemond Manor. Los criados corrían de un lado a otro cargando bandejas de canapés, copas de licor y adornos para las mesas. El jardinero y el cochero se esmeraban en terminar de decorar el jardín y, mientras tanto, el homenajeado y sus amigos se habían encerrado en su despacho para tomar un trago antes de que llegasen los primeros invitados. Timothy sabía que los más esnobs aparecerían un cuarto de hora antes como mínimo, para cotillear y fisgonear, y eso les dejaba media hora para hablar libremente antes de ponerse la máscara de perfecto anfitrión.

Tras llenar tres copas de licor, le tendió una a cada uno y se quedó la última para sí. Fue Aiden el primero en romper el silencio, con la copa aún intacta en la mano y los ojos azul cielo fijos en los de su mejor amigo, que lo miró interrogante.

—¿Qué? —dudó Timothy—. Vamos, suéltalo, Aiden, no te quedes callado.

—Solo me preguntaba si vas a tener las agallas para lanzarte de lleno con ella hoy —contestó el duque de Cloverfield antes de dar un trago a su coñac—. No lo niegues, sé que eso es lo que planeas hacer. Eres muy poco original, amigo mío.

—Doy fe —asintió Byron.

Timothy puso los ojos en blanco antes de alzar su copa para vaciarla de un trago. Después, la dejó sobre la mesilla y se cruzó de brazos.

—Pues os equivocáis, no pienso hacer eso... aún. Halley Hasford no es como Eleanor, ni como Emily —señaló en alusión a sus mujeres—. Si quiero que esta charada llegue a buen puerto, tengo que ser original. Además, con una mujer como ella, que adora las antiguallas y a la que le gusta bastante poco la vida social, no servirán los trucos de siempre.

—¿Insinúas que te vas a poner a recitar a Shakespeare en medio del salón? —dijo Byron y se rio—. ¡Ah, Timmy, no nos prives de semejante espectáculo, te lo ruego!

—Muy gracioso, Byron, pero no, no hablo de eso —negó Timothy.

—En realidad no es tan mala idea —dijo Aiden—. Cada mujer es única, por eso hay que entender lo que sueñan, quieren y necesitan para llegar a sus corazones. A mí me funcionó con Eleanor aprender lo que pudiese de flores, ya que eso era lo que a ella le hacía feliz. No te cierres a la posibilidad, Timothy.

—Gracias por el consejo, pero creo que sabré arreglármelas. Vosotros ocupaos de tener entretenidas a las demás, no necesito a un séquito de chiquillas siguiéndome que entorpezcan mis planes, ¿de acuerdo?

—Lo que tú digas, amigo mío —asintió Byron.

—Todo sea por Clarice —finalizó Aiden y se terminó la copa.

Los tres asintieron y Timothy se volvió hacia la puerta con la mandíbula tensa. ¿Agallas? No las necesitaba. Si quisiera seducir a Halley para sacar a la palestra una boda de honor, lo haría esa misma noche. No le faltaban trucos para encandilar a las mujeres, y con alguien tan ingenuo como la joven duquesa de Casterberg sería coser y cantar.

Pero de repente, al pensar en ella, se dio cuenta de que en el fondo no era eso lo que quería. Haberla conocido en persona como lo había hecho, en unas circunstancias tan especiales, le había hecho cambiar bastante de opinión con respecto a aquella joven singular. Deseaba que ella soñase con él, que se casara por amor. Así sería mucho más sencillo entrar por la puerta grande en Casterberg Hill. Sin embargo, pese a sus planes de venganza, quería que Halley fuera feliz. Ella no tenía por qué pagar por los errores de Carbury. Cuando el sonido de la campanilla de la puerta anunció la llegada de los primeros invitados, Timothy asintió y dibujó la sonrisa más encantadora y galante que pudo.

Estaba a punto de dar comienzo la función.

❊ ❊ ❊

La mansión Richemond era bastante diferente a como Halley había imaginado. Siempre supuso que los Richemond, al ser condes de Armfield, un condado tan cercano a York, harían gala de un estilo rústico en vez de la arquitectura neoclásica que veía en la fachada. Eran las siete y cuarto de la tarde, el sol aún cubría de naranja las nubes, pero los farolillos de la mansión estaban ya encendidos. Habían decorado el lugar acorde a la ocasión, y, cuando la sirvienta le abrió la puerta y leyó su invitación, Halley sonrió.

—Bienvenida a Richemond Manor, *lady* Hasford, es un placer que esté aquí.

—El placer es todo mío —contestó ella.

La mujer inclinó la cabeza y Halley le devolvió el saludo mientras entraba. El vestíbulo principal le pareció maravilloso. Una gran lampara de cristal adornaba el techo e iluminaba el recibidor con cientos de velas. La música de violines, violonchelos y violas se oía con claridad, y la joven reconoció la pieza: *Cuarteto para cuerda nº 6* de Beethoven. Una sonrisa se instaló en sus labios mientras cruzaba la puerta para adentrarse en el salón, donde había ya multitud de invitados. ¡Y apenas pasaban diez minutos de la hora señalada! ¿Acaso llegaba tarde?

Preocupada, Halley avanzó y recorrió a los invitados con la mirada, para encontrar muchas caras conocidas: los condes de Conhall; lord Benedict y *lady* Mary; los condes de Edston; lord Thomas y *lady* Katherine; la vizcondesa viuda de Shearston; *lady* Winifred Hawkley; lord Philip Hartfield; el marqués de Meadow y muchos más, que supuso vendrían de York. Incluso los Vernon estaban invitados. Halley no soportaba a esa familia, y mucho menos a su hija Kathleen, tan vulgar y maleducada que no se contenía a la hora de sacar a relucir cualquier defecto de su persona.

De pronto, uno de los invitados reparó en ella y la llamó por su nombre. A Halley no le quedó más remedio que acercarse al grupo. La condesa Mary Conhall estaba hablando con *lady* Winifred Hawkley y un joven caballero al que Halley no conocía. Al llegar a su lado mostró la más suave de las sonrisas y les saludó.

—Muy buenas noches, condesa Mary, vizcondesa Winifred y...

—Wadlington, *milady*, lord Aiden Wadlington, duque de Cloverfield —se presentó el caballero—. Es un placer conocerla después de tanto oír hablar de usted.

—¿Ha oído hablar de mí? —se sorprendió Halley—. No tengo el placer de conocerlo, espero que le hayan dicho solo cosas buenas.

—Las mejores, en realidad, porque Timothy no deja de hablar de usted. Tal vez no lo sepa, pero el conde de Armfield y yo somos amigos de la infancia. De hecho, fue padrino en mi boda y en el bautizo de mi hijo, Andrew.

Halley asintió con la curiosidad burbujeando. Conque ese hombre era amigo de toda la vida del conde de Armfield... Hablar con Aiden le brindaría la oportunidad de conocer mejor a Timothy, así que se adelantó dispuesta a preguntar. Sin embargo, no pudo hacerlo antes de ser interrumpida por la vizcondesa Hawkley. La mujer tenía una copa de champán en la mano y una mirada inquisitiva en los ojos.

—Estimada Halley, nos alegra mucho verte, no sabíamos que conocías a lord Timothy —comentó antes de dar un sorbito—. ¿Hace mucho que sois amigos?

—Nos conocimos hace apenas unos días. Lord Richemond me ayudó a salir airosa de un robo —confesó Halley.

El comentario escandalizó a las damas, que se cubrieron la boca con la mano.

—¡Válgame Dios, un robo! —exclamó *lady* Mary—. Adónde vamos a llegar, ¡señoritas de buena familia desvalijadas en la calle como rameras de medio penique!

—A mí no me sorprende, ni mucho menos. Londres es cada día más inseguro con tanto inmigrante polaco y ruso, ¡esto parece ya el Kremlin! —afirmó la vizcondesa viuda—. ¡Ojalá pudiésemos volver a los tiempos en que solo los respetables caballeros británicos poblaban nuestras calles! Me alegro de que saliera usted ilesa, querida niña.

—En realidad es una suerte que lord Timothy estuviese allí para ayudarla, más bien —corrigió Aiden y le sonrió a Halley—. Apiádese de él y pídale un baile, no deje que me abrume con más ensoñaciones. ¡El pobre quedó deslumbrado por su belleza y encanto!

—¿De verdad? —dudó Halley.

—Se lo aseguro con el corazón en la mano.

Aquello le parecía tan inverosímil que no dijo nada. Si bien, en cuanto asimiló las palabras del duque, las mejillas se le encendieron como una fragua. Nunca un hombre se había interesado en ella por su persona, y no por la fortuna de su padre o por su título de duquesa de Casterberg. Que lo hiciera lord Timothy Richemond, un hombre tan exitoso y popular, hizo que el corazón le aleteara sin saber por qué. Asintió para sí y alargó la mano para tomar una copa de champán que se terminó de un trago.

—Supongo que la noche traerá oportunidades, lord Wadlington —dijo.

—Llámeme solo Aiden, por favor, no me atraen todas esas cortesías —sonrió él.

—Como prefiera pues…, Aiden. Ha sido un placer conocerlo —dijo Halley, que inclinó la cabeza hacia las dos elegantes damas a modo de despedida.

—Lo mismo digo —confirmó él y alzó la copa hacia ella con una sonrisa.

Halley devolvió el gesto y comenzó a alejarse hacia un lateral, donde estaban las mesitas de aperitivos. Había decenas de bandejas llenas de copas con distintos cócteles y canapés, desde camarones rebozados a merengues, y al verlos se le hizo la boca agua. Tenía más hambre del que imaginaba, o quizá solo era el corsé que la oprimía el que hacía que le rugiera el estómago. ¿Cómo de inapropiado sería dedicarse a comer pastellillos mientras los demás alternaban?, se preguntó Halley.

Estaba pensando en ello cuando la gran tarta de cumpleaños que presidía la mesa atrajo su atención como una obra de arte culinaria. Era cuadrada, de chocolate con leche, y tenía tres niveles bañados en una brillante *ganache*, donde las filigranas de caramelo escarchado rompían la quietud del marrón con líneas anaranjadas. Se relamió los labios sin darse cuenta y comenzó a andar hacia ella. Tan absorta estaba en el dulce que cuando oyó una voz a su espalda se llevó una mano al pecho, en un intento por calmarse, pues tenía el pulso acelerado.

—Desde luego, aquel al que mire con la misma pasión con la que anhela esa tarta será un hombre muy afortunado —comentó Timothy con expresión divertida.

—Lord Richemond, es usted... ¡Me ha dado un buen susto! —exclamó Halley.

—Me disculparé si acepta llamarme Timothy. Ya basta de «lord Richemond» o «conde de Armfield», para usted seré solamente Timothy. Creo que después de lo que pasó el otro día ya hemos superado la fase de tiranteces y presentaciones.

La joven asintió ante la referencia al incidente del río y las mejillas le ardieron sin que pudiera evitarlo. Había complicidad en los profundos ojos azules del conde y ella sonrió.

—Doy por aceptadas sus disculpas, Timothy —dijo Halley sin perder la sonrisa—. En respuesta a su anterior afirmación, bien podría dar las gracias ese supuesto caballero de que no le mire como a la tarta. El dulce es mi pasión y lo adoro con vehemencia, no creo que sea sano anhelar tanto a otro o desear con tal locura.

Timothy se rio sin poder evitarlo. Parecía que cada frase que decía esa mujer era incorrecta, pero era tan jovial y sincera que lo dejaba sin palabras, algo bastante poco habitual en él. Parecía mentira que una duquesa hablase con tal franqueza, sin importarle el protocolo que se estilaba en esas ocasiones. Timothy la miró a los ojos y vio el camino claro.

—Dígame una cosa, ¿se ha enamorado alguna vez, querida? —preguntó.

—Tal desgracia no me ha sucedido aún, no —respondió Halley.

«Eso lo explica todo», pensó Timothy sin molestarse en ocultar su sonrisa.

—¿Por qué lo llama desgracia entonces si nunca lo ha sentido?

—Ni falta que hace, he leído a suficientes poetas como para saber que el amor solo trae desdicha a la persona involucrada —afirmó Halley, y alargó la mano para tomar un *macaroon* de coco, chocolate y almendra, aunque se detuvo en el último momento y trató de cambiar de tema—. Veo que ha venido medio Londres a la fiesta, debe de ser muy popular para causar tal revuelo entre la alta sociedad.

—Es cierto, he invitado a demasiados —dijo Timothy. A continuación tomó el *macaroon* que ella había pretendido comer y se lo puso en la mano—. Coma, no voy a juzgarla si es lo que cree..., pero, por favor, antes de nada, permita que le diga que está en un error.

La joven elevó la mirada hacia él con las cejas en alto y las mejillas llenas de migas, pues solo le quedaba un trocito de dulce en la mano. Se notaba la confusión en sus ojos castaños, así que Timothy se explicó.

—Sobre lo que ha dicho antes del amor —aclaró—. El amor trae sufrimiento, es verdad, pero es la más grande de las alegrías. Estoy dispuesto a demostrárselo si me deja.

—¿C-cómo dice? —repitió Halley con los ojos abiertos como una lechuza.

—Eventualmente, quiero decir. Es una pena que una mujer joven como usted piense de esa forma..., aunque por ahora me conformaré con un baile —se rio Timothy—. Vamos, es mi cumpleaños, no irá a negarme ese deseo, ¿no es así?

—No, creo que podré vivir con esa petición.

Ambos se miraron y rompieron a reír. Había una complicidad entre ellos que Timothy no podía negar, y comprobarlo hizo que se sintiera satisfecho. Todo estaba saliendo a pedir de boca. Algunos invitados se volvieron a mirarlos al oír sus risas, pero el conde no les hizo caso y tomó a Halley de la mano para conducirla al centro del salón, donde varias parejas estaban bailando sobre una alfombra turca. Dado que ya estaba iniciada la pieza, el *Gran Vals Brillante* de Chopin, se incorporaron al baile con suavidad y, cuando Timothy atrajo a Halley contra su pecho y tomó su mano enguantada para empezar a girar, se sintió en su elemento. La joven bailaba con soltura, algo que le sorprendió, ya que no había esperado que fuera de las que tenía el baile por afición. Parecía que aún le quedaba mucho que aprender de ella. Que Halley fuera una caja de sorpresas le gustaba, no podía negárselo a sí mismo, pese a que para él todo fuera un juego.

El vals terminó un par de minutos más tarde, para acto seguido dar comienzo otro. Timothy no la soltó, siguió moviéndose sobre la alfombra al ritmo de Tchaikovsky con los ojos fijos en los de Halley. Hacía meses que no bailaba y, para su sorpresa, se encontró a sí mismo disfrutando, no solo por la compañía, sino por la emoción. Una emoción inesperada, sin duda.

—A pesar de que ya me lo había advertido, no esperaba que bailase usted tan bien —comentó Halley sacándolo de sus pensamientos—. Me alegro de haber aceptado.

—¿Qué esperaba entonces, que fuese un farol? —quiso saber Timothy.

—No lo sé, tal vez que estuviese rígido como una tabla, como tantos caballeros, o, por el contrario, que tuviese las manos largas. Nunca sé qué esperar cuando bailo.

Timothy resopló y elevó las comisuras de los labios sin pretenderlo.

—Veo que ha oído los cotilleos que corren por ahí sobre mí —afirmó.

—Puede que haya oído algo —respondió ella de forma evasiva y apartó la mirada.

—No me lo diga, soy un picaflor que desflora jovencitas cual mozo de taberna, para luego no hacerles caso, ¿me equivoco?

—¿Era consciente de que decían eso y no hizo nada? —se sorprendió la joven—. Yo no lo habría permitido si fuese de mí de quien dijesen tales cosas... Debe de tener mucha entereza.

«Mas de la que imaginas, querida, más de la que imaginas», pensó Timothy.

—Ya no soy un crío, estimada Halley, con los años aprende uno a no hacer caso de esas habladurías —dijo, y clavó la mirada en ella con tal intensidad que hizo que se ruborizara—. Está un poco colorada, ¿quiere salir a tomar el aire? Después cortaré el pastel, sé que está deseando probarlo.

—Buena idea, así podré darle mi regalo de cumpleaños lejos de las cotillas.

Timothy asintió y cuando el vals terminó la condujo hacia el extremo del salón, donde se encontraban las puertas de la terraza. El sol se había puesto, pero la noche aún no era demasiado oscura. Cuando salieron a la tranquilidad del exterior, se le escapó un suspiro mientras se apoyaba sobre la baranda y clavaba los ojos en la luna que acababa de salir. Corría una brisa fresca que le resultó agradable al notarla contra la piel acalorada.

—¿Le gusta? —dijo Timothy, que continuó al ver la duda de ella—. El jardín, quiero decir. Sé que es pequeño, pero me he ocupado de que estuviese bien cuidado.

—Mucho, es perfecto para estar en el centro de Londres, muy coqueto. Además, los prefiero así. Siempre me han gustado los lugares pacíficos, sin multitudes.

—¿Por eso visita tanto el museo, porque puede rodearse de silenciosas momias?

—¿Cómo sabe eso? —se sorprendió Halley.

—No es usted la única que ha oído rumores, mi querida *lady* Hasford.

Halley suspiró antes de sonreír de medio lado. Después se volvió a mirarlo con una expresión divertida, aunque la experiencia le dijo a Timothy que se había puesto a la defensiva. Debía andarse con pies de plomo, no podía fallar y ofenderla ahora.

—Bueno, ¿y qué es lo que dicen sobre mí? —inquirió la joven.

—Que es una mujer hermosa, inteligente y bien educada que ocupa su tiempo en leer libros y visitar museos en vez de acudir a bailes y fiestas como harían otras damas.

—¿Y le molesta que así sea?

—Ni mucho menos. En realidad, lo prefiero —admitió Timothy—. Ya he cumplido mi cupo de frivolidades para toda una vida y más, puede creerme.

—También me alegro, porque si eso es cierto le gustará mi regalo.

Sin esperar respuesta, Halley metió la mano en uno de los bolsillos interiores del vestido para sacar una cajita rectangular de madera pulida, que le ofreció. Timothy la sostuvo con cuidado y levantó la tapa, para encontrar una pluma con plumín de oro y empuñadura de cuarzo blanco sobre un lecho de terciopelo azul medianoche. Era preciosa, un regalo que ninguna mujer le habría comprado de haber conocido su carácter. Que Halley lo hubiese hecho, le reafirmó lo diferente que era de todas las demás. Ni siquiera a Eleanor, la esposa de Aiden, se le habría ocurrido algo así, y era la mujer más inusual que había conocido hasta el momento. Una sonrisa le asomó a los labios.

—Feliz cumpleaños, lord Timothy —felicitó Halley.

—Me encanta, de verdad. Espero poder retribuírselo muy pronto —contestó él, y elevó una mano para acariciarle la mejilla a la joven.

Halley asintió y notó que se sonrojaba. Era su sexta o séptima vez esa noche, y todo se lo debía a él. Ignoraba qué fuerza era la que ejercía lord Timothy Richemond sobre ella, pero por una vez decidió que no fuese su cabeza sino su instinto el que la guiara. Sonrió sin poder evitarlo bajo el roce de su mano enguantada.

—Le tomaré la palabra, milord —dijo.

—Es una promesa entonces, *milady* —asintió Timothy.

Tras una sonrisa compartida volvieron a entrar al salón, dispuestos a comerse una buena porción de tarta de chocolate. Una vez cortada y servida, Timothy sonrió al morder el bizcocho. Aquel estaba siendo el mejor cumpleaños que podía recordar desde hacía años, y Halley Hasford era la responsable. Quién sabe, después de todo, tal vez fuera a disfrutar mientras durase aquel asunto. Solo podía esperar y ver.

Capítulo 4

Cartas de amor, si hay amor, deben ser ridículas.
Pero, de hecho, solo aquellos que nunca han escrito
cartas de amor son ridículos.

FERNANDO PESSOA

Cuando la segunda carta de Timothy llegó, fue algo totalmente inesperado. Era un lunes normal y corriente, y Halley se proponía llevar a cabo su rutina como hacía cada mañana: levantarse y asearse, desayunar, salir a dar un paseo por el jardín y luego visitar el Museo Británico. Hacía una semana que habían inaugurado la sala de antigüedades de la reina Ahhotep I, y Halley apenas había recorrido un tercio de la exposición. Cada detalle la fascinaba: cada vasija, cada brazalete, cada trozo de papiro... Quería descubrirlo todo, y supo que tardaría al menos una semana más en recorrerla entera. Con resolución firme, la joven duquesa se vistió y bajó al comedor.

John y Margaret estaban desayunando junto al pequeño Gabriel, que, sentado en el regazo de su madre, jugueteaba con sus rizos mientras paladeaba una papilla. Halley sonrió y se sentó al lado de su prima, mientras miraba lo que se había servido ese día: tostadas con mantequilla y mermelada de mora, manzanas con miel y *kedgeree*. Se decantó por las tostadas y un café con leche, que Molly, su dama de compañía, se apresuró en servirle. Estaba untando la mantequilla sobre el pan tostado cuando Margaret habló.

—Pareces muy contenta, prima, ¿tienes algún plan para hoy? —quiso saber.

—En realidad sí, pensaba ir al museo a ver la exposición de Ahhotep I, apenas pude ver una parte de la muestra el otro día —contestó Halley, que dejó el cuchillo sobre la servilleta para morder su tostada caliente.

—¡Ah, no, ni hablar, Halley! Ya basta de museos, hoy vas a acompañarme. Aún me debes una visita a Doleen's Pottery, ¿recuerdas? Me lo prometiste.

—En realidad no prometí nada, solo dije que probablemente iría.

Margaret frunció el ceño ante tal afirmación. Estaba a punto de replicar cuando su marido se adelantó e hizo que ambas jóvenes se volviesen mientras él removía su café.

—Bueno, Maggie, si Halley quiere ir de visita al museo, que vaya —dijo John—. Se merece darse un pequeño gusto después del susto que se llevó el otro día.

—¡Pero, John, no es bueno que pase tanto tiempo allí metida! ¡Sobre todo ahora que el conde de Armfield ha posado sus ojos en ella! —protestó Margaret.

—Lo sé, mi amor, pero sabes bien que es labor del caballero dar los primeros pasos. Si lord Richemond desea avanzar más, nos enviará una carta, como corresponde.

Halley observó el intercambio entre marido y mujer con un mohín.

—Sois conscientes de que sigo aquí, ¿verdad? —señaló—. ¿A qué os referís?

—Como si no lo supieras, Halley, todo el mundo habla de ello —resopló Margaret, que prosiguió al ver la confusión de su prima—. En la fiesta de cumpleaños de lord Timothy Richemond fuiste el centro de atención, y no solo del homenajeado. Ahora toda la ciudad ha dado por hecho que él quiere cortejarte.

—¿Por qué? —exclamó Halley.

—Bueno, querida, es obvio —intervino John—. Al conde de Armfield no se le han conocido novias oficiales a sus treinta y cinco años. Sí muchas amantes, pero ninguna con la que haya querido sentar la cabeza. He preguntado al respecto a algunos conocidos que tenemos en común y me han dicho que lo más cerca que ha estado de cortejar a alguna mujer fue a *lady* Elisabeth Whitehall, la difunta duquesa de Cloverfield. Y de eso han pasado ya cinco años, es normal que se busque a otra mujer.

«¿La difunta duquesa de Cloverfield?», se dijo Halley. «Cloverfield es el ducado de lord Aiden Wadlington, el caballero que conocí en la fiesta... Él mencionó que tenía un hijo pequeño, así que Elisabeth debió de ser su primera mujer».

—*Lady* Elisabeth Whitehall era la esposa de lord Wadlington, ¿verdad? —inquirió.

—Sí, falleció en un accidente, luego él se volvió a casar —confirmó Margaret—. ¿Por qué te interesa saber eso?

—Por nada, solo preguntaba porque lo he conocido en la fiesta —dijo Halley—. Lord Aiden mencionó que era amigo de infancia de Timothy, por eso me ha sorprendido.

Margaret sonrió de medio lado y arrulló a su hijo, sin apartar los ojos de Halley, que tomó un largo sorbo de café con leche bajo su atenta mirada.

—¿Pasa algo? —dijo Halley.

—Con que ahora lo llamas Timothy, ¿eh? Veo que hemos pasado a la fase de tuteo —se rio Margaret—. Niégalo cuanto quieras, Halley Hasford, pero ese hombre te gusta.

—No empieces, Maggie...

—No, no, no, no, no —cortó ella—. Olvida el museo, vendrás conmigo a Doleen's. ¡Y, de paso, a la costurera! Quiero comprar algunas cosas que harán que te veas preciosa. Tanto que tu Timothy no podrá apartar la mirada de ti.

Halley se puso a reír mientras daba el último mordisco a su tostada, antes de volverse hacia su cuñado en busca de ayuda. John la miraba igualmente divertido. ¡Parecía que todos en esa casa se habían confabulado contra ella!

—¿Y qué pasa con Gabe, vas a dejarlo solo con los criados? —intentó Halley.

—John se encargará, el niño lo adora. Además, tiene a Josie para ayudarle.

—Está bien, Maggie, tú ganas.

—Siempre lo hago. Y no seas así, que lo hago por tu bien —bromeó Margaret.

Halley no dijo nada y siguieron desayunando en silencio. Estaba a punto de levantarse cuando un campanillazo en la puerta principal los sobresaltó a todos. No esperaban visitas, era demasiado temprano para eso. Tras unos instantes, Josephine entró cargando unos paquetes y Halley elevó las cejas, confundida.

—¿Qué es todo eso, Josie? —inquirió.

—No tengo ni idea, lo han traído para usted junto a una carta de lord Richemond —contestó Josephine, que dejó los paquetes sobre la mesa—. Si lo prefiere, puedo subirlo arriba para que los abra más tarde, en vista de que tenía planes de salida esta mañana.

«¿De Timothy?», pensó Halley aún más sorprendida. ¿Qué le habría enviado?

—No importa, los abriré ahora —dijo, y apartó la carta para abrir el primer paquete.

Nada más desenvolver el sencillo papel marrón, sus ojos se abrieron de incredulidad. Ante ella se encontraba uno de los libros que más había deseado leer desde hacía años, que por desgracia no había logrado encontrar: *Hojas de hierba*, del poeta estadounidense Walt Whitman. Los poemas de Whitman le parecían tan bellos e inspiradores que lo había buscado en todas las librerías de Londres sin éxito. Que Timothy hubiese logrado obtener un ejemplar le parecía un milagro, y sintió que su corazón daba un vuelco mientras se deshacía del envoltorio para abrir el libro y acariciar las primeras páginas con adoración. Para su asombro, había una dedicatoria escrita del puño y letra del propio Timothy.

«No desfallezcas si no me encuentras pronto,
si no estoy en un lugar, búscame en otro.
En algún lugar te estaré esperando»

Así reza el poema y, sinceramente, no puedo estar más de acuerdo. Disfrute este pequeño regalo, querida Halley, como muestra de mis buenos sentimientos hacia usted.

Suyo,
Timothy

Halley se quedó boquiabierta, perpleja mientras releía la frase una y otra vez. Pasó tanto tiempo en silencio que Margaret le dio un toque en el hombro para devolverla al mundo real. Dejó el libro sobre la mesa y sintió que le ardían las mejillas cuando alzó la vista hacia su prima. Margaret se rio al ver su aspecto.

—¿No vas a abrir el segundo? Me muero de curiosidad por ver qué es —dijo—. Además, tienes que leer la carta, ¡a lo mejor es una nueva invitación!

—Tal vez... —contestó Halley escuetamente.

Sin pensarlo más, tomó la segunda caja y la abrió, para encontrar el paquete que había comprado en el anticuario la tarde que se cayó al Támesis. Abrió la tapa para asegurarse y, en efecto, ahí estaba el delicado juego de té de porcelana china que la señora Downey le había recomendado. El mismo que creyó que había perdido para siempre tras su alocada carrera para salvar la vida.

—¿Qué es eso? —dudó Margaret, que se asomó para ver el contenido de la caja—. ¿Un juego de té? El conde de Armfield te ha regalado un juego de té... ¡Increíble!

—No me lo ha regalado, lo compré yo en el anticuario —se defendió Halley—. Supongo que él lo recuperaría volviendo al lugar.

—Es un detalle bonito—intervino John—. Hay quien hubiese preferido comprarte un regalo nuevo en vez de volver a ese barrio de mala muerte a buscar la caja.

—¡Es obvio que le gustas muchísimo, Halley! Si no, no se habría molestado tanto —exclamó Margaret y aplaudió, risueña como una niña—. Vamos, abre la carta, a ver qué dice. ¡Ay, prima, me emociono tanto como si fuese yo la cortejada!

—Ten cuidado, Maggie, o John se va a poner celoso —bromeó Halley.

El comentario causó la risa de todos y John suspiró con una expresión tierna.

—No lo creas, querida Halley, yo también estoy emocionado —dijo—. Emparentar con los Richemond es una buena forma de abrir las puertas a nuestras inversiones en el norte.

—Y no solo a las inversiones, piensa en todo lo que...

Pero Halley había dejado de escuchar para centrar su atención en la carta que aún permanecía cerrada. Era un sobre pequeño, y al abrirlo encontró una nota doblada del mismo papel elegante que la carta que recibió para invitarla al cumpleaños. La letra elegante y pulcra de Timothy brillaba en negro sobre el papel, y la leyó con avidez.

Estimada Halley:

He considerado oportuno devolverle el paquete que compró el día del robo y que con tal premura dejó olvidado. Volví sobre sus pasos para buscarlo y recé para que el contenido estuviese intacto. No he abierto la caja, aunque pude oír el repiqueteo de la porcelana. Espero que todo esté bien, me esforcé en no moverlo demasiado. Sin embargo, si se ha roto, hágamelo saber y me haré cargo. El otro paquete contiene un libro de poemas, como ya habrá visto. En la terraza mencionó haber leído a suficientes poetas como para saber que el amor solo trae desdichas... Bueno, espero que el señor Whitman le haga cambiar de parecer. Disfruto mucho de su pluma, y estoy seguro de que usted más que nadie sabrá apreciarlo. Espero que este pequeño regalo le sirva para recordarme. Hasta entonces, me doy por satisfecho con una sonrisa, la misma que me regaló en la fiesta.

Espero verla pronto.
Lord Timothy Richemond, conde de Armfield

Nada más terminar de leer la carta, una sonrisa se le dibujó en las comisuras de los labios. Cómo podía saber aquel hombre cuál iba a ser su reacción era un misterio. Tal vez Halley era un libro abierto y él un experto lector. Fuera como fuese, se descubrió a sí misma deseando un nuevo encuentro. Primero, para agradecerle las molestias que se había tomado.

Segundo, porque al contrario de lo que decía todo el mundo, Timothy Richemond no le parecía frívolo, un seductor. De hecho, no había intentado nada con ella, ni siquiera besarla, como sí habían hecho algunos otros antes.

El pensamiento logró que su sonrisa se ampliara. Quizá no fuese tan malo dejar que Timothy la besara. Solo debía atreverse a dar el paso, a saltar a la madriguera del conejo. Si él tenía razón, el amor era «la mayor de las alegrías». El tiempo lo diría.

❋ ❋ ❋

Hacía una tarde soleada y una ligera brisa arrastraba el aroma a pan recién horneado. Eran las cuatro y media, alguna pastelería estaría horneando los *scones* para el té de las cinco, tan puntuales como las campanadas del Big Ben. ¡Cómo odiaba Londres! Cada maldito rincón parecía regido por normas encorsetadas escritas por hombres sin espíritu y mujeres detestables. Añoraba Cloverfield, el campo, los bosques de la campiña sur y a sus amigos. Ni siquiera en Hyde Park, donde estaba ahora, lograba reducir su añoranza. Todo fuese por recuperar el honor de su familia.

Por suerte, el plan iba viento en popa. Timothy sabía que era crucial enamorar a Halley, y el libro de poemas que le había enviado hacía un par de días era un escalón más hacia la meta. El rescate fue el primero, sin duda ya se había empezado a formar una opinión en la mente de la joven. Timothy sabía leer a las mujeres y, como le dijo a Aiden y a Byron, Halley Hasford no era ni remotamente parecida a las demás.

Si la implicada hubiese sido Kathleen Vernon, o incluso *lady* Emmeline Garfield, por ejemplo, el asunto habría sido muy distinto. En tal caso hubiera tenido que comprar una pulsera de diamantes y llevarlas al teatro, en cuyo palco las habría besado con tal pasión que las hubiese derretido como mantequilla. Estarían tan embobadas por sus besos y su encanto que la boda sería un hecho. No le habría llevado más de un par de semanas.

Halley no era esa clase de mujer, ambiciosa y falsa, y Timothy admitía internamente que lo prefería así. No solo porque le gustaban los retos y conquistarla suponía uno, sino porque le estaba empezando a interesar como persona. Se lo había intentado negar a sí mismo, pero pensó que no tenía sentido hacerlo. A diferencia de Eleanor, Halley era tremendamente ingenua, una romántica clásica, tenía un toque dulce que lo fascinaba. Sin embargo, a veces salían a la luz destellos de su pasión, como cuando lo empujó en el río tras haberla salvado, o lo que le dijo en la fiesta. Era dulce, tierna e ingenua, sí, pero tenía un corazón ardiente. Como un diamante en bruto que él podía pulir para que brillase con luz propia. Además, había llegado a apreciar su atractivo físico. Halley no era el tipo de mujer que le enardecía, pero era hermosa. Tenía un encanto que despertaba en él un instinto que hacía mucho tiempo que creyó apagado.

En un inicio se consoló diciéndose que sería agradable tener a una mujer calentando su cama, que por eso lo hacía, y que, aunque Halley no fuese su tipo, no estaba mal. Timothy siempre había preferido a las rubias de ojos claros. Le recordaban a Elisabeth, la única mujer a la que había amado, la misma que jugó con él hasta destrozarlo. Ahora le parecía mejor no repetir la pauta. Despreciaba la idea de casarse con alguien que le recordase a quien odiaba.

Halley poseía una melena rizada de un castaño tan avellanado como sus ojos, cálidos y suaves como una puesta de sol. Justo lo contrario que Elisabeth Whitehall. Mejor para él y para su tranquilidad mental. Hacía mucho que había superado el dolor, pero la herida seguía allí y siempre lo estaría. Por eso se encontró a sí mismo fantaseando con Halley, en cómo sería su piel bajo la seda del vestido, en cómo sería el sabor de sus labios... Y ya no faltaba mucho para probarlos, si su instinto no se equivocaba. Sabía que le gustaba, que había despertado algo en ella que la joven jamás había sentido, y pensaba alentarlo.

El relincho de *Ébano* lo sacó de su ensimismamiento y lo devolvió a la realidad, así que volvió la cabeza para acariciar el flanco de su fiel montura, que pastaba margaritas mientras él fumaba. Parecía que quería avisarle de algo, pero no veía de qué.

—¿Qué te ocurre, pequeño, estás inquieto? —inquirió Timothy, que sujetó las riendas con una mano mientras le rascaba entre los ojos con la otra—. ¿Qué pasa?

La voz a su espalda le dio la respuesta que buscaba.

—¿Timothy?

El conde se volvió de forma brusca, aunque al ver quien era se relajó y sonrió de medio lado, todavía sosteniendo el cigarrillo entre los labios. Halley estaba frente a él con una sombrilla de encaje en la mano y poniendo cara de sorpresa. Era obvio que no había esperado encontrarse con él.

—Parece que a *Ébano* le gusta, y eso no le ocurre a menudo con personas a las que acaba de conocer —afirmó Timothy—. No esperaba verla hoy, pero me alegro de que nos hayamos encontrado. Si hasta mi caballo se ha dado cuenta de su encanto, debe de ser buena señal.

—Qué puedo decir, ¡soy adorable! —bromeó Halley, que se acercó para acariciar al equino en el cuello. *Ébano* se dejó hacer—. Ahora en serio, yo también me alegro. Esto me da la oportunidad de agradecerle los regalos; iba a mandarle una carta, pero...

—Ni lo mencione, no tiene que agradecerme nada —interrumpió él—. ¿Por qué no se une a nosotros? Estaba a punto de ir a la fuente a darle agua, ¿ha venido sola?

—No, Matthew, mi cochero, está esperándome en el carruaje a la salida del parque. Supongo que no le importará que tarde unos minutos más si es para hablar con usted.

—Me conformaré por el momento.

El guiño que acompañó la respuesta le arrancó una sonrisa a Halley, y comenzaron a caminar hacia la fuente uno junto al otro. Timothy sostenía las riendas de *Ébano* y pronto el paseo los llevó a atravesar Rotten Row para detenerse junto a la fuente frente a los campos deportivos. Timothy soltó a *Ébano* para permitirle beber en paz, después tiró el cigarrillo y lo aplastó, antes de soltar el humo en un elegante anillo. Fue Halley quien rompió el silencio, de espaldas a él. Tenía la vista fija en la hierba recién cortada.

—Parece mentira que habiendo vivido en Londres toda la vida no haya visto ni uno de esos espectáculos —comentó, señalando el terreno de fútbol frente a ella—. Polo, fútbol, boxeo... ¡Se me pone la piel de gallina ante semejante brutalidad!

—¿Eso es lo que piensa, que son juegos brutales? —inquirió Timothy.

—Lo más arriesgado a lo que he jugado nunca ha sido el crocket, así que puede decirlo así, sí. Todos esos hombres luchando por demostrar su hombría, ¡qué incivilizado!

Timothy la miró perplejo mientras decidía si estaba hablando con sarcasmo o no, pero al no encontrar rastro de broma o duda en su voz rompió a reír. Esa mujer era única, debía reconocerlo.

—¿He dicho algo divertido? —dudó Halley.

—No, es solo que me ha sorprendido —contestó Timothy sin perder la sonrisa—. Como bien dice, parece mentira que siendo una dama inglesa no haya visto nunca una competición. Creo que ya es hora de cambiar eso.

—¿Me está invitando a acudir a un partido, Timothy?

—Tal vez no lo sepa, pero soy uno de los mejores jugadores de polo de York. Bailar no es mi única habilidad, ya lo comprobará —aseguró él mirándola a los ojos, y Halley contuvo el aliento al sentir cómo aquellos iris azules la traspasaban—. Si promete ir a verme, le pediré al director del Hurlingham Club que me permita jugar en Londres. Créame, daré tal espectáculo que no se arrepentirá.

—¡Cómo negarme, si lo ofrece de forma tan concluyente! —sonrió Halley.

Timothy rompió a reír y un instante después ella se unió a él. Había algo en Halley que le hacía sonreír sin poder evitarlo, y de nuevo salió a la luz la chispa que le había atraído de ella la primera vez que hablaron. Cuando *Ébano* terminó de beber y alzó la cabeza, Timothy tomó las riendas y se volvió hacia la joven con una sonrisa.

—¿Tengo su palabra de que acudirá a la «incivilizada» cita, estimada *lady* Hasford? —inquirió.

—Es una promesa, lord Richemond —asintió ella.

—Esperaré con impaciencia entonces —dijo Timothy y le ofreció la mano—. Vamos, la acompaño, no hagamos esperar a su cochero más tiempo del necesario.

La joven asintió y, tras ayudarla a subir a la grupa del purasangre, Timothy montó y se acomodó a su espalda. Después espoleó los flancos de *Ébano* y echó a cabalgar hacia la gran puerta de hierro forjado de Hyde Park.

Capítulo 5

Nada es singular en el mundo:
todo por una ley divina se encuentra y funde
en un espíritu. ¿Por qué no el tuyo con el mío?

PERCY BYSSHE SHELLEY

Tal y como había prometido, una semana más tarde Timothy envió una nueva carta con la invitación al partido de polo. El encuentro se celebraría frente a Kensington Palace, donde se iban a enfrentar dos clubes históricos: el Hurlingham y el Roehampton. Halley se sorprendió al ver que iban a permitir jugar a Timothy, ya que no era de Londres, si bien, supuso, su título de conde y las buenas referencias del club de polo de York habían sido suficientes para concederle el momentáneo honor.

Sentía curiosidad, no podía negarlo. Quizá Timothy no fuese más que un fanfarrón, pero, de ser cierto que era tan hábil como alardeaba, aquel partido sería un momento ideal para iniciarse en el deporte. Por desgracia, la mañana del gran día se presentó más agitada de lo habitual. La noticia de que su madre, *lady* Alice, volvía tras su estancia en el balneario de Bath tenía al servicio revolucionado. Y por si fuese poco, también su hermanastro Russell había avisado de que regresaba esa tarde de su viaje de negocios a Irlanda. Halley suspiró, sabiendo que tendría que organizarse al milímetro.

Sin querer perder más tiempo, tomó un vestido de seda verde manzana y se lo puso. Sabía que a ese tipo de encuentros había que ir de punta en blanco, así que eligió un sombrerito de plumas, un lazo de color champán para atárselo a la cintura y un par de guantes a juego que le subían por encima del codo. Satisfecha con su aspecto, se miró en el espejo y giró sobre sí misma. El reflejo mostraba a una joven dama, hermosa y de mejillas lozanas. El verde de su vestido resaltaba el color de su melena y de sus ojos. Detuvo sus giros mientras pensaba qué hacer con su pelo. Si en algo se parecía el polo al derbi de carreras, tendría que llevarlo recogido; sin embargo, por alguna razón, quería dejárselo suelto.

Se encogió de hombros y se sentó frente al tocador para cepillarse la melena. Después eligió un par de broches de oro y perlas para apartarse los rizos de la cara y dejar que le resbalaran por la espalda. En ese momento se abrió la puerta. Josephine entró cargando una jarra de agua fresca que depositó frente a la palangana de porcelana, antes de volverse hacia ella con cara de sorpresa y afectuosa.

—¡Mi niña, está preciosa! —exclamó.

—Gracias, Josie, hoy quiero lucirme bien —dijo Halley.

—¿Para impresionar a lord Richemond? —aventuró Josephine con una sonrisa.

—Porque deseo que los demás me consideren uno de ellos, aunque sea por una vez. Y, sí, puede que por eso último también.

La institutriz sonrió y se acercó a Halley para darle un beso en la mejilla antes de tomar el cepillo para acomodarle las horquillas de forma armoniosa. Después le hizo una seña a la joven, que se levantó con una ceja en alto, interrogante.

—Si quiere sorprender a lord Timothy Richemond... —comenzó Josephine, llevando las manos al escote de la joven para acomodarle los pechos por encima del corsé— lúzcalos bien y no los esconda bajo el abrigo, verá qué pronto lo impresiona.

—¡Josephine! —exclamó Halley notando que le ardían las mejillas.

—Soy realista, mi dulce Halley. Y ahora, la guinda del pastel, una gargantilla —dijo Josephine sacando una del joyero—. Esto resaltará aún más su figura.

Halley se quedó tan perpleja ante la sugerencia de la mujer que la había educado que no alcanzó a responder antes de que Josephine depositase sobre su pecho una pieza de oro y ópalos en forma de lágrima. Ese collar fue un regalo de su padre cuando Halley cumplió los veinte años, pero no se lo ponía debido al valor sentimental. Pretendía guardarlo como oro en paño. Sin embargo, decidió que Josephine tenía razón: aquella era la ocasión perfecta para sacarlo a la luz.

—Bien, mírese ahora —pidió la institutriz.

Halley obedeció sin rechistar y al ver su reflejo se quedó de piedra. La imagen dulce que había tenido instantes antes había desaparecido, para dar paso a la de una mujer de aspecto envidiable, deseable. Al volverse, estrechó a Josephine con un fuerte abrazo.

—Muchas gracias, Josie, te quiero mucho —dijo Halley.

—Vamos, niña, no se emocione, no ha sido nada —contestó Josephine y sonrió—. Ahora dese prisa, Matthew ha sacado ya el carruaje y la espera en la puerta principal. Además, no sería correcto llegar tarde a Kensington Palace.

Sin perder la sonrisa, Halley se alejó hacia la puerta y Josephine se arrimó a la ventana. Al verla bajar los escalones se dio cuenta de que no se había puesto los guantes, así que abrió la ventana y se apresuró a remediar ese error.

—¡No olvide ponerse los guantes, *lady* Halley! —exclamó Josephine.

La joven miró hacia arriba mientras subía al carruaje y asintió, para instantes después, ya en marcha, sacar una mano enguantada por la ventana para decirle adiós. Josephine se permitió una sonrisa. Halley, ingenua como era, podía no ser consciente, pero sabía bien que lo que se jugaba ese día no era un partido de polo. Lo que se jugaba era la llave del corazón de la duquesa de Casterberg. Y Timothy Richemond tenía todas las papeletas para llevarse el partido.

***

Las doce menos cinco, casi mediodía, momento perfecto para hacer acto de presencia, pensó Halley mientras estrechaba la mano de Matthew al bajar del carruaje. El palacio de Kensington aparecía tan bello como siempre. Sus jardines estaban concurridos debido a la cita. Habían plantado tiendas de tela para que los invitados pudiesen ver el partido sin asarse bajo el sol y Halley se acercó a paso tranquilo mientras buscaba con la mirada.

—Gracias, Matt, creo que seguiré yo sola desde aquí —dijo.

—¿Está segura, *milady*? ¿No prefiere que la acompañe? —dudó el cochero.

—No te preocupes por mí. Puedes ir a la zona de aperitivos, estoy segura de que no se opondrán a que esperes allí mientras dura el encuentro.

—Como desee, *lady* Hasford —asintió Matthew.

Tras una rápida sonrisa de despedida, Halley atravesó el sendero de gravilla hacia el lugar donde se reunía la mayoría de invitados. Mientras avanzaba notó que, al otro lado del jardín, frente al terreno de juego, había una línea de tiendas de tela negra. Y junto a cada tienda se alzaba un poste de amarre con un caballo atado. Halley reconoció a *Ébano* por su inconfundible pelaje negro, impoluto. Aquellas eran las tiendas de los jugadores, y se preguntó si Timothy estaría en la suya. Se moría por saludarlo, pero supuso que colarse no sería lo más adecuado para una dama, esperaría a que fuese él quien se acercara a hablar con ella.

Eso estaba pensando cuando llegó. Apenas hubo puesto un pie en el interior de la carpa, la condesa Conhall se le acercó con una gran sonrisa. La acompañaba su esposo, y a su lado estaban el señor Vernon y su hija. Kathleen Vernon llevaba un vestido azul celeste de muselina y encaje con el escote a punto de reventar, que acompañaba con un collar de perlas negras a juego con la peineta que sujetaba su oscuro cabello. Halley no quiso fruncir el ceño y mostró una sonrisa.

—¡Querida Halley, que alegría verte! —saludó *lady* Mary y le besó la mejilla—. No sabíamos que ibas a venir, nunca has mostrado interés por estos encuentros. De haberlo sabido, podríamos haber venido juntas.

—Fue una decisión repentina, *lady* Mary. Lord Richemond me envió una invitación de última hora y no he tenido tiempo de avisar a nadie —contestó Halley.

—Pues sea como fuere nos alegramos de que hayas venido.

—Estoy de acuerdo con mi esposa, es un placer verte, querida niña. Espero que esto sea el precedente, y no la excepción a la regla —dijo lord Benedict.

—Ciertamente estas reuniones se alejan de los aburridos ambientes que frecuenta, querida Halley. Tal vez se sienta incómoda en compañía de gente con sangre en las venas, y no de personajes de novelas —comentó Kathleen Vernon—. Es raro que alguien tan alegre y activo como Tim se haya molestado en invitarla... Me pregunto qué habrá hecho para llamar su atención.

Todos se volvieron a mirarla, y su padre, Theodore Vernon, fulminó a su hija con la mirada antes de volverse hacia Halley con las mejillas sonrojadas.

—Disculpe a mi hija, *lady* Hasford, no sabe cuándo debe callar —dijo.

—No se preocupe, señor Vernon. Según he oído, Kathleen sabe bien de lo que habla —contestó Halley clavándole los ojos, marrones, a la otra, que los tenía de un oscuro color café—. ¿No es cierto que conoce a lord Armfield de forma muy personal?

La mencionada tensó la mandíbula y frunció los labios. Se moría por soltarle alguna fresca a la impertinente duquesa, pero se mordió la lengua y sonrió. Timothy era un reconocido mujeriego, ella misma había estado con él varias veces y sabía que en cuanto yaciera con Halley se aburriría. El hombre tenía una personalidad brillante como el sol, alegre y divertida, lo contrario de aquella estúpida Hasford. Al notar lo tenso del ambiente, Kathleen salió a paso airado de la tienda para perderse entre el gentío. Tras la bochornosa escena se produjo un silencio incómodo y lord Benedict carraspeó, en un intento por desviar la atención a otros asuntos.

—Mirad, amigos, ya salen los jinetes —comentó señalando las tiendas negras.

—¡Oh, es cierto! Son las doce en punto —dijo *lady* Mary y le sonrió a Halley—. ¿Qué te parece si nos acercamos a la línea del campo para tener buenas vistas?

—Me parece excelente, *lady* Mary —contestó Halley.

—Vayamos todos —propuso el señor Vernon.

Hubo un asentimiento general y los cuatro se alejaron de la protección de las tiendas para detenerse al otro lado de la barandilla que marcaba los límites del campo. Mas gente se acercó al ver montar a los jinetes y, al mirar en derredor, Halley comprobó que los jugadores estaban listos para salir al campo. Timothy estaba entre ellos. El conde vestía una camisa de manga corta azul índigo, un casco de equitación y pantalones blancos ceñidos. Completaba su atuendo con unas botas de montar. El escudo del club estaba cosido en un lateral. Llevaba el mazo apoyado sobre el hombro. Al recorrer a la multitud con la mirada y dar con Halley, una sonrisa torcida se instaló en sus labios.

La joven le devolvió el gesto, pero, antes de que pudiese hacer algo más, el árbitro sopló el silbato y los jugadores se dirigieron a sus marcas para dar comienzo al juego. El polo era muy entretenido, descubrió Halley, aunque tal como había sospechado, brutal. No pasaban ni dos minutos sin que su corazón diese un vuelco cuando Timothy se inclinaba para golpear la pelota, o cuando un rival lo embestía con su caballo para apartarlo. Veinte minutos después, el partido estaba igualado a ocho tantos y Timothy tomó una decisión. Si quería impresionar a Halley tenía que ir un paso más allá.

Decidido, tiró de las riendas de *Ébano* y giró bruscamente para dirigirse hacia los rivales que venían en carga hacia él. Halley contuvo el aliento, pero Timothy no se inmutó y alzó el mazo para dar un fuerte estoque que lanzó la pelota hacia delante antes de colarse entre dos jinetes contrarios y entrar en la portería. Un estallido de aplausos sacudió al público tras presenciar semejante jugada y Timothy sonrió satisfecho.

Tras el descanso reglamentario volvió a la carga y diez minutos después había anotado otros dos tantos. El partido estaba ganado, faltaban cinco minutos para el final y se permitió bajar la guardia. Por eso no notó al jugador que cargaba en su dirección. El golpe iba destinado a la pelota, pero el otro calculó mal y le impactó en el pecho, lo que lo derribó de la silla. *Ébano* se encabritó y el árbitro sopló el silbato. Halley gritó al ver caer a Timothy, pero, tras llevarse una mano a las costillas, este se incorporó y saludó al público para indicar que estaba bien. En vista de que faltaba un minuto permaneció sentado, y cuando sonó el pitido final sus compañeros lo ayudaron a levantarse y lo acompañaron a su tienda.

Halley no pensaba quedarse esperando, se despidió con una disculpa y esquivó a la gente mientras caminaba a paso rápido hacia a las tiendas. La de Timothy era la tercera. La joven se acercó mientras uno de los sirvientes ataba a *Ébano* y entró, para encontrar al hombre desnudo de cintura para arriba. Halley se apresuró hacia la salida, ruborizada, pero como si hubiese notado su presencia Timothy se volvió.

—Espere, Halley, no se vaya —dijo.

—No pretendía molestar, no sabía que se estaba cambiando —se disculpó ella, sintiendo que se le teñían de rojo hasta las orejas—. Creí que estaba herido por el golpe, y...

Se interrumpió de repente al notar que al conde le había salido un oscuro cardenal en el costado, donde el mazo le había impactado. Una gran mancha negra y púrpura le decoraba las costillas, y Halley se cubrió la boca alarmada.

—¡Dios santo, Timothy! —exclamó—. ¡Tiene que verlo un médico ahora mismo, puede haberse roto una costilla o algo peor!

—No tengo nada roto, sé cómo se siente porque ya me ha pasado, y ahora no es así —dijo él en un intento por tranquilizarla—. Solo necesito un vendaje ceñido y una friega de alcohol de romero.

Halley asintió, conocía las propiedades del romero: antiséptico, antinflamatorio y analgésico. Lo sorprendente era que las conociera él. Se acercó con determinación, dispuesta a remangarse el vestido para echarle una mano.

—Yo podría ayudar. Si me lo permite, iré a buscar un poco... —dijo Halley—. Quiero decir, si no lo encuentra inapropiado.

—¿Inapropiado? ¡Vivo para ser inapropiado, dulce Halley! —bromeó Timothy y señaló el baúl a su espalda—. Ahí dentro hay un frasco de alcohol. Lo he traído porque sabía que me iban a doler las rodillas, ya no tengo dieciocho años después de todo.

«Aun así, tienes un porte magnífico para ser un hombre que se considera a sí mismo mayor», pensó Halley apartando la mirada. «Como un libro antiguo o un licor caro».

—Está bien, lo sacaré ahora mismo. Siéntese en la silla, no tardaré.

No hizo falta que lo repitiera dos veces. Timothy se sentó en la única silla que había en la tienda y se palpó el costado. Le dolía más de lo que iba a admitir ante ella, pero por suerte aún no se le había hinchado. Después llevó la mirada hacia Halley, que ya había encontrado lo que buscaba y caminaba hacia él con expresión decidida.

—Bien, recuéstese un poco sobre el respaldo, veré qué puedo hacer —dijo mientras se arrodillaba entre las piernas de Timothy.

Por un instante fugaz, un pensamiento lujurioso acudió a la mente del conde al verla inclinada entre sus muslos, pero lo descartó rápido. Halley era demasiado ingenua como para siquiera ocurrírsele tal idea. Timothy tragó saliva y al ver que ella había empapado el paño en el alcohol de romero se preparó para sentir el escozor. Sin embargo, nunca llegó, pues Halley le rozó la piel de forma tan suave que se sintió como una pluma.

—¿Duele? —tanteó ella.

—No, está bien, debe de tener dotes de enfermera —contestó Timothy.

Halley se permitió una minúscula sonrisa antes de elevar los ojos hacia él, y cuando sus miradas se encontraron el tiempo pareció ralentizarse. Nunca se había fijado en lo azules que eran los ojos de Timothy, profundos como un océano, intensos como un zafiro, ni celestes ni índigo, de un tono tan puro y precioso que la dejó sin palabras. Él sintió algo parecido al mirarla, como si la viese bajo una nueva luz por primera vez. Tal vez se debiera a los rayos de sol que se colaban por el techo de la tienda, pero nunca le había parecido tan cobrizo su cabello marrón o sus ojos tan cálidos.

Timothy suspiró al ver que Halley se mordía los labios, y el irrefrenable impulso de besarla fue más fuerte que él.

La joven tenía la mano sobre su costado, pero el paño había quedado olvidado, así que elevó una mano para acariciarle la mejilla, tan suave y cálida. Su piel parecía arder bajo su roce y al instante Halley se ruborizó.

—Ah, Halley..., eres tan suave. Tan de verdad —murmuró Timothy sin apartar la mirada—. ¿Cómo puede ser que exista todavía una mujer como tú en esta infame ciudad?

Ella no respondió. Había notado perfectamente que él la había tuteado. Y entonces Timothy se inclinó para atrapar sus labios. Nada más sentirlo, Halley se quedó paralizada. Aquel era su primer beso, jamás otro hombre la había tocado, y ahora el conde de Armfield había capturado su boca y le rozaba los labios con la lengua. No supo qué hacer, así que cerró los ojos y se dejó guiar por él, que al notar que no respondía se alejó para ver si la había molestado. La expresión en el rostro de Halley le desarmó: mejillas rojas, labios húmedos y respiración agitada.

—Lo siento, me he dejado llevar —dijo Timothy echándose para atrás.

—No, yo... lo he disfrutado —susurró Halley. Las mejillas le ardieron al añadir—: Únicamente me has tomado por sorpresa, nunca había hecho esto antes.

La confesión dejó a Timothy atónito. Sabía que era inexperta, pero ¿que nunca la había besado otro hombre? Por todos los santos, era una mujer hermosa y rica, solo por eso ya debería tener una cola de pretendientes en su puerta. El conde se acarició la barba, pensativo, y Halley tomó su silencio como un rechazo.

—¿Eso te molesta? —dudó.

—¿Molestarme? ¿Por qué iba a hacerlo? —repitió él, perplejo.

—Por no haberte besado como lo haría una experta... Alguien como, por ejemplo, Kathleen.

Timothy resopló sin poder evitarlo, y el espontaneo gesto logró arrancarle una sonrisa a Halley, más confiada ahora que hacía un instante. Al parecer, a él tampoco le gustaba la señorita Vernon. Sin embargo, no pudo seguir pensándolo porque él se inclinó de nuevo, para detenerse ante sus labios sin llegar a tocarlos. La joven los entreabrió y dejó que escapara de ellos un leve suspiro. Timothy la miró y sonrió, antes de alzar la mano para rozarle el mentón.

—Si quisiera que me besaran como Kathleen Vernon, habría buscado a Kathleen Vernon. Me interesas tú, Halley, ni ella, ni ninguna otra —dijo sin romper el contacto de sus miradas.

Halley no supo qué emoción se apoderó de ella entonces. Aquella sencilla frase, «Me interesas tú, Halley, ni ella, ni ninguna otra», despertó un instinto que ignoraba que tenía, así que acortó la distancia para volver a unir sus labios. Esa vez Timothy fue más despacio y permitió que la joven se amoldara a él. Pero, para su sorpresa, fue Halley quien acarició su boca, y el beso que había iniciado suave pronto se tornó apasionado. Torpe, pero audaz, Halley se amoldó, y Timothy se encontró a sí mismo rodeando su rostro con las manos para acercarla a él. Cuando se apartaron unió sus frentes.

—Eres una caja de sorpresas, mi estimada *lady* Hasford —dijo Timothy con la respiración agitada y una sonrisa—. Espero que este beso sea el primero de muchos...

—Lo será.

—¿Es una nueva promesa? —bromeó él.

—Tal vez, pero me temo que tendrás que esperar para averiguarlo, lord Richemond —contestó Halley risueña, antes de levantarse y dirigirse al baúl—. Ahora vamos, tengo que vendarte para que puedas caminar sin dolor. Después ya veremos.

Timothy obedeció sin rechistar y, mientras ella lo vendaba y le rozaba el abdomen y la espalda con sus suaves manos, supo que sí, que aquello valdría la pena después de todo.

Capítulo 6

Te doy mi palabra y te digo fielmente:
en la vida y después de la muerte eres mi reina.
Porque con mi muerte se verá toda la verdad.

GEOFFREY CHAUCER

Durante el trayecto de regreso a Casterberg Hill, Halley no pronunció ni una palabra. Se sentía rebosante de emociones, y ni las palabras de Matthew al anunciar que ya habían llegado la devolvieron a la realidad. Bajó del carruaje como una marioneta, con la mente aún en la tienda del palacio de Kensington, con el calor de los labios de Timothy sobre los suyos, con el recuerdo de las palabras del hombre grabado a fuego en su memoria.

«Me interesas tú, Halley, ni ella, ni ninguna otra». Ah, Timothy, Timothy. ¿Cómo podía un hombre como ese producirle tal fascinación? Había algo en él que la atraía como el néctar a las abejas, y no eran su semblante o su porte. Que lo encontraba atractivo era innegable, mucho más ahora que lo había visto casi desnudo. Tenía el cuerpo moldeado por una vida activa de cintura para arriba, el vello castaño claro le recorría el pecho y el abdomen, y de su piel emanaban calor y suavidad... Por supuesto que lo deseaba, pero eso era solo la punta del iceberg. Lo que más la atraía de lord Timothy Richemond era el contraste que veía en él. Era valiente, pero comedido. Arrogante, pero caballeroso.

Era, y esto empezaba a creerlo firmemente tal y como decían los rumores, apasionado. Y, aun así, se había disculpado tras besarla. No fue hasta que ella se lanzó cuando la devoró entera y atrapó su corazón. Timothy era un misterio y Halley deseaba llegar a entenderlo. Descubrir cada faceta de él. O eso era lo que estaba pensando cuando la puerta de entrada de Casterberg Hill se abrió para permitirle el paso. La voz agitada de Josephine la sacó de sus ensoñaciones e hizo que la mirara.

—Al fin llega, niña, su madre la está esperando en el salón y desea hablar con usted —dijo la institutriz, cuya declaración le sentó como un jarro de agua fría.

—¿No sabes qué quiere?

—No, pero parecía muy seria. Será mejor que se dé prisa, señorita.

Halley tragó saliva, no muy segura de por qué reaccionaba así ante la llegada de su madre. En vez de sentirse feliz por ver a su progenitora tras varios meses separadas, se ponía nerviosa. Asustada, tal vez. Su relación siempre había sido distante, pues su madre jamás había renunciado a su vida social y a sus viajes, y había optado por dejar a Halley con Josephine, para que esta se encargara de su cuidado y de su educación. La joven, desde muy niña, había tenido la impresión de que Alice no sentía ningún afecto por ella, y que quisiese verla no presagiaba nada bueno. Sin embargo, se armó de valor y avanzó por el recibidor hasta detenerse frente a las puertas acristaladas del salón. Una vez allí, tomó aire y llamó dos veces. Mejor encarar el asunto de frente y con valor. Un «adelante» se dejó oír con la voz suave de su madre y Halley entró.

Lady Alice Wallard, viuda de lord Charles Hasford, estaba sentada en el sofá de dos plazas y tapicería de flores que había frente a la chimenea. Sostenía una taza de té, pero al ver a su hija la dejó en el platito que había en la mesa. Halley la observó. No había cambiado apenas en los cuatro meses que habían transcurrido desde que se marchó al balneario de Bath. Su cabello castaño estaba perfectamente recogido en un moño alto adornado con peinetas y su vestido de seda perlada estaba impoluto. Se veía magnífica, a diferencia de Halley, que parecía un desastre de mejillas arreboladas.

—Veo que son ciertos los rumores —dijo Alice, y la analizó de arriba abajo con aquellos claros ojos azules que tenía, fríos como un glaciar—. Vienes de estar con él ahora.

—Me alegro de verte, madre, es un placer que estés de vuelta —saludó Halley.

Alice suspiró al ver que no hacía caso del comentario.

—Ven, siéntate a mi lado, Halley —dijo señalando el hueco vacío en el sofá. La joven se acercó y se sentó—. Me alegro de estar en casa, Bath es aburrido como no te haces una idea, pero bien vale la pena el tedio por disfrutar de las aguas termales.

—Es bueno saberlo, madre —sonrió Halley sin saber qué decir.

Lo cierto era que su relación parecía casi de extrañas y se sentía incómoda, aunque eso no parecía molestar a Alice, que fingía ignorar el hecho. Para el corazón de Halley solo existía una madre y esa era Josephine, la mujer que la había visto crecer.

—Cuéntame, querida hija, ¿qué tal te ha ido en mi ausencia? —inquirió Alice.

—Todo muy bien, madre. La casa marcha perfectamente y estamos pensando en adquirir un nuevo caballo para el carruaje. El servicio está contento con la cosecha de los frutales y el buen tiempo que hace, y en cuanto a mí... no me puedo quejar. Margaret y John han venido con el pequeño Gabriel a pasar el verano y me han hecho compañía.

—¿Y esa es toda la compañía que has tenido?

—Desde luego, no sé qué otra cosa esperabas —contestó Halley.

—La vizcondesa de Shearston me escribió, ¿sabes? Estaba en Bath cuando recibí su carta —comentó Alice con tono indiferente—. Parece que *lady* Winifred se quedó muy preocupada tras el robo que sufriste y se alegró mucho de que el conde de Armfield te hubiese salvado. Después expresaba con palabras carentes de sutileza su deseo de ver surgir una relación. «Hay semillas de atracción flotando entre ambos», creo que fueron sus palabras exactas.

Halley no respondió, así que Alice continuó con una fría sonrisa.

—Al parecer, fuisteis la sensación de su fiesta de cumpleaños. ¿Qué tienes que decir sobre eso, querida?

—No hay nada que decir, madre, lo que te ha contado *lady* Winifred es la verdad —contestó Halley—. Lord Timothy me ayudó cuando me asaltaron en la calle Garnet y desde entonces nos hemos visto unas cuantas veces en calidad de amigos.

—¿Amigos? ¿Es eso todo lo que sois? Habré oído mal entonces —resopló Alice—. Josephine me ha dicho que justo ahora estabas en un partido de polo al que él en persona te ha invitado, uno en el que iba a jugar. Un hombre como lord Timothy Richemond no invita a una mujer a una ocasión como esa si no busca algo más con ella.

—Te equivocas, madre, Timothy no haría algo así —contradijo Halley.

Alice se rio sin poder evitarlo y miró con cierto desdén a su hija. Halley era tan ingenua que no entendía ni las artimañas más obvias de los varones. Que un hombre como el conde de Armfield, mujeriego empedernido, se hubiese fijado en ella era un logro. Halley ostentaba el rango de duquesa, aunque al ritmo al que iba jamás tendría hijos que continuasen el ancestral linaje de Casterberg. Era lamentable verse en la situación de tener que servirse de un hombre con una reputación así, pero al menos era noble y acaudalado. Si de verdad le interesaba, mejor para él. Si no, tendría que valerse de otros métodos para cazarlo. Así pensaba la madre de Halley, igual que muchas otras damas que necesitaban de un buen matrimonio para seguir viviendo entre algodones.

Al ver la expresión atónita de su hija, *lady* Alice siguió hablando.

—«Timothy» lo haría y lo hará, no lo dudes. Es bien conocida la reputación de lord Richemond, que por una vez debo alentar —dijo con un cierto deje burlón en su voz.

—¿Qué estás diciendo, madre? —inquirió Halley.

—Digo que ya tienes veintiséis años, que ya no eres una niña y que tienes que espabilarte o te quedarás solterona, hija mía. No seas tan cándida. El conde sería un marido ideal, y si te tienes que acostar con él para forzarlo a casarse, por una vez ten algo de brío. ¡Despierta, Halley! A tu edad, yo ya le había echado el lazo a un partido inmejorable y te había parido.

La joven parpadeó como si no pudiese creer lo que estaba escuchando. ¿De verdad su madre le acababa de decir que se fuera a la cama con Timothy? Por Dios, ¡Si ni siquiera lo conocía! ¿Y si fuera un pervertido? No lo era, estaba segura de ello, pero es que no entendía por qué la alentaba de ese modo. ¿Qué demonios le pasaba?

—Madre...

—Silencio, Halley. He estado hablando con tu hermanastro el bastardo, e incluso él ha oído los rumores —cortó Alice—. Seamos realistas, ya no eres una niña. Los hombres casaderos con fortuna acuden a las fiestas en busca de debutantes, y tú no solo no estás en la edad, sino que tienes aficiones y gustos extraños. ¿Te parece normal andar todo el día en los museos o metida entre libros? No demasiados hombres se fijarían en ti si no fuera por tu dinero y por tu título. Si el conde de Armfield se ha encaprichado contigo, da gracias al cielo y trata de amarrarlo, porque no vas a pescar a otro como él. ¿Es que no quieres casarte, hija? ¿Acaso no quieres tener tu propia familia?

—Claro que quiero, madre —respondió Halley.

—¿Entonces qué te pasa?

La joven tensó la mandíbula y no respondió. Se sentía humillada, ofendida por las palabras e insinuaciones de su madre, aunque no pensaba darle el gusto de dejarle ver que sus insultos la habían afectado. Parecía mentira que ese día que había comenzado tan bien, con el recuerdo de los sentimientos tan hermosos que Timothy había despertado con sus besos y palabras, terminase truncado por culpa de la evidente ambición de su madre. Sintió una oleada de ira al clavar sus ojos avellanados en los azules de su madre.

—Lamento decirlo, pero tendrás que vivir con la decepción, madre, porque yo no soy ninguna fresca —afirmó Halley y se levantó de golpe—. Ahora, si me disculpas, tengo mucho que hacer todavía.

—¡Halley, siéntate, no he terminado! —ordenó Alice.

La joven no le hizo caso y salió corriendo escaleras arriba para encerrarse en su habitación. ¡No podía creerlo! Estaba tan furiosa por lo que acababa de pasar que tenía ganas de gritar y romper algo. No sabía qué le molestaba más, si que su propia madre pensase que era una sosa inútil, que la incitara a encamarse con Timothy o que insinuara que él se interesaba por ella por su dinero y su título, y que encima debiera dar gracias. ¿Por qué querría él utilizarla cuando ya tenía fortuna y título propios? Era un pensamiento tan absurdo...

No, se dijo Halley, no pensaba permitir que su madre arruinara lo que Timothy había despertado en su alma. Si de verdad él quería llegar a su corazón, lo demostraría, como ya había empezado a hacer. Y si todo iba bien y su relación avanzaba, ¿quién sabía qué ocurriría? Cuando se entregase a él sería solo porque ambos lo quisieran, nunca como método para atraparlo. Y, desde luego, no para satisfacer las ambiciones de nadie. Complacida con su propia decisión, Halley suspiró y comenzó a quitarse el vestido. No tenía hambre, y la idea de compartir mesa con su madre después de aquella desagradable conversación le revolvió el estómago. Se lanzó sobre el colchón y se cubrió con las mantas.

Que el alba trajese esperanzas, ahora solo quería hundirse en la oscuridad del sueño.

Los suaves toques en su puerta la despertaron, y al abrir los ojos y mirar el reloj que colgaba en la pared descubrió que eran las doce y media de la mañana. ¡Se había dormido! Y, para colmo, se había olvidado de recibir a Russell, que debía de haber llegado hacía horas. Halley se incorporó bruscamente y pronunció un enérgico «pase», antes de saltar de la cama en dirección al vestidor. Era Molly, que entró con una bandeja de desayuno que depositó en la mesilla frente a la chimenea. Al no ver rastro de Halley, buscó por la habitación y la encontró trajinando dentro del vestidor.

—¿Necesita ayuda, *milady*? —inquirió la pelirroja sirvienta.

—Sí, gracias, Molly. ¿Te importaría darme tu opinión? —inquirió Halley, y elevó dos perchas a cada lado de su rostro, cada una con un vestido—. Ya sabes que no soy la más estilosa, Josephine siempre me ayuda a decantarme por uno o por otro.

—¿Va a acudir a una cita importante?

—Yo no diría tanto. Primero saludaré a Russell y luego iré a dar un paseo, pero sí, hoy quiero estar guapa. ¿Qué opinas, Molly, el rosa pastel o el violeta?

La sirvienta observó los vestidos. Ambos eran de seda, pero el rosa tenía un cinturón que terminaba en un precioso lazo a la espalda y un bonito escote, mientras que el violeta poseía un bajo de encaje que resaltaba mucho la tela. No era tan escotado, pero le sentaría bien, pues tenía buena figura. Era menuda y no tenía mucho pecho, pero estaba bien.

—Creo que debería elegir el violeta, *lady* Halley, la tela es preciosa y el encaje lo hace más llamativo —dijo Molly—. ¿Quiere que la ayude a ponérselo?

—Sí, por favor.

Molly ayudó entonces a la joven duquesa con sus prendas interiores: polainas, enagua, medias, corsé y crinolina, antes de ajustarle el vestido y comenzar a abotonarlo.

—¿Dónde está Josephine? No la he visto hoy —dijo Halley al caer en la cuenta.

—Esta abajo, en el comedor —explicó Molly—. Ahora que han regresado su señora madre y el señor Carbury hay mucho más ajetreo en la sala y la cocina. Hacía meses que no éramos tantos en la mansión, contando al señor Rhottergram y la señora Margaret.

—Es cierto, Casterberg Hill vuelve a estar llena de vida.

—Y tal vez pronto lo esté aún más —comentó la doncella con una risita.

Halley elevó las cejas y se volvió a mirarla, confundida.

—¿De qué hablas? —quiso saber.

—Oh, bueno, no es un secreto, *lady* Halley. Todos deseamos verla bien casada, y el conde de Armfield bien podría ser duque de Casterberg muy pronto. ¡Con la reputación que tiene, seguro que la deja encinta muy pronto!

—¡Molly, pero qué descarada!

—No se enfade, señorita, solamente queremos lo mejor para usted.

Halley no respondió, se limitó a girar sobre sí misma para ver cómo le quedaba el vestido. Le sería imposible enfadarse con Molly, su humor alegre siempre la hacía reír. Como bien decía, tal vez Timothy fuese el indicado, y un ligero cosquilleo le recorrió el cuerpo al imaginarse con él. Satisfecha, la joven salió de la habitación y bajó las escaleras a paso rápido. Se sentía dichosa y llena de energía, enterrada ya la discusión con su madre, y tras saludar a los criados entró en el salón. Recorrió la sala en busca de su hermanastro y lo encontró sentado en el alféizar de la ventana con el periódico en la mano, así que se encaminó hacia él con una gran sonrisa.

—¡Russell, por fin das la cara por casa! —exclamó Halley.

El hombre apartó la vista del periódico y la clavó en ella; entonces se levantó.

—Halley, me alegro de verte —saludó Russell y la miró de arriba abajo—. Bueno, bueno, querida hermana, te has puesto muy elegante... ¿Vas de visita?

—Sí, pensaba salir dentro de un minuto, pero antes quería saludarte.

—En tal caso no te entretendré, habrá tiempo de hablar con calma durante la cena —dijo él—. No obstante, espero que me pongas al día. He oído que te has hecho amiga de lord Timothy Richemond y quiero conocer los detalles.

—¿Dónde lo has oído?, ¿acaso lo conoces? —se sorprendió Halley.

Russell sonrió de forma misteriosa, como hacía cuando sabía algo que ella ignoraba. En ese momento llegó Molly con una bandeja de té con pastas que depositó junto a Russell, quien, al ver el contenido del platillo, hizo una mueca y fulminó con la mirada a la sirvienta, que tragó saliva al notar el enfado evidente del pelirrojo.

—¿Sabes que soy alérgico a las almendras y me traes estas galletas? —espetó—. Llévatelas, maldita estúpida, y que esto no se repita o dejarás de trabajar en esta casa.

—Lo lamento muchísimo, señor Carbury, son las preferidas de *lady* Halley... —se disculpó Molly—. Me las llevaré ahora mismo.

Halley frunció los labios, no le había gustado ni mucho menos la forma en que Russell había tratado a Molly.

Estaba a punto de recriminárselo cuando él rompió el silencio como si nada.

—No conozco a lord Richemond en persona, aunque sí he oído hablar mucho de él —dijo—. Bien, cuando quieras ya me contarás lo que hay de cierto o no en esos rumores.

Confundida, Halley se encogió de hombros antes de dirigirse a la salida, no tenía sentido discutir por un malentendido cuando él acababa de volver tras una larga ausencia. Al llegar a la puerta se volvió para decirle adiós, gesto que él correspondió. Después lo perdió de vista. Había mucho que quería hacer, como ver al dueño de sus desvelos.

❋ ❋ ❋

Igual que el día de la fiesta, Richemond Manor impresionó a Halley. Había decidido acudir a lomos de *Promesa,* le apetecía pasear con su yegua. Cuando Matthew la ensilló, cabalgó por las ajetreadas calles de Londres en dirección al centro, donde vivía Timothy. La casa era magnífica, de piedra blanca y balconada sujeta por columnas. Se veía más sobria que la última noche, con la luz del sol bañando la fachada, las flores del patio y las jardineras de las ventanas. Halley sonrió sin poder evitarlo, sabiendo que iba a darle una sorpresa. No había avisado de su visita y pensó que Timothy se alegraría de verla. Decidida, bajó de un salto y tomó las riendas de la yegua para amarrarla al poste delantero.

—Nos vemos luego, pequeña, antes debo ir a ver cómo está Timothy —dijo con una sonrisa dibujada en el rostro.

La yegua se limitó a mover la cabeza y Halley caminó hacia la baranda de hierro forjado. Cruzó el camino y se detuvo frente a la entrada, con las dudas atenazándole el estómago de forma repentina. ¿Y si Timothy no se alegraba de verla? ¿Y si estaba en la cama, dolorido por la herida? «Espero que esté bien», pensó mordiéndose los labios. Solo había una forma de averiguarlo, así que tiró de la campanilla para anunciarse. No se oyó nada durante un buen rato. De repente, la puerta se abrió y un mayordomo recibió a Halley y la hizo entrar. Entonces, un niño pequeño emergió a la carrera desde un largo corredor.

La criatura tendría menos de seis años e iba vestido elegantemente. El cabello dorado le caía sobre los ojos en un salvaje flequillo ondulado y sus ojos azules le resultaron familiares. Tanto, que se quedó paralizada y olvidó lo que iba a decir. Entonces el niño habló y la sobresaltó.

—¡Papá, ha venido una señorita! —exclamó y miró hacia el interior.

—Señorito Edwin, haga el favor... —reaccionó el mayordomo ante la irrupción del niño.

—¿Quién es, Eddie? —contestó la voz desde dentro.

—¡No lo sé! —dijo el niño, que sonrió antes de preguntar—. ¿Cómo se llama?

—Oh, pues, yo soy... —empezó a contestar la joven.

—Halley —pronunció el padre del pequeño—. James, puede retirarse —le dijo entonces al mayordomo, que se había quedado algo atónito tras la llegada en tromba del niño y la llegada del señor de la casa.

La joven se quedó de piedra al ver a lord Timothy Riche-mond en el umbral con cara de sorpresa, y por un momento creyó que le faltaba el aire. ¿Timothy era el padre de ese niño? ¿Tenía un hijo? ¿Por qué nunca se lo había dicho? Además, si ocultaba semejante secreto, ¿qué más había de él que no sabía? Sus miradas se encontraron, avellana contra azul, y, al hacerlo, supo que estaba a punto de averiguarlo.

Capítulo 7

¿Deseas ser amado? No pierdas, pues,
el rumbo de tu corazón. Solo aquello
que eres has de ser, y aquello que no eres, no.

EDGAR ALLAN POE

Al ver que Halley no decía nada, Timothy se aclaró la garganta y sonrió, mientras tomaba al pequeño en brazos y se hacía a un lado para dejarla entrar. La joven no se movió y lord Richemond le hizo un gesto de invitación con la mano.

—Por favor, entra, es una agradable sorpresa verte aquí —dijo él.

—S-sí, por supuesto —contestó Halley dubitativa y con una sonrisa forzada mientras él cerraba la puerta.

Una vez dentro Timothy los condujo al salón, donde dejó al niño en el suelo para que se entretuviese con un montón de juguetes que había esparcidos sobre la alfombra: caballitos de madera, soldaditos de plomo, muñecas de trapo, una pequeña diligencia... Halley lo observó y, al ver dónde se habían detenido sus ojos, Timothy suspiró.

—Halley, permite que te presente a Edwin Richemond, mi hijo —dijo.

«¿Su hijo? Pero si nunca ha estado casado, ¿acaso él...?», pensó la joven.

—No sabía que tenías un hijo —comentó perpleja.

—Sí, es mi hijo. Es una larga historia... —suspiró Timothy y se sentó en el sofá, antes de hacerle un gesto a ella para que hiciese lo mismo—. ¿Quieres un café?

—Té, por favor.

El conde tocó una campanilla que había sobre la mesa y poco después una sirvienta apareció en el salón. Timothy le indicó que preparase una tetera para ambos y la criada desapareció, para dejarlos solos y sumidos en un incómodo silencio. Para lord Richemond, que Halley lo hubiese descubierto era un revés inesperado, pero donde otros verían infortunio él encontró oportunidad. No había mejor manera de salir airoso que hacerle ver a la joven lo familiar que era en realidad. Eso allanaría el camino a su corazón. Solo tenía que encontrar las palabras adecuadas.

—Sé que estás sorprendida, Halley, pero deja que me explique antes de juzgarme —comenzó Timothy—. Es cierto que Edwin es un hijo que he tenido fuera de..., bueno, no estoy casado, como ya sabes. Sin embargo, el niño es mío ante Dios y ante la ley.

—No es necesario que me des explicaciones, Timothy. No soy quién para juzgarte u opinar sobre tu vida privada —contestó Halley con más entereza de la que sentía.

—Ya lo sé, cariño, pero quiero contártelo, deseo que lo sepas. No quiero que haya secretos entre nosotros —dijo él—. Me importas, no puedo negar que empiezo a sentir algo por ti. Si voy a seguir adelante contigo, quiero que sea con el corazón en la mano.

Ella no respondió, aunque creyó que el corazón se le salía por la boca al oírle decir aquellas palabras: «Me importas, no puedo negar que empiezo a sentir algo por ti». Finalmente consiguió que le saliera la voz y habló con las mejillas arreboladas.

—Está bien, te escucho.

—Supongo que has oído hablar de *lady* Elisabeth Whitehall, ¿verdad? La primera esposa de Aiden —comenzó Timothy y Halley asintió—. Elisabeth es la madre de Edwin. Antes de que lo digas, sí, dado que Elisabeth era la madre de Eddie y yo su padre, éramos «más que amigos».

—¿Fuisteis... amantes? —dudó Halley.

—Durante un tiempo, pero debes entender que lo que sentía por ella no era lujuria. La amaba más que a mi vida, Halley, y cuando se casó con Aiden me rompió el corazón. Lo hizo por interés, para convertirse en duquesa, y jamás fue feliz con él. Me alejé de ella para no traicionar la amistad de Aiden, pero Elisabeth siguió insinuándose durante meses, casi dos años, hasta que no pude soportarlo y cedí. Así engendramos a Eddie.

Halley asintió, asimilando cada palabra. No conocía a la difunta *lady* Elisabeth Whitehall más que por habladurías, pero si lo que Timothy decía era cierto, había mucho sobre ella que la gente no sabía. Y lo que había no era demasiado bueno, para ser exactos.

—Nunca quise engañar a nadie, pero cuando Elisabeth murió en ese accidente, Aiden ya sabía que el niño no era hijo suyo. No fue hasta más adelante cuando hablamos con total sinceridad y supo toda la verdad, yo mismo se la conté —continuó—. Aiden perdonó lo que hice y al final llegamos a la resolución obvia: Edwin sería visto como hijo de Aiden y Elizabeth para salvar las apariencias por el bien del niño, pero sabría quién era su padre. Ese era el plan, aunque no llegó a durar mucho.

—¿Por qué? ¿qué sucedió?

—Cuando Edwin cumplió tres años, solo un par de meses tras aquel incidente, un suceso nos obligó a cambiar de planes. Resulta que el antiguo mayordomo del palacio de Cloverfield, Randolph Adams, estaba enamorado de Elisabeth. Y cuando Aiden supo que había estado acosando a Eleanor para vengarse, lo despidió. El malnacido, se sintió ofendido y tuvo la poca vergüenza de presentarse en mi casa a exigirme dinero, alegando que había encubierto el engaño. Resulta que, loco por Elizabeth, había estado escuchando tras las puertas y se había enterado de la verdad sobre quién es el verdadero padre de Edwin.

—Dios santo, ¿y qué hiciste? —dijo Halley.

—Expulsarlo como a un perro, ¡qué podía hacer si no! —exclamó Timothy—. Aquello no debió de sentarle muy bien, pues dos meses después se presentó de nuevo en casa de Aiden para amenazarlo con contarle la verdad a la prensa si no pagaba una generosa cantidad, un chantaje en toda regla. Aiden me escribió y lo discutimos. Llegamos a la conclusión de que era hora de asumir el escándalo: era inevitable, y obviamente sucedió, fue un escándalo. Hice público el *affaire* y admití la paternidad de Edwin, al que di mi apellido. Desde entonces vive conmigo, como siempre debió haber sucedido.

La joven se quedó sin palabras, asimilando cada una de las que había escuchado. No tenía conocimiento de ninguno de esos escándalos, y eso quería decir que había vivido muy ajena a la realidad que la rodeaba, eso quedaba claro. El hecho de que Timothy hubiera tenido un hijo con una mujer casada la había dejado impactada, no podía negárselo a sí misma. No era lo que se esperaba cuando había salido de casa por la mañana, desde luego. Y, sin embargo, que él lo admitiera y hablara de ello con esa naturalidad le pareció admirable, pese a esa ligera sombra sobre la imagen idílica que había tenido de Timothy hasta hacía apenas unos minutos. De cualquier modo, pensó, ojalá ella tuviese el valor de enfrentar sus demonios con semejante aplomo. Al ver que no decía nada, Timothy se preocupó.

—¿Estás bien? —dudó.

—Sí, solo estaba asimilando lo que has dicho, demasiadas revelaciones en un día —admitió Halley—. No es lo que esperaba escuchar esta mañana, sinceramente, no voy a negarlo. —Halley lo miró, con una sonrisa resignada. Entonces sacudió la cabeza, como queriendo ahuyentar las emociones contradictorias que la agitaban por dentro, consciente de que necesitaría tiempo para aceptar todo aquello. Luego cambió de tema—. ¿Y qué le ocurrió al mayordomo, al tal Adams?

—Aiden denunció la extorsión y fue encarcelado, ignoro que es de él —contestó Timothy y tamborileó con los dedos sobre el reposabrazos, más nervioso de lo que quería admitir—. ¿Te has enfadado conmigo? ¿Saber esto ha cambiado tu opinión sobre mí?

—No me esperaba algo así, no te lo negaré.... Aunque debo reconocer que me hace ver la clase de hombre que eres —contestó Halley—. Hay quien destacaría de tu relato que fuiste un mujeriego. Sin embargo, muy pocos hubiesen soportado sin derrumbarse alejarse y ver a la mujer que amaban en brazos de otro, y menos de aquel al que consideran un hermano. Que te sincerases con Aiden y él lograra perdonarte habla bien de ti... Creo que a pesar de tus errores eres humano, y como tal erraste. Que eligieras hacer lo correcto con tu hijo es lo que cuenta, Timothy. Si algo saco en claro de tu historia es que el destino hace que las cosas pasen por una razón.

—¿Y cuál sería la razón del mío?

—Cruzar nuestros caminos. Tal vez estuviésemos destinados a encontrarnos desde el principio, y que pases por todo aquello te ha llevado hasta mí —dijo Halley, clavando los ojos en los de él.

Timothy la miró perplejo. Nunca se le hubiese ocurrido semejante reflexión, pero Halley tenía una forma de pensar tan extraña para una joven que lo dejaba sin palabras. Sintió un arrebato de alegría que le hizo romper a reír. Y no solo porque se acababa de quitar un peso de encima, o porque Edwin hubiese ayudado a su objetivo sin saberlo, sino porque quería ganarse el amor de Halley, que le quisiera. Independientemente del asunto de vengarse de Russell Carbury. Había empezado a sentirse atraído por aquella mujer tan distinta a todas las que había conocido hasta entonces. Puede que tanto como para sentir algo más por ella. Tal vez incluso para llegar a amarla.

—Debo confesar que me has desarmado, Halley. Es la primera vez que me quedo sin palabras ante una mujer —admitió—. Felicidades, has establecido una marca.

—¡Y espero que quede imbatida! —bromeó ella.

Timothy se rio y la miró con ternura. Halley se sintió acariciada por esos ojos intensos y, a pesar de sentirse todavía sumida en un mar de emociones contradictorias, pensó que la atracción que sentía por él no la había sentido por nadie y que quizá valía la pena dejarse llevar y echar a un lado las convenciones y el qué dirán. Además, la risa de él era contagiosa, así que no pudo evitar reírse ella también.

Las risas de los mayores llamaron la atención del pequeño Edwin, que hasta ese momento había estado jugando con los caballitos y los soldados de plomo a rescatar a las muñecas de la amenaza del terrible oso de peluche, que los miró con curiosidad.

—¿Por qué os reís, papá? —dijo, y sonrió con entusiasmo—. ¿Habéis contado un chiste?

—No, hijo, no nos reímos por eso, son bromas de mayores —explicó Timothy.

—Si quieres oír un chiste, yo puedo contarte uno, pequeñín —intervino Halley sonriendo al niño—. Decidme, caballeros, ¿sabéis qué forman una serpiente y un alfiletero?

Padre e hijo se miraron y el niño se volvió hacia ella.

—No lo sé, ¿qué forman, señorita? —quiso saber.

—¡Alambre de espinas!

Timothy y Edwin rompieron a reír y Halley no pudo evitar una gran sonrisa. El pequeño era encantador, fiel reflejo de su padre, no había forma humana de que uno no se encariñara con él. Cuando la risa cesó, Edwin saltó a las rodillas de su padre y se acomodó en ellas para observar a Halley atento como una lechuza, y la joven se rio al ver que había despertado la curiosidad del niño.

—Oye, papá, la señorita... —comenzó Edwin.

—Halley, hijo, se llama Halley Hasford —explicó Timothy mientras trataba de acomodar el rebelde flequillo lejos de los ojos azules del niño.

—¿La señorita Halley es amiga tuya?

—Claro que es amiga mía, igual que Eleanor.

La respuesta hizo que el niño arrugara la nariz, pensativo, antes de sonreír y mirar a su padre con entusiasmo. Timothy aguardó expectante su respuesta.

—¡Si es como Ellie podrías casarte con ella! —exclamó Edwin y miró a Halley, que se sonrojó como una cereza—. ¿Por qué no cena hoy en nuestra casa?

—Oh, pues yo... —comenzó Halley.

—Aunque me encantaría, Edwin, hoy no puede ser. Esta noche tengo que ir a la ópera a petición del conde de Edston —intervino Timothy, al tiempo que hacía rodar los ojos con hastío.

—Pues que vaya contigo —sugirió el niño.

Timothy se acarició la barba y lo sopesó un instante antes de mirar a Halley con una sonrisa divertida. La joven devolvió el gesto, aún roja como un tomate.

—Parece que mi hijo quiere jugar a Cupido, querida Halley. ¿Qué te parece la idea, aceptas acompañarme a ver *La novia vendida* al Royal Opera House esta noche? Es la única representación que van a hacer en Londres esta temporada antes de irse a Praga.

—Acepto encantada, Timothy —asintió Halley.

—Perfecto, entonces te recogeré a las seis y media en tu casa —sonrió él.

Halley asintió, y cuando llegó la sirvienta con la merienda, padre, hijo e invitada tomaron un delicioso tentempié de té con pastas de mantequilla y *scones* con mermelada. Solo cuando las migajas sembraron el plato y el pequeño Edwin estuvo cómodo sobre el butacón frente a la chimenea y entretenido con un cuento, Timothy se alejó para ofrecerle una mano a Halley. La joven la tomó y caminaron hacia la entrada. Ella se dejaba llevar, pensando que valía la pena el riesgo de conocer más a ese hombre cuyos ojos azules la traspasaban cada vez que la miraba. Quizá no fuera el hombre perfecto, quizá las cosas con él no fueran como de algún modo las había imaginado, pero, asida a su mano, decidió dejarse llevar por lo que su corazón le dictaba y aparcar los prejuicios que los demás pudieran tener con respecto a Timothy y su paternidad fuera del matrimonio.

—Veo que has venido a caballo —comentó Timothy—. Me gusta eso, ¿sabes? Las mujeres que no van de un lado a otro en carruaje como si fueran muñecas de porcelana.

—Qué puedo decir, disfruto del aire y del sol, aunque sean un espejismo en Londres —contestó Halley mientras cruzaban el camino de gravilla hacia la verja de la entrada.

—¿No te gusta la ciudad? —se sorprendió él.

—No, ni mucho menos. Siempre he preferido el campo, donde el aire es puro y los humos de la industria no tiñen el cielo... Supongo que soy algo rara —contestó Halley.

Timothy la observó en silencio durante unos instantes que a ella le parecieron eternos, como si sus ojos azules la estuviesen traspasando. Sin embargo, cuando habló se desprendía una extraña calidez de su voz que hizo que las piernas le temblaran.

—No creo que seas rara ni mucho menos, Halley —afirmó Timothy—. Es más, empiezo a creer que tienes razón y que las cosas pasan por una razón.

—¿De qué hablas? —dudó la joven.

—Ah, de nada importante —contestó él, evadiendo la respuesta y señalando al animal, al que acarició en el lomo con una mano mientras con la otra desataba las correas—. Preciosa yegua y, si se me permite decirlo, casi tan encantadora como su dueña.

Halley sonrió ante el cumplido y él devolvió el gesto mientras la ayudaba a subir a la silla. Una vez arriba, ella le tendió la mano como despedida y Timothy le besó el dorso con suavidad. El roce de su barba le hizo cosquillas.

—Creo que exageras, Timothy. *Promesa* es mucho más encantadora que yo, te lo aseguro —le dijo guiñándole un ojo—. Y, de nuevo, gracias por la invitación —se despidió.

—No hay por qué darlas, Eddie y yo hemos disfrutado mucho tu visita —dijo él.

—Entonces tendrás que acostumbrarte, puede que me veas más a menudo por aquí.

—Creo que podré vivir con eso, querida mía.

Halley rompió a reír y, tras un adiós con la mano, espoleó a *Promesa* y se perdió de vista por la concurrida calle. Timothy la observó con una sonrisa. «Que te haya conocido va a traer más consuelo a mi vida del que había imaginado, *lady* Hasford», se dijo. Y con aquel pensamiento se dio la vuelta para entrar en casa. El día aún era joven, pero lo mejor todavía estaba por llegar.

❋ ❋ ❋

El Royal Opera House era el teatro más grande de Londres, y también el más exclusivo. Halley había acudido muchas veces dado su amor por las óperas y el *ballet,* pero nunca con motivo de una cita, que sospechaba era en lo que se había convertido aquella invitación. Cuando terminó de ajustarse las horquillas de plata del cabello, se miró en el espejo. Resplandecía como una joya, pensó al ver la gargantilla con el blasón del ducado de Casterberg sobre su pecho y la tiara de perlas que le adornaba la cabeza. Para la ropa se había decantado por un vestido tono marfil con flores bordadas y escote corazón.

Era lo más atrevido que se había puesto jamás, con los hombros al aire y un escote más que revelador, y esperaba que a Timothy le gustara. Por primera vez en su vida deseaba ser anhelada, deseada, atraer la atención de un hombre de forma física, no solo intelectual. Conocía la reputación del conde y quería estar a la altura, que la desease tanto como a todas esas mujeres con las que decían que había estado. Satisfecha, Halley se pellizcó las mejillas para darse rubor y se puso los guantes antes de salir de la habitación. Bajó las escaleras de dos en dos para llegar a la entrada lo más rápido posible. Eran las seis y veinticinco, Timothy debía de estar al caer.

Antes de que alcanzara la puerta, una voz a su espalda la detuvo.

—¿Vas a salir? —preguntó Russell y Halley se volvió—. Creí que íbamos a cenar en familia y nos contarías los detalles de tu amistad con lord Timothy Richemond.

—Ah, Russell, lo siento, esta mañana he recibido una invitación para ir a la ópera.

—¿Con él? —especuló.

—Sí, con él —asintió Halley.

Russell la observó. Nunca había visto a Halley así vestida, con ese escote y exhibiendo su título de duquesa, y le exasperó comprobar que la muy estúpida quería insinuarse ante el conde de Armfield. Detestaba a ese cerdo aristócrata casi tanto como a ella, y le parecía sospechoso que un hombre como él fijase los ojos en una mujer sosa y aburrida como su hermanastra. No lo hacía por dinero, los negocios de los Richemond florecían por sí solos. Tampoco por influencia, pues no solo era conde por derecho de nacimiento, sino que su mejor amigo era duque de Cloverfield y amigo personal de la reina Victoria.

No, a Timothy Richemond le movía algo más que desflorar a Halley, y la idea de que Clarice le hubiese contado lo que hubo entre ellos no dejaba su mente ni un instante. En realidad, no sabía bien qué hacer, si tratar de impedir la relación o alentarla. No sabía qué iba a ser más provechoso para él, si aprovecharse de la influencia del conde o alejarlo.

Tan distraído estaba que cuando la campanilla sonó, tuvo que parpadear para centrarse. Halley abrió la puerta con una sonrisa y al otro lado estaba ese desgraciado. El conde de Armfield vestía de punta en blanco: *frock coat* negro, camisa, chaleco y pañuelo de seda, guantes, bastón y sombrero de copa. Al ver a Halley, Timothy se inclinó para besarle la mano y ella se volvió hacia Russell.

—Timothy, antes de irnos deja que te presente a Russell Carbury, mi hermanastro —dijo—. Russell, este es lord Timothy Richemond de York, el conde de Armfield.

Ambos hombres cruzaron miradas y, aunque Halley no notó nada, el ambiente se tensó. Ninguno pronunció palabra mientras analizaba al otro de forma minuciosa. Era la primera vez que Timothy veía a Russell Carbury, el malnacido que había jugado con su hermana, y ahora que lo tenía enfrente entendió qué vio Clarice en él. El tipo era atractivo: alto, buen porte, cabello cobrizo corto y peinado hacia un lado, barba y ojos grises. No se parecía en nada a Halley, pero supuso que era normal siendo hijos de distintas madres.

Russell también analizó a Timothy. La fama que tenía le pegaba, su aspecto era el que había imaginado: guapo, cínico, encantador y pagado de sí mismo; un estirado y despreciable caballero que miraba a los demás como insignificantes insectos. Al ver que ninguno se decidía a hablar, Halley rompió el silencio.

—¿Ya os conocéis? —comentó sorprendida.

—Discúlpame, querida, estaba pensativo —dijo Timothy y esbozó una sonrisa—. Es un placer conocerlo, señor Carbury, espero que nos veamos de nuevo muy pronto.

—Lo mismo digo, lord Richemond, ha sido un placer —contestó Russell.

—En tal caso espero que lleguemos a conocernos mejor, aunque no sea esta noche. Si nos disculpa, caballero, la dama y yo teníamos planes.

—Por supuesto, lord Richemond, disfruten de la ópera.

Timothy inclinó la cabeza a modo de despedida y Halley le dijo adiós antes de salir y cerrar la puerta.

Russell observó cómo el conde la ayudaba a subir al carruaje y, una vez acomodada, montó él mismo y los caballos emprendieron la marcha. Sin duda, se dijo, lord Richemond deseaba algo más que meterse en la cama de Halley. ¿Cómo olvidar que era el hermano de la pobre, cándida y torpe Clarice? Si su presencia cerca de su hermana tenía que ver con lo sucedido entre Clarice y él, lo averiguaría... y pronto.

El trayecto hasta el Royal Opera House no era muy largo, Halley se sentía rebosante de adrenalina mientras el carruaje avanzaba por la calle empedrada. Se había sentado frente a Timothy para poder mirarlo a los ojos, pero el conde tenía la vista fija en la calle y los puños apretados. «Tiene muchas cosas en la cabeza», pensó Halley, y decidió sacarlo de esa nube oscura que lo había cubierto.

—¿Estás nervioso? —inquirió con voz alegre.

—¿Nervioso? ¿Por qué habría de estarlo? —dijo él.

—No sé, tal vez mi arrebatadora sonrisa te ha dejado mudo —bromeó Halley.

Timothy se volvió para mirarla. Había diversión en sus ojos azul índigo, y Halley se alegró de ver que se había olvidado de aquello que antes lo había estado preocupando. Entonces él se cambió de asiento para acomodarse junto a ella.

—Es cierto, me has dejado mudo, estás muy guapa —dijo Timothy y acercó el rostro a su cuello para susurrarle al oído—. Tanto, que me dan ganas de olvidarme de la ópera y pasar la noche contigo en este carruaje.

Nada más oírlo, la joven sintió que las mejillas le ardían y volvió el rostro. Ambos quedaron nariz contra nariz, con los labios casi rozándose. Timothy no apartaba los ojos de los de ella, y Halley notó que las pupilas se le habían dilatado y que tenía los iris de un tono más oscuro de azul. Sintió que el corazón empezaba a latirle desbocado.

—¿Y si... y si yo accediera a esa idea? ¿Qué harías? —murmuró.

—No aceptaría —contestó Timothy, que cerró los ojos para después rozarle los labios—. No te confundas, Halley, me muero por ceder ahora mismo, pero por una vez voy a esperar. Esperaré por ti, si tú quieres aceptarme.

«¿Aceptarle?», repitió Halley, y notó que el aliento se le atascaba. «¿Qué quiere decir, acaso me está pidiendo...?». Pero no pudo terminar de hilar el pensamiento antes de que el carruaje se detuviese y el hombre de Timothy abriera las puertas.

—Lord Richemond, ya hemos llegado —anunció el cochero.

—Gracias, Wade —contestó Timothy con un deje de irritación.

Sin embargo, lo ocultó rápido. En vez de apresurarse, tomó a Halley de la mano para entrar juntos al teatro. Las escaleras estaban a rebosar de gente, la obra era nueva y no se volvería a representar en Londres hasta que terminase su gira europea, así que la flor y nata londinense estaba allí. Ambos vieron a muchos conocidos. Sin embargo, Timothy no se paró a saludarlos, continuó avanzando hasta cruzar la gran puerta del teatro para dirigirse a su palco.

Se sentía algo alterado, primero por el encuentro con el malnacido de Carbury y después por la breve charla del carruaje. No supo qué le había movido a decir aquellas palabras. De haber sido otra mujer hubiese cumplido lo dicho: habría mandado al diablo la obra y yacido con ella. Pero con Halley no valían esas estratagemas; tenía que mostrarse atractivo, sí, pero a la vez encantador. Para su sorpresa, más que enfadarla, su atrevida réplica la había extasiado, y Timothy vio con asombro que se estaba planteando la idea de aceptar. Era obvio que Halley ya no podía resistírsele, que comía de su mano, y él mismo estaba tentado de dejarse llevar.

—Estamos en el pasillo de palcos —anunció Halley—. ¿Cuál es el tuyo?

—Ah, el nuestro es el cuatro, el segundo de la primera fila —respondió él.

Halley caminó por el pasillo de la derecha, en el que estaban los palcos pares, y pronto se vieron ante la puerta marcada con un elegante y dorado número 4. Un mayordomo les abrió la puerta y entraron. El lugar era pequeño, pero elegante: ocho sillas de terciopelo rojo y madera blanca divididas en dos filas. Cuando llegó a la barandilla, Halley se asomó para mirar al escenario. El telón estaba comenzando a subir, así que se volvió e indicó a Timothy que se acercara. Después le tomó la mano y, al notar la caricia sobre su guante, él elevó la mirada hacia ella. Halley estaba sonriendo y una sonrisa se dibujó en sus propios labios. La música comenzó a tocar y las luces del teatro se apagaron.

La novia robada era un cuento de amor, y Halley adoraba esas historias a pesar de encontrarlas tan irreales. Al ser una obra nueva no conocía el argumento. Su rostro parecía un lienzo de emociones a medida que se sucedían las escenas. Estaba emocionada cuando llegó el momento en que los amantes se reencontraban, en la escena que daba pie al segundo acto, y por ende al interludio. Ni siquiera se dio cuenta de que las luces se habían encendido hasta que Timothy le rozó la mejilla con una suave caricia.

—Ya veo que te está encantando la obra —señaló él con diversión—. Me temo que estoy en deuda con lord Thomas por invitarme, y con mi hijo por sugerir que vinieses conmigo. ¡Idiota de mí por no ocurrírseme! En mi defensa, diré que iba a llevarte al jardín botánico. Mi amiga Eleanor me lo ha recomendado mil veces, y sé que tienen flores de Egipto y de otros lugares exóticos. No es lo mío, pero como sé que te gustan...

—¿Irías a un sitio que te aburre solo por complacerme? —se sorprendió Halley.

—Sí, lo haría sin dudarlo.

La joven se ruborizó, y antes de tener tiempo de arrepentirse se puso en pie y le hizo un gesto para que la siguiera. Timothy la miró con una ceja en alto, pero no se resistió mientras salían del palco y cruzaban el pasillo en dirección a las escaleras. Cuando llegaron a la parte trasera del teatro y salieron fuera, la curiosidad lo venció.

—¿Adónde me llevas? —inquirió.

—Al jardín, quiero enseñarte algo —contestó Halley.

Timothy no preguntó más, con la curiosidad burbujeándole en el estómago mientras caminaban por el jardincillo para detenerse frente a una fuente bordeada de setos. Halley se paró allí y lo miró con una gran sonrisa.

—Esta fuente la trajeron de Alejandría hace años... Dicen que no va a durar mucho, porque van a ampliar el teatro y enlosarán el jardín —explicó la joven y señaló la parte superior de la escultura en la fuente, una ninfa con un aro en la mano—. ¿Ves el aro que sostiene? Dicen que si te baña la luz de la luna a través de él se cumplen tus deseos. Supongo que deberíamos aprovechar mientras dure, ¿no crees?

—Así que estás compartiendo valiosos secretos conmigo, ¿eh? Resulta curioso que hoy precisamente haya luna —dijo Timothy, y elevó los labios en una sonrisa traviesa—. ¿Intenta complacerme, jovencita?

—¿Tan horrible sería si así fuera? —cuestionó Halley.

—Horripilante, no, ¡horroroso!

Ambos se miraron y rompieron a reír. Al encontrarse sus miradas, Halley sintió que era el momento de lanzarse. Había leído demasiado sobre el amor y, tras tanta poesía, quería experimentarlo. Jamás un hombre la había tratado como Timothy, y el corazón le decía que él no era como los demás. Decidida, cerró los ojos y cruzó la distancia entre ambos para atrapar sus labios. Igual que en la tienda de Hyde Park, el roce de Timothy fue suave, cálido, y sintió que su barba le hacía cosquillas en las mejillas.

Él profundizó el beso mientras la sostenía por la cintura para acercarla. Halley se sentía flotar en una nube de sensaciones. Lo sentía todo: su calor, sus caricias, su aroma, el roce de su lengua... y cuando se apartó, supo que estaba perdida. Al abrir los ojos, encontró a Timothy mirándola con inconfundible deseo y volvió a besarlo. Él subió la mano que tenía en su cintura hasta su cuello, y cuando el aire les faltó se alejó para besarla bajo el lóbulo de la oreja.

—Dios, Halley..., te deseo tanto —dijo mientras mordía con cuidado su piel.

«Yo también», pensó ella, incapaz de encontrar las palabras. Estaba a punto de decir algo cuando el conde se alejó y se llevó ambas manos a la cabeza en un intento de acomodarse el cabello. Halley lo miró, jadeante y confusa. Algo se había desencadenado dentro de ella y no quería que parase. Necesitaba sentir los labios de Timothy en la boca, en el cuello, en el cuerpo entero. ¿Por qué se alejaba de ella? ¿Acaso había hecho algo inapropiado? ¿Había llegado demasiado lejos?

—¿He hecho algo mal? —dudó preocupada.

—¿Mal? —repitió Timothy y se mordió los labios, con el deseo a flor de piel—. No, Halley, pero por tu bien debo parar. Te lo dije antes, voy a esperar. No me pidas que te tome en medio de la nada. Deja que te demuestre que puedo hacerlo bien, que no soy lo que dicen que soy.

—Nunca lo he creído.

—Entonces confía en mí.

Halley asintió, y tras un tembloroso asentimiento regresaron al teatro para ver el segundo acto de *La novia robada*. Sin embargo, después de lo ocurrido, la obra dejó de tener sentido para ambos, que se esforzaban por mantener la vista fija en el escenario cuando su mente estaba llena con los besos del otro. En un momento dado, Halley sintió que le importaba un comino todo, así que tomó la mano de Timothy y entrelazó sus dedos.

—Creo que estoy en lo cierto si afirmo que esta obra ha perdido el interés, ¿no cree usted, lord Richemond? —dijo sin mirarlo con la voz agitada.

—No podría estar más de acuerdo, *lady* Hasford —asintió él.

—¿Me equivoco al sugerir que estás tan deseoso de salir de aquí como yo?

—No, y ya estamos tardando.

Halley sonrió ante la sincera respuesta y se puso en pie para dirigirse a la salida. Timothy la imitó y, bajo la indignada mirada del mayordomo, corrieron por el pasillo y bajaron las escaleras para salir a la calle. Ambos respiraban entrecortadamente y, una vez fuera, Halley apoyó las manos sobre las rodillas en un intento por recobrar el aliento. El pecho le subía y bajaba a toda velocidad, oprimido por el corsé, y tenía la cara colorada. La brisa nocturna le golpeó las mejillas y, antes de que ella se diera cuenta, Timothy la tomó de la mano y la besó. Comenzó suave, pero pronto subió en intensidad, y Halley echó la cabeza hacia atrás. Él no se hizo de rogar y deslizó la lengua por su cuello en suaves caricias.

—Creo que estamos llamando demasiado la atención, preciosa —dijo Timothy—. Iré a buscar a Wade, no es bueno para ti que te vean en mis brazos en plena calle.

—No, vámonos juntos, no quiero quedarme sola ahora mismo —negó ella.

Con el pulso todavía martilleando como un tambor, Timothy la tomó de la mano y cruzó la calle en busca del carruaje. Aquella noche había sido una sorpresa placentera e inesperada, y no iba a ser él quien se quejase. *Lady* Halley Hasford se le había puesto en bandeja de plata, ya no tenía duda de que sus planes iban a ser un éxito.

Capítulo 8

El amor no se altera en breves horas o semanas,
sino que se confirma hasta la muerte.
Si esto es erróneo y puede ser probado, nunca escribí,
ni hombre alguno amó jamás.

WILLIAM SHAKESPEARE

Después de la maravillosa noche en los jardines de la ópera y lo sucedido entre ambos, Timothy se desvaneció como el humo durante más de diez días, y durante ese tiempo Halley creyó que lo había ofendido de algún modo. Le dio vueltas y vueltas a aquel día una y otra vez, para analizar cada frase que dijo, cada gesto, cada mirada... Y no pudo encontrar qué era lo que había hecho para que el conde se alejara sin más. Quizá, y le aterraba pensar eso, al comprobar que no le había satisfecho, Timothy se había aburrido de ella, tal y como sugirió Kathleen Vernon el día del partido de polo. Pero no, se repitió Halley, tenía que confiar en él. Alguna razón de peso debía de tener para marcharse.

Y entonces, tal como se fue, regresó a su vida con la fuerza de un torrente. Comenzó por mandarle flores a diario, cada día un ramo distinto y todos con un poema en la tarjeta. La invitó a pasear y la llevó al jardín botánico. La llevó a tomar el té a Doleen's Pottery y a jugar con Edwin en Richemond Manor. La besó y le descubrió lo que podía ser el placer, pero siempre se detenía antes de ir más allá, dejándola con el cuerpo ardiendo de deseo insatisfecho, de un anhelo físico que ignoraba que tenía en su interior. Sus caricias siempre terminaban cuando ella estaba a punto de entregársele por completo, de rogarle que la hiciera suya, que aplacara ese deseo desconocido y desconcertante que se abría paso en su piel entera. Sin embargo, Timothy siempre se detenía.

Antes de darse cuenta habían transcurrido ocho semanas, dos meses en los que Halley se descubrió total y completamente enamorada de él. Incluso se sentía estúpida por haber renegado del amor cuando era una sensación maravillosa que hacía que el corazón aleteara. Solo los comentarios fuera de lugar y los reproches de su madre enturbiaban ligeramente la dicha que sentía.

Timothy era lo que siempre había soñado y más, contaba los días para que él se lanzase a dar el paso. Si no lo hacía pronto, ella misma se declararía. Aquella mañana de finales de agosto se había levantado tórrida y Halley decidió desayunar en el jardín, a la sombra de uno de los árboles que poblaban la parte delantera de la casa, mientras aprovechaba para terminar *La letra escarlata,* el libro de Nathaniel Hawthorne que había dejado apartado. Solo le faltaban unas páginas para acabarlo, pero cuando Margaret se acercó con el carrito que trasportaba al bebé, Gabriel, dormido, cerró la cubierta y levantó la vista hacia su prima, que aparcó el carricoche y se sentó a su lado sobre la hierba.

—¿Tan temprano y ya leyendo? Ay, Halley, no sé cómo resistes estar aquí fuera, ¡el calor es insoportable! En días así extraño Rhottergram Hall —comentó Margaret.

—No es tan malo cuando una se acostumbra. Además, me encanta el sol.

Margaret resopló y tomó el libro, dispuesta a abanicarse con él. Y, al hacerlo, una flor seca cayó de entre las páginas. La joven la tomó y notó que se trataba de una dalia rosa. Al entender el motivo de que Halley la guardara, alzó las cejas con una sonrisa.

—Veo que tu relación con lord Richemond va viento en popa —dijo Margaret—. ¡Qué emoción, Halley, al fin has encontrado al hombre de tu vida!

—Espero que se me declare cualquier día de estos —admitió ella.

—Pues yo creo que ya lo ha hecho, prima —contestó Margaret y jugueteó con la flor seca que tenía entre los dedos—. Las dalias rosas significan literalmente...

—Sí, «trataré de hacerte siempre feliz», ya lo sé, lo he leído —interrumpió Halley.

—¿Entonces a que esperáis para hacer oficial el compromiso?

Halley cerró los ojos antes de tumbarse en la hierba con la cabeza apoyada sobre el brazo. El susurro de las hojas era calmante, y una sonrisa se instaló en sus labios cuando encontró las palabras adecuadas.

—Espero que ocurra igual que en los cuentos de hadas, Maggie. Que se arrodille con una docena de rosas y un anillo de diamantes escondido en el ramo. No quiero señales sutiles, quiero un amor que me sacuda por dentro igual que un relámpago.

—¡Eres imposible, Halley, una romántica de las que ya no quedan! —rio Margaret.

—Tal vez.

Sin embargo, antes de que alguna de las dos pudiese añadir más, llegó Molly e interrumpió la conversación. Halley se sentó al darse cuenta de que la sirvienta traía un sobre.

—Lo ha traído para usted el señor O'Keegan, *milady* —dijo Molly y se lo tendió.

—¿Wade? —se sorprendió Halley, que comenzó a abrir la carta.

—Sí, dice que necesita una respuesta antes de irse. Lo he dejado en las cocinas tomándose una limonada, el pobre parecía tener mucho calor, ya sabe lo delicados que son estos irlandeses... ¡Les da un poco el sol y se tuestan como tocino en manteca!

—Está bien, Molly, lo leeré ahora mismo para que puedas responderle.

La pelirroja asintió y la duquesa se apresuró a leer la carta. Más que una carta era una breve nota, pero Halley sintió que su corazón se aceleraba al leerla.

Mi estimada Halley:

*Te ruego que te reúnas conmigo esta tarde en mi casa
a las ocho. Hay algo de lo que deseo hablar contigo
y cuento las horas para que se ponga el sol. Si no puedes acudir, por favor, dile a Wade cuándo podremos
vernos, es urgente.*

Y luego, como siempre, cerraba la carta con un fragmento
de poesía:

*Quienquiera que seas,
pongo sobre ti mis manos para que seas mi poema,
te murmuro al oído: he amado a muchas mujeres,
pero a nadie tanto como a ti.*

Tuyo, Timothy.

Halley sonrió y un leve rubor le tiñó las mejillas cuando
dobló el papel para clavar la mirada en la de Molly, que
aguardaba con las manos sobre el delantal.

—Puedes decirle a Wade que mi respuesta es: allí estaré
—anunció Halley.

Molly se inclinó y se volvió para perderse de vista por la
puerta de Casterberg Hill, dejando solas a Halley, Margaret y el pequeño Gabriel. Una vez se aseguró de que no las
oirían, la mayor ahogó un gritillo y se cubrió los labios.

—¡Tienes que contármelo todo, querida Halley! —exclamó entusiasmada.

—Lo haré, desde luego, si es que hay algo que contar, Maggie —dijo Halley.

—Por la cara de colegiala embobada que tienes, estoy segura de que lo habrá.

Halley se encogió de hombros, pero en su interior esperaba que Margaret estuviera en lo cierto y a su vuelta tuviese algo que contar. Como decía Timothy, contaría las horas hasta la puesta del sol.

❊ ❊ ❊

Aquella mañana de finales de verano se había levantado tan calurosa en el pozo húmedo que era Londres que Timothy luchaba por respirar aire fresco. Cada día añoraba más Cloverfield, e incluso acudir al palacio de sus padres en York le parecía buena idea, algo impensable para él en otros tiempos. Lo único que le daba ánimo para seguir en esa odiosa ciudad era notar los avances en su relación con Halley. Después de casi perder el control de sí mismo en la ópera, decidió poner un alto para serenarse y pensar. No quería precipitarse y cometer un error, no después de todo su esfuerzo. Sentía que estaba dejando que sus sentimientos por ella se interpusieran en su propósito, y es que cada día que pasaba a su lado lo que sentía por Halley crecía. No era lo que había planeado, jamás pensó sentirse atraído por esa mujer como se sentía, pero lo que estaba viviendo junto a ella era tan distinto a todo lo demás, tan limpio, tan de verdad... Y no quería sentirse así. Estaba cayendo rendido y, como sabía por experiencia, el amor volvía necios a los hombres, igual que marionetas.

En tales circunstancias, lo único que se le ocurrió fue ir a Cloverfield para buscar el consejo de sus amigos. También podría visitar a su hermana y ver qué tal estaba de ánimo. Byron, Aiden y Eleanor siempre le aseguraban en sus cartas que Clarice estaba mucho más contenta y recuperada, pero Timothy deseaba verlo por sí mismo. Por eso, en cuanto el alba tiñó el horizonte de rosa y violeta, se subió al carruaje y puso rumbo al sur. Pasó allí una semana, descansando y discutiendo los pormenores del plan con los Wadlington. Cuando llegó el día de regresar a Londres, se sentía mucho mejor. Alejarse de la pompa y falsedad de la capital suponía un verdadero alivio.

Por suerte podía respirar tranquilo. Clarice estaba mejor, incluso podía decir que la ternura de Wade estaba ayudándola a sanar. Entre ellos había definitivamente «algo», y si eso la hacía feliz, los apoyaría sin dudarlo. Pero de momento debía centrarse en su propio romance. No le había escrito ni una sola nota a Halley en todos los días que llevaba en la campiña y, conociéndola, sabía que se habría preocupado. Ahora, de vuelta en Londres, tenía muchas cosas que hacer. Encarar a su enemigo declarado entre ellas. Por eso estaba sentado con Aiden en ese carruaje, camino a Carbury SteelCo. Fue la voz de su mejor amigo la que hizo que regresara a la realidad.

—¿Estás seguro de que quieres hacer esto, Timothy? —dudó Aiden.

—Sí. Si voy a tener que vivir con ese malnacido durante el tiempo que dure el plan, será mejor que lo ponga de mi parte antes de casarme —contestó él y miró a Aiden con una mueca de irritación—. No hace falta que vengas si no quieres, me basto solito.

—No te pongas a la defensiva, solo quería asegurarme. De todas formas, es un poco tarde para volverme atrás, estamos justo frente a sus oficinas.

Timothy se limitó a encogerse de hombros mientras miraba por la ventana. El edificio principal de Carbury SteelCo era inmenso. Estaban ante una de las refinerías más grandes de Inglaterra, y la construcción de piedra gris y letras plateadas que era la sede presidía la gran fábrica que tenía detrás. El conde no se dejó intimidar, abrió la portezuela y bajó seguido de Aiden, para cruzar la distancia hasta la entrada. Su intención era hablar con Russell sin demora. Nada más entrar, pidió a uno de los empleados que avisaran de su llegada. Apenas dos minutos más tarde, el empresario apareció por un lateral.

—¡Qué sorpresa, lord Timothy Richemond en persona viene de visita a mi humilde fábrica! —exclamó Russell ofreciéndole la mano, que Timothy estrechó antes de volverse para mirar a Aiden—. ¿Y quién lo acompaña, si puedo saberlo?

—Soy lord Aiden Wadlington, duque de Cloverfield —se presentó Aiden.

—Así que un duque, ¿eh? Hoy es mi día de suerte, dos nobles por el precio de uno —bromeó Russell e hizo un gesto para invitarlos a seguirlo—. ¿A qué debo el honor?

—Venimos a traerle un regalo —dijo Timothy mientras andaban.

Aquello suscitó la curiosidad del pelirrojo, que abrió la puerta de su despacho y se acercó a la mesita de licores para servir tres copas, a la vez que hacía un gesto para que los otros se pusiesen cómodos en el sofá que había frente a la chimenea.

—¿Coñac? —ofreció.

—Ron, por favor —pidió Timothy.

—*Whisky* para mí, si no le importa —dijo Aiden.

Russell sirvió las tres copas, antes de sentarse sobre la mesa del escritorio y dar un largo trago con la vista fija en los dos nobles. Sabía que algo tramaban, pero esperaría a que ellos hablasen primero. Fue Timothy quien rompió el silencio.

—Verá, Russell, dado que las cosas se han puesto serias entre Halley y yo, es muy posible que pronto seamos familia —dijo el conde sonriendo de medio lado—. Como comprenderá, en tales circunstancias no puedo permitir que mi cuñado sea un paria entre los de nuestra clase... No se ofenda, pero el dinero no lo compra todo.

—Lo que Timothy intenta decir a pesar de su poco tacto es que nuestro regalo puede abrirte algunas puertas en el terreno aristocrático —intervino Aiden tuteándolo directamente—. No nos importa tu origen lo más mínimo, pero algunos no son tan comprensivos como nosotros.

—Lo entiendo, y créeme, si me ofendieran las críticas de cuatro ancianos con linaje y nada de seso, no habría amasado mi fortuna —resopló Russell—. Soy lo que soy, el bastardo de un duque, pero eso no me ha impedido alzarme desde las cenizas.

Timothy y Aiden asintieron de forma comprensiva, así que él continuó.

—Mi madre era una criada de Liverpool a la que lord Charles Hasford desfloró y desechó. Pero, bueno, pasar mi infancia en Liverpool tuvo sus ventajas —dijo—. Ahora soy un magnate del acero que le habla de tú a tú a millonarios y aristócratas, no tengo nada de qué avergonzarme.

—Desde luego, por eso te ofrezco este regalo, como muestra de mi apoyo —dijo Timothy, y le tendió un sobre negro con letras doradas y un sello de cera azul—. Es una membresía del Reform Club. Supongo que lo conoces, pero, si no es así, te informo de que la única forma de llegar a ser miembro es que dos caballeros que lo sean te avalen y sellen la invitación con sus firmas.

Russell los miró perplejo mientras abría el sobre. Entonces Aiden prosiguió.

—Como verás, Timothy y yo la hemos firmado, y eso quiere decir que podrás entrar libremente al club y sus instalaciones —explicó—. Una vez dentro, se hará una ceremonia de admisión y serás un miembro oficial. Felicidades, Carbury, te acaba de tocar la lotería.

—Te equivocas, Wadlington, la lotería le ha tocado a lord Richemond —resopló Russell—. No todos los días emparenta uno con los duques de Casterberg.

—Cierto, como tampoco se alía uno fácilmente con el condado de Armfield —dijo Timothy—. Esto ha sido un gesto de buena fe, así que dime, Russell, ¿darás tu aprobación a mi boda con Halley o hay algo que vaya a impedírtelo?

Russell miró fijamente al conde como si lo estuviese analizando, y por un momento Timothy creyó que el asunto de Clarice saldría a la luz. Sin embargo, el pelirrojo sonrió y se terminó la copa de un trago.

—Por supuesto que doy mi aprobación. Mi hermanastra es... curiosa, pero quiero que sea feliz. Si tú vas a hacerla feliz, adelante, no seré yo quien se oponga —dijo.

—Bueno es saberlo, desde ahora te contaré entre mis amigos —sonrió Timothy.

—Y yo haré lo mismo, «amigo» —asintió Russell.

Los dos hombres se sonrieron y el pelirrojo le ofreció una mano a Timothy, que se puso en pie para estrecharla de forma teatral. Se miraron a los ojos, gris contra azul, y Aiden tuvo que reprimir una risa. Aquello era lo más ridículo que había visto en mucho tiempo, la farsa más grande de la historia. Se notaba que ninguno soportaba al otro, y que se miraran y se llamasen amigos era hilarante. Cuando el apretón de manos terminó, Timothy se alisó el *blazer,* se puso el sombrero y miró a Aiden antes de volverse hacia Russell, que se había alejado para sentarse.

—Bueno, Russell, por más que haya disfrutado de esta deliciosa charla debo irme ya. Tengo asuntos que atender que precisan toda mi atención.

—Por supuesto, Timothy, ven cuando quieras —asintió Russell y miró a Aiden—. Lord Wadlington, ha sido un placer.

—Igualmente, señor Carbury —se despidió él.

Russell sonrió y, tras una despedida breve, los dos nobles se alejaron en silencio hacia la salida de la empresa. Solo cuando estuvieron dentro del carruaje, lejos del lugar y a salvo de oídos indiscretos, Aiden rompió a reír.

—Deberías haberte visto la cara, Tim, parecía que estabas tocando mierda —dijo.

—Y así era —resopló Timothy irritado—. ¿Crees que ha tragado con el cuento?

—Ni mucho menos. El hijo de perra te estaba fulminando con la mirada, no confía en ti ni para que le des la hora, justo como suponíamos —contestó Aiden.

—Bueno, entonces pasemos a la siguiente fase del plan.

Aiden asintió y sin más dilación pusieron rumbo de regreso a Richemond Manor. A fin de cuentas, Timothy tenía mucho que hacer, entre otras cosas escribirle una carta a su futura esposa. Era casi mediodía, pero para cuando cayese la noche el pacto estaría sellado.

✳ ✳ ✳

A las siete y media, Halley ya no podía más con los nervios y revisó por última vez que todo estuviese en su sitio antes de salir: corsé bien apretado, sin guantes, por si acaso él le daba un anillo, gargantilla con el blasón de Casterberg, cabello bien arreglado y mejillas sonrosadas. Tomó aire un par de veces y se volvió a mirar a su pequeño séquito. Margaret, Molly y Josephine la observaban tan llenas de orgullo y emoción que apenas encontraban palabras. Halley sonrió.

—Despertadme si es un sueño, queridas, aún no me parece real —dijo.

—¡Pues es muy real, prima, así que ve y échale el lazo bien prieto a ese hombre! —exclamó Margaret con una gran sonrisa.

—Sí, no sea tímida, verá que todo saldrá muy bien —la animó Molly—. Usted solo dele el mejor beso de su vida, lord Richemond se pondrá muy contento cuando le dé el anillo.

El comentario hizo reír a Halley, en cambio Josephine no la siguió.

—No las escuche, señorita, sencillamente sea usted misma —dijo—. Vamos, váyase ya, no haga esperar a lord Richemond.

—¡Te quiero, Josie! —dijo Halley estrechándola entre sus brazos con cariño—. ¡Os quiero a todas!

Y así, tras un insólito abrazo grupal, Halley bajó corriendo las escaleras para llegar al carruaje aparcado frente a la entrada, donde Matthew la esperaba. Estaba tan contenta que ni siquiera notó la mirada fría de su madre a través de la ventana. El trayecto fue más lento de lo esperado debido al tráfico, y cuando el carruaje se detuvo frente a la puerta de hierro forjado de Richemond Manor el corazón le galopaba como un caballo de carreras. Solo faltaban dos minutos para las ocho.

Entonces reparó en Wade, solitario como un guardián frente a la puerta. Apenas abrió la puerta del carruaje le ofreció la mano con una expresión misteriosa, y Halley la estrechó mientras el hombre alzaba las comisuras de los labios. No tenía ni idea de qué estaba pasando, pero seguiría la corriente. Al ver que no se dirigían al camino de gravilla que conducía hacia la casa se animó a preguntar.

—¿Adónde me llevas, Wade?

—Me temo que no puedo decirle nada —contestó él guiñándole un ojo—. No tema, *lady* Halley, Timothy..., quiero decir, lord Richemond la está esperando.

—De acuerdo.

La joven amplió la sonrisa al notar el desliz del guardia, pero sus pensamientos se desviaron rápidamente al llegar al jardín. El lugar parecía salido de un sueño y sintió que se le secaba la boca al verlo. Había un lecho de pétalos esparcido por la hierba y un camino de velas conducía hacia la parte más lejana del jardín, donde unos robles daban sombra. Uno de ellos, el más grande, estaba iluminado con farolillos de cristal. Debajo aguardaba Timothy. El conde se había vestido con sus mejores galas: de blanco impoluto y botas negras, parecía el príncipe de un cuento de hadas. Cuando llegaron, Wade la soltó y desapareció.

Entonces Timothy se agachó para hincar una rodilla en tierra y Halley creyó que iba a desmayarse allí mismo. Tragó saliva mientras él sostenía con firmeza su temblorosa mano.

—*Dos de las estrellas más hermosas del cielo tenían que ausentarse, y han rogado a tus ojos que brillen en su puesto hasta que vuelvan. No soy barquero y, sin embargo, aunque te hallases tan lejos como la más extensa ribera que baña el más lejano mar, me aventuraría por mercancía semejante* —recitó Timothy. Luego continuó—: Halley, no encuentro palabras ni poema que expresen lo que siento, así que seré claro. ¿Me harás el honor de convertirte en mi esposa?

—Si incluso recitando a Shakespeare creías que dudaría, te lo pondré fácil: ¡acepto! ¡Sí, Timothy, seré tu esposa!

El conde mostró la más hermosa de las sonrisas y se sacó un anillo del bolsillo del chaleco para deslizarlo en el dedo corazón de Halley. Sin embargo, antes de que la joven pudiese admirar la joya, él se irguió y con el mismo impulso de levantarse la estrechó entre sus brazos y unió sus bocas en un beso arrollador. Cuando atrapó sus labios, Halley se sintió la mujer más feliz de la tierra.

Capítulo 9

Me amas, y aún te veo como un espíritu
hermoso y brillante.
Sin embargo, soy yo quien anhela perderse
como una luz en la luz.

SARA TEASDALE

Septiembre llegó rápido como un soplo de brisa fresca y, antes de que se diera cuenta, Halley se encontraba en su alcoba ultimando los detalles de su vestido de novia para ese día tan esperado. Era el solsticio de otoño, ya que le había parecido adecuado casarse ese día que representaba tanta magia y fortuna. Timothy no se había opuesto, deseoso de complacerla en todo lo que pudiese antes de la boda.

Y ahí estaba, rodeada por las mujeres de su vida mientras la preparaban para la gran ocasión: Josephine, Margaret y su madre. Molly estaba ocupada con los preparativos del festín y el convite; además, Josephine había considerado oportuno que no estuviese presente en la charla ya que era una jovencita sin pareja. No sería adecuado que oyese lo que allí se iba a decir. Sin embargo, debían preparar a Halley para lo que se avecinaba, y la joven escuchaba con atención mientras la institutriz terminaba de atarle los lazos del corsé.

—Creo que exageras, Josie —resopló Halley mientras se sujetaba con ambas manos al dosel de la cama—. Dudo que Timothy espere grandes cosas de mí, él es el experto, al fin y al cabo.

—Precisamente por eso, chiquilla, debes prepararte para que te pida cualquier cosa —insistió la institutriz.

—¿Y cómo se supone que habré de complacerlo? —dudó Halley.

Josephine abrió la boca para responder, pero antes de que pudiese hacerlo intervino Alice.

—No seas estúpida, Halley, sencillamente deja que lo haga todo y ya está —dijo—. Y, por Dios, ¡ni se te ocurra desairarlo! Un hombre como él no dudará en buscarse a otra mujer si su esposa no le satisface, no lo olvides nunca.

—Estáis siendo demasiado duras con ella, tía Alice, Josie, la estáis asustando sin razón —interrumpió Margaret, que se volvió hacia su prima con una suave sonrisa—. Halley, cariño, no tienes nada que temer. Si Timothy te ama tanto como parece, te prometo que yacer con él va a ser un sueño, no una pesadilla ni una obligación.

—¿Fue así para ti y para John? ¿Te... te gustó? —preguntó dudando Halley.

—Sí, y eso que John apenas tenía experiencia —admitió Margaret—. Verás, lo que tienes que hacer es dejarte llevar. Deja que te haga estremecer con sus caricias y sigue tu instinto. Créeme, sentirás que estás lista. Él sabrá cuándo es el momento, no te va a hacer daño. Dolerá un poco, pero lo mismo nos ocurre a todas.

Halley asintió con los labios fruncidos. Si lo que Margaret decía era cierto, sería más fácil. De todas formas, confiaba en Timothy, en que él sabría qué hacer. Eso estaba pensando cuando Josephine le dio un suave apretón en los hombros para indicarle que había terminado con el corsé. Halley se alejó de la cama y la institutriz le enfundó el traje de novia capa a capa: crinolina, saya y vestido. Solo restaba peinarla. Media hora después, un elegante recogido decoraba la parte baja de su cabeza y decenas de horquillas de perlas sembraban su cabello. Estaba radiante, y ni siquiera le habían puesto la guinda al pastel.

Timothy le había regalado la tiara de su abuela, que la condesa de Armfield siempre portaba desde que entrara a formar parte de la familia. Ahora ella iba a ostentar ese título. Aún le parecía un sueño, pero cuando Josephine le colocó la diadema de oro blanco y diamantes en la cabeza se volvió muy real: en solo una hora sería *lady* Halley Richemond-Hasford, duquesa de Casterberg y condesa de Armfield, esposa del hombre que le había robado el corazón. Al mirarse en el espejo, Halley sonrió.

—Estoy lista, Josie —dijo.

—Entonces vamos, el carruaje que la llevará a la iglesia ya está listo.

Las tres mujeres asintieron y el grupo partió hacia Westminster.

✻✻✻

Eran las seis menos diez cuando Timothy comenzó a ponerse nervioso. Estaba plantado frente al obispo de Londres y su séquito en el centro del altar mayor de la abadía de Westminster con Aiden a su lado como padrino, y el mar de invitados que llenaba la iglesia no hacía nada por mermar su inquietud. Halley había pedido una boda de tarde, algo muy poco habitual, pero no se opuso. Para la gran ocasión habían invitado a más de doscientas personas entre dignatarios, nobles de Gran Bretaña y las colonias inglesas. A medida que el reloj avanzaba hacia las seis en punto, su pulso se agitaba.

No dudaba que Halley fuese a acudir. Sabía que ella lo amaba, pero temía que el destino le diese una bofetada, que algo inesperado le ocurriese. Debía de tener el rostro entre pálido y lívido, pues Aiden tuvo que rodearle los hombros para darle ánimos y alejarlo de las miradas inquisitivas y emocionadas de los invitados.

—Tranquilízate, por Dios —susurró.

—Ya lo sé, lo sé, y lo siento, pero no puedo evitarlo —masculló Timothy—. ¿Cómo has podido pasar por esto dos veces, Aiden? Es lo más terrible que he vivido nunca.

—No sin esfuerzo, te lo aseguro —contestó él con una sonrisa—. Ahora vamos, cálmate, solo faltan dos minutos para que Halley llegue y se termine esta espera.

—Dios te oiga.

Ambos cruzaron miradas cuando las campanadas anunciaron la llegada de la novia. Marcaban las seis en punto, el momento de la verdad. Los invitados se pusieron en pie y se volvieron hacia la puerta, igual que Timothy, que clavó sus ojos en la entrada con atención. Halley estaba preciosa enfundada en su delicado vestido blanco de seda bordada, manga corta de encaje y escote redondo. Hacía que pareciera una reina y él sintió que se le encogía el alma al verla. Esa boda era un paso más en su camino hacia la venganza contra quien había herido a su hermana y, sin embargo, lo que sentía por Halley no estaba previsto. No quería herirla, ella era inocente, pero necesitaba vengar la afrenta a su familia. Una oleada de sentimientos contradictorios se abatía sobre él sin que pudiera hacer nada por evitarlo.

Dado que tanto su padre como el de Timothy habían muerto, Halley avanzó sola hacia el altar, y al ritmo del coro de Westminster cruzó la alfombra para detenerse junto a él. Timothy le tomó la mano y se la besó sin apartar la mirada de la suya. Los ojos de ella, llenos de ternura y de admiración, apartaron las sombras que acosaban al conde en el interior.

—Ansiaba el momento de verte, preciosa —murmuró él cuando llegó a su lado.

—Yo también a ti —sonrió Halley.

El conde le devolvió la sonrisa y la condujo a su asiento para comenzar la ceremonia. Tal y como mandaba el protocolo, escucharon el sermón e intercambiaron anillos y votos. Halley recitó los suyos con los ojos brillantes de emoción, pero Timothy sintió que se le atascaban las palabras en la garganta.

—¿Se encuentra bien, lord Richemond? —preguntó el obispo.

—Sí, sí, lo siento, ¿qué me decía? —se disculpó Timothy y parpadeó.

—Repita conmigo los votos... Yo, lord Timothy Humphrey Richemond, conde de Armfield, tomo como esposa a *lady* Halley Hasford, duquesa de Casterberg, en la salud y la enfermedad, en lo bueno y en lo malo, hasta que el señor me reclame.

Timothy tragó saliva y tomó aire antes de hablar.

—Yo, lord Timothy Humphrey Richemond, conde de Armfield, tomo como esposa a *lady* Halley Hasford, duquesa de Casterberg, en la salud y la enfermedad, en lo bueno y en lo malo, hasta que el señor me reclame. Te prometo fidelidad y respeto hasta el último de mis días, Halley. Yo... te amo.

Se sentía terrible al recitar esas palabras, pero cumplió con lo que se esperaba de él y besó a la novia con delicadeza tras la bendición del obispo, para salir de la abadía ya convertidos en marido y mujer. Una lluvia de pétalos envolvió a los novios mientras saludaban a los invitados antes de subir al carruaje que los llevaría a Casterberg Hill para celebrar el banquete. Cuando este terminara se trasladarían a Richemond Manor para pasar la noche de bodas, y Halley notó que se le aceleraba el pulso.

—Timothy, te amo, y me alegro de que seas mi marido —dijo con voz segura.

—Yo también a ti, Halley, yo también —contestó él.

Una ligera punzada de culpabilidad lo golpeó, hasta que volvió a recordar la razón de aquella boda. Lo hacía por los Richemond, por Clarice. Lo hacía por justicia, para hundir a Carbury. Sea como fuere no había remedio: se había casado y no pensaba mirar atrás.

La fiesta era mucho mayor de lo que Timothy pudo haber imaginado. Cuando hacía tantos años se imaginó a sí mismo celebrando su boda, creyó que sería el príncipe de un cuento y Elisabeth su princesa, que bailarían hasta el atardecer uno en brazos del otro y sellarían su pasión en una noche perfecta. Todo estaría decorado con rosas y cientos de luces, tan perfecto como pensó que lo era ella. Ahora no solo había despertado y renegado de aquel sueño para darse de bruces con la realidad, sino que se encontraba celebrando su boda con otra mujer en un escenario muy distinto.

Casterberg Hill hacía honor a su estatus. La mansión estaba decorada acorde a la ocasión, los jardines llenos de mesas redondas con manteles blancos y lazos, farolillos de cristal y rosas rojas. Habían construido una mesa para la familia real, los novios y sus padrinos, y, cuando llegaron, la mayoría de invitados se había sentado ya. Un mar de aplausos recorrió el jardín y Timothy saludó a todo el mundo con una enorme y falsa sonrisa. Entonces reparó en las miradas preocupadas de Aiden y Eleanor, que aguardaban en pie. Cuando llegaron al círculo, el ahora duque se inclinó ante los príncipes Eduardo y Alfredo.

Después tomó la mano de Halley y la condujo hacia donde se sentaban sus amigos, los Wadlington y los Shinfield. Aiden saludó a la novia con un beso en la mejilla que la joven correspondió, para después fijar los ojos en la mujer que estaba de pie a su lado. Timothy carraspeó y las presentó.

—Querida, permite que te presente a *lady* Eleanor Wadlington, duquesa de Cloverfield y gran amiga mía —dijo.

—Si es amiga de Timothy la contaré entre los míos, *lady* Eleanor —sonrió Halley—. Es un placer conocer a la esposa de lord Aiden, me han hablado muy bien de usted.

—El placer es mío, Halley. Y, por favor, llámame solo Eleanor, o Ellie, si quieres. Por cierto, debo añadir que el cumplido es mutuo, también he oído cosas muy buenas de ti. Me alegra mucho que Tim haya encontrado al fin a alguien que le ame tanto como se merece, lo digo de corazón.

—Lo amo con toda mi alma, sé que será muy feliz conmigo —afirmó Halley.

—Muy bien dicho, querida, ¡y ya era hora! —intervino Byron.

Timothy sonrió y se volvió hacia su amigo y su esposa para presentarlos.

—Halley, estos son lord Byron Shinfield y su esposa, *lady* Emily —explicó—. Al igual que Aiden, Byron creció conmigo en Cloverfield, estoy seguro de que os llevaréis muy bien. Byron, Emily, ya conocéis a Halley, la dueña de mi corazón y mi destino.

—Es un placer conocerte, Halley, Ellie me ha hablado tan bien de ti que me moría por conocerte —saludó la joven.

—Estoy segura de que *lady* Eleanor exagera mis virtudes, *lady* Emily, pero gracias —sonrió Halley.

—Ahora que os conocéis todos, sentémonos ya, estoy desfallecido... —bromeó Timothy besando a Halley en la mejilla.

—Desde luego, vamos, que este sea el primero de tus deseos que cumplo, amor mío —se rio ella—. ¿Qué clase de esposa sería yo de no hacerlo?

Los Wadlington cruzaron miradas entre ellos, con los Shinfield y con Timothy, y al notar el silencio que se había formado, el conde de Armfield se rio alegre.

—Qué puedo decir, amigos, ¡solo merezco lo mejor de lo mejor! —bromeó y rozó los labios de Halley—. Vamos, mi amor, sentémonos. ¡Me muero de hambre!

—Yo también, aunque dudo que pueda tragar algo con lo prieto que está este corsé —dijo Halley.

El comentario causó la risa de todos, y sin más dilación ocuparon sus lugares en la mesa y se procedió a servir el banquete. La cena fue suntuosa, como cabía esperar, seis platos entre carnes y pescados sin contar los entrantes. Caviar en tostadas, foie de pato, camarones con cebolla caramelizada, rosbif, solomillo Wellington con salsa de setas, pato a la naranja, lubina en salsa verde, sopa de setas, langosta y salmón a la sal. Todo ello acompañado de licores y dulces a la altura de la anfitriona: pastel de tres chocolates, tarta de merengue y naranja, pudín de pan en almíbar, natillas de ron y helado de nueces. Cuando le sirvieron la segunda ración de pastel de naranja, Halley la rechazó.

—No, gracias, un solo bocado más y moriré —bromeó.

—Imposible, no me puedes dejar viudo antes de la noche de bodas —dijo Timothy sonriendo de medio lado—. ¿Qué te parece si te hago bajar la comida con un baile? Eso a menos que prefieras que nos dediquemos al deporte nocturno sin más demoras.

Halley lo miró confusa. Sin embargo, antes de que llegase a preguntar en voz alta y se pusiera a sí misma en evidencia, Eleanor la salvó.

—Se refiere al «arte del amor», querida —explicó en voz baja.

—En tal caso, creo que me decanto por el baile —dijo Halley con las mejillas rojas.

Timothy, Byron y Aiden se rieron y Eleanor puso los ojos en blanco. Halley tomó la mano de Timothy. Se esperaba que los novios abrieran el baile con un vals, como mandaba la tradición, así que cuando los suaves acordes comenzaron a sonar, Halley se apoyó en el pecho de Timothy y se dejó llevar.

Para ella estaba siendo una noche ideal, y esperaba que para él también.

La noche había sido perfecta. Cuando por fin se despidieron de todos sus invitados y se quedaron a solas, Timothy la tomó de la mano y la llevó hasta su nuevo dormitorio. La puerta se abrió para dar paso a la habitación más bonita que Halley hubiera visto. De pulida y oscura madera de roble y ventanales cubiertos de cortinajes, parecía inmensa a la luz de la chimenea y las lamparillas de cristal que reposaban sobre las mesillas. Había una gran cama con dosel en el centro, frente a la chimenea, y junto a esta un escritorio. Al otro lado había un tocador y una mesita de cristal con dos butacones de piel. Junto a la ventana se abrían dos puertas. Una, supuso Halley, la del baño. La otra no tenía ni idea de a dónde daba. La abrió, para encontrar un enorme vestidor lleno de joyas y ropas de dama. Las prendas de Timothy estaban en un extremo. Al ver cuánta ropa le había comprado, abrió la boca asombrada.

—¿Te gusta? —inquirió Timothy tras ella.

—Sí, mucho, pero no era necesario. Tengo mucha ropa que podía...

—Un presente para mi esposa, el primero de muchos —susurró él en su oído—. Permíteme mimarte, Halley, deja que cuide de ti.

La joven se quedó sin palabras y Timothy sonrió. La tomó de ambas manos, complacido por su reacción, para salir del vestidor y quedarse parados frente a la chimenea. Cuando se miraron, azul contra marrón, llevó una mano a su mejilla y la rozó con suavidad, logrando que ella temblara.

—Sé que estás asustada, pero te juro que no tienes motivo —prometió Timothy.

—No tengo miedo de ti, solo de decepcionarte —dijo Halley y bajó la vista al suelo.

«¿Decepcionarme? Oh, Dios», pensó Timothy. Debía tranquilizarla y borrar sus miedos o sería peor para ella. Malditas habladurías y maldita educación femenina.

—Eso es imposible, Halley, no hay nada en ti que pueda decepcionarme —susurró—. Ahora cierra los ojos y déjame demostrártelo.

Después de aquellas palabras, y tras besarla dulcemente en el cuello, abandonó la habitación. Dado que Halley no tenía nada mejor que hacer, comenzó a desatarse el vestido, que dejó caer al suelo antes de lanzarse con la crinolina. Un minuto después se había deshecho del corsé y estaba enfrascada con los lazos de la enagua cuando Timothy regresó. Abrió la puerta y la vio detenerse en seco al mirarlo. Halley tragó saliva y se incorporó.

—Siento haberte hecho esperar, quería ir a buscar esto —dijo él y le mostró lo que escondía a su espalda.

Halley aguardó en silencio y él le tendió una gran pluma azul y verde.

—Las plumas de pavo real son un símbolo de amor y deseo —explicó Timothy acercándose lentamente a ella—. Podría haberte traído una rosa, pero me pareció común.

—¿Alguna vez haces algo como los demás? —sonrió la joven.

—No, y este es el primer regalo de muchos, no he hecho más que empezar.

Halley cruzó la distancia y lo besó. El beso fue suave y tierno, y él la dejó sobre la cama y se tendió sobre ella. La joven estaba preparada para lo que vendría, así que le rodeó el cuello con las manos y aguardó, pero Timothy rompió el beso y se alejó de ella. Halley lo miró, y cuando Timothy se deshizo de sus ropas sonrió, incapaz de callar lo que sentía.

—Timothy... —susurró.

—¿Sí? —dijo abrazándola fuerte y dejando caer la cabeza en el pecho de su mujer.

—Gracias, gracias por esta noche. Te amo.

—Yo también, Halley —contestó él con una pequeña sonrisa.

Para Halley no fueron necesarias más palabras. Suspiró satisfecha y cerró los ojos mientras jugaba con el cabello de su esposo. Su esposo. Ahora era real, se sentía real. Había sucedido lo que nunca hubiese imaginado: que después de tanto leer y renegar del amor, su propio cuento de hadas había llamado a sus puertas. Y con el mejor hombre que pisaba la tierra. Sonrió, feliz de llamarse a sí misma dueña del corazón del conde de Armfield.

Para Timothy el silencio resultó un consuelo. Fue lo más dulce y cariñoso que pudo con ella, consciente de su inexperiencia y porque quería hacerla feliz. La acarició y no dejó rincón alguno por besar, desde el cuello hasta los pies. Exploró cada rincón de su piel con su boca, y ella se dejó hacer. Halley pensó que no era posible sentirse así, entregada por entero. Rendida.

Halley lo miró con una dulzura que a Timothy lo dejó desarmado. Apartó de nuevo los pensamientos turbios y se dejó llevar por la ternura de su mujer.

Ahora era duque de Casterberg ante Dios y los hombres, y con ese poder, pondría las cosas en su sitio. Carbury podía esperar. Lo único que le importaba ahora era disfrutar del amor de su esposa.

Capítulo 10

Ella me ama más cuando
canto las canciones que la hacen llorar.

SAMUEL TAYLOR COLERIDGE

Halley despertó con el canto de los pájaros. El jardín de Richemond Manor era más pequeño que el de Casterberg Hill. Aun así, había muchas aves en los árboles de la parte delantera de la casa, seguramente porque allí daba más el sol que atrás. Toda una suerte para estar en Londres, eso tenía que admitirlo. Se sentía plena y dichosa, ¡ah, Timothy, bendito fuera! Halley había leído a Shakespeare, tan romántico; al marqués de Sade, tan explícito; había escuchado las experiencias amorosas de su prima Margaret y de Josephine. Ninguno de sus relatos se podía comparar con lo que su marido la había hecho sentir. Se había sentido amada y completa por una vez. ¿Era posible sentir todo lo que había sentido la pasada noche? Solo recordarlo, toda su piel se abría como una flor en primavera. Unos toques en la puerta hicieron que se volviera, para encontrar al dueño de sus desvelos mirándola con cariño.

—¿Puedo? No sabía si estabas despierta y no deseaba molestarte —dijo Timothy—. Estabas tan tranquila y relajada que despertarte me parecía un crimen.

—Entra, estaba a punto de levantarme —contestó Halley.

No fue necesario que se lo repitiera, el nuevo duque entró con una gran sonrisa y se inclinó sobre ella para robarle un beso, al que Halley respondió con ardor. Cerró los ojos y la envolvió en un abrazo. Timothy sonrió antes de alejarse.

—Si tu intención es que me olvide del cóctel que hay en tu casa dentro de un par de horas, vas por muy buen camino —dijo Timothy mientras apoyaba las manos sobre los hombros de su esposa, que se había incorporado para quedar sentada—. Es una idea de lo más tentadora...

—En tal caso no te contengas, Timothy, me importa un comino llegar tarde.

La respuesta sorprendió al hombre, que lo había dicho en tono de broma, a la espera de sacarle un sonrojo. Le encantaba verla ruborizarse, y que ella admitiera en voz alta que le deseaba lo dejó sin palabras. Primero, porque le mostraba una cara de Halley que no conocía, la apasionada. Segundo, porque la idea de estar con ella lo enardecía. Sin embargo, su sorpresa murió rápido, sustituida por una alegre risa.

—Si tal es tu deseo, lo cumpliré ahora mismo, preciosa —contestó.

Halley sonrió y Timothy la estrechó entre sus brazos para volver a besarla y tirarse sobre la cama. Se miraron y rieron. Timothy cerró los ojos y se dejó llevar, pero ella no. Quería aprenderlo todo, lo que le gustaba y lo que no, lo que soñaba y lo que odiaba. Con una determinación que a Timothy lo desarboló de manera sorprendente, hizo con él lo que su marido había hecho con ella la noche anterior: recorrerlo entero y acariciarlo hasta hacerlo enloquecer.

—Magnífica forma de encarar la mañana, aunque admito que me sorprendes. En realidad, contigo no sé qué esperar, todo me sorprende —dijo Timothy—. ¿Acaso no quieres ir a Casterberg Hill?

—¿Acaso es tan malo que prefiera disfrutar de mi esposo?

—Desde luego que no, Halley, nunca diría que no a pasar tiempo juntos. Pero debo hacer de defensor de la razón por una vez. No podemos dejar a toda esa gente esperando, incluso para alguien como yo estaría mal visto.

Al mediodía iban a celebrar un pequeño cóctel en el vestíbulo de Casterberg Hill para despedir a los invitados antes de partir de luna de miel, y esa mañana era el único momento que tendrían a solas antes de salir de Londres. Las islas griegas eran su destino, pues Halley había leído tanto sobre ellas y admirado con tal fervor sus antigüedades que Timothy había sugerido esa ruta. Halley no podía ser más feliz. La idea de compartir un desayuno romántico con él antes ir a despedir a los demás hacía que el estómago le hormigueara. Decidida, le dio un beso rápido, se puso en pie y tomó la enagua arrugada que había tirado sobre la alfombra para cubrirse.

—¿Quieres que desayunemos juntos? —propuso mientras se vestía.

—Me encantaría, pero debo ocuparme de un asunto primero —explicó Timothy—. Puedo pedir que te lo suban aquí, después iremos juntos a Casterberg Hill, ¿te parece?

—Gracias, creo que bajaré al comedor... ¡Bastante me has consentido ya! Vamos, vete, tengo que terminar de arreglarme y no quiero que te retrases por mi culpa.

Timothy se inclinó con una marcada reverencia y Halley se rio sin poder evitarlo. Eran esos detalles los que hacían que se enamorara cada día más de él. Cuando él le guiñó un ojo y salió por la puerta, la joven se dejó caer sobre la cama con el corazón flotando más ligero que una nube. Se dirigió al vestidor, donde encontró un vestido que Timothy había comprado para ella en ese día especial. De un tono violeta pastel con diminutas flores rojas, Halley lo encontró muy acertado. Una sonrisa adornó su rostro al verse enfundada en la tela. Satisfecha, abrió la puerta y recorrió el pasillo sin prestar atención a su alrededor, hasta que la voz de Timothy le hizo volver la cabeza. Halley detuvo sus pasos y miró hacia una puerta maciza, sorprendida.

—¿...que no sientes nada? —dijo Aiden.

Timothy resopló, y Halley estaba segura de que había puesto los ojos en blanco.

—Claro que siento algo por ella, no soy de piedra —contestó, y pasó unos instantes en silencio en los que Halley sintió que se le aceleraba el pulso—. ¿Qué quieres que diga, Aiden, que estoy enamorado? Halley es especial y la aprecio mucho, por supuesto, me gusta más de lo que me ha gustado ninguna otra mujer en años. Tendría que estar ciego para ver cómo es y no sentir nada por ella..., pero no me pidas milagros. Mi corazón está muerto, amigo mío.

En ese momento Halley tuvo que cubrirse la boca para ahogar un jadeo, pero la voz de Aiden interrumpió sus pensamientos. Sonaba irritada, casi exasperada.

—Ni un emperador es tan terco como tú, Timothy. No sé qué me exaspera más, que trates de convencerme o que te engañes a ti mismo —afirmó tajante—. ¿Ahora me vas a decir que no has disfrutado al estar con ella? No me hagas reír, por Dios.

Timothy hizo una pausa y Halley notó que se le llenaban los ojos de lágrimas.

—Obviamente, y me aseguré de que ella disfrutase también, era lo mínimo que le debía —dijo, y suspiró al añadir—. Sin embargo, siento que me ahogo, que si le muestro mis demonios la asustaré, la haré sufrir o algo peor. A pesar de todo no quiero hacerle daño, Aiden. Yo no soy como Carbury, no disfruto haciendo llorar a las mujeres.

—Por eso te advertí que tratases de encariñarte, Timothy. ¿Te lo dije o no te lo dije? Te has casado, felicidades. Ahora estás atrapado en este matrimonio solo para acercarte a un hombre al que odias. Eso no es justo, ni para ti, ni para Halley.

—No lo digas así, no es tan malo —contestó Timothy—. Una vez hunda a Carbury y vea que Clarice está recuperada, llevaré una vida buena y respetable junto a Halley. La amaré, cuidaré y respetaré con todo lo que me queda por dar. Tendré un par de hijos, una esposa adorable, negocios lucrativos y amigos a los que visitar... No necesito más.

—Ay, Tim.

Halley se alejó de la puerta con el corazón latiendo a ritmo irregular. No podía creer lo que estaba escuchando, que todo lo que había creído verdad fuese una mentira. Pero Timothy aún tenía que clavar la estaca más profundamente en su corazón.

—No sufras por mí. Ya he aceptado mi destino, aunque no es el que hubiese soñado.

—Por tu bien, espero que te equivoques —dijo Aiden.

—Sí, yo también.

Entonces se produjo el silencio y Halley no lo pudo soportar. Corrió en silencio hacia el dormitorio que compartía con Timothy y cerró la puerta con cuidado de no hacer ruido. Se lanzó sobre la cama y desató el llanto que ahogaba su pecho. La mañana que tan maravillosamente había comenzado se había transformado en una pesadilla: el hombre que amaba se había casado con ella para acercarse a Russell, para vengar una afrenta que ella ni siquiera conocía. Al parecer la había utilizado, y el pensamiento la hirió más de lo que jamás pudo imaginar. Una mezcla de emociones encontradas la invadió: tristeza, incredulidad, negación..., pero, ante todo, deseo de saber. Si Timothy se había pasado meses enteros fingiendo para poder acercarse a su hermanastro tenía que haber un motivo tras semejante odio. Solo había una forma de saberlo, y esa era enfrentarlo.

Con el corazón latiendo a la velocidad del vuelo de un colibrí, Halley se incorporó y se limpió las lágrimas. Sentía como si un fuego interno que ignoraba poseer hubiese ardido hasta apoderarse de ella, y cruzó la habitación en cuatro largas zancadas para abrir la puerta. Cruzó el pasillo a paso rápido y entró en la estancia donde antes habían estado Timothy y Aiden, pero la encontró vacía. Frustrada, bajó las escaleras y atravesó el recibidor, hasta llegar al despacho del conde, que, por suerte, estaba solo. No había ni rastro del duque de Cloverfield, así que Halley entró sin llamar, logrando que su esposo elevara la vista y sonriera.

Timothy estaba semioculto entre las sombras, apoyado contra la chimenea con un libro en las manos. *Crimen y Castigo*, de Fiodor Dostoyevski. Era uno de los últimos que Halley había comprado ese mismo verano y aún no había alcanzado a leer. Al ver que lo miraba, el nuevo duque de Casterberg dejó el libro sobre la repisa de madera.

—Halley, cielo, esperaba que aún estuvieras desayunando —comentó alegre—. Veo que te has puesto el vestido que te he dejado en el vestidor, estás preciosa, soy un hombre afortunado...

—Sí, seguro que sí —contestó ella con voz seca.

Él, que había comenzado a acercarse para rozarle la mejilla y cubrirla de arrumacos y zalamerías, se detuvo bruscamente al notar el tono cortante que la joven había utilizado. Le recorrió el semblante con la mirada, encontrando que sus bellas y casi siempre risueñas facciones estaban tirantes. Se preocupó sin poder evitarlo. No entendía qué podía haber puesto a Halley en ese estado. En vez de acercarse, Timothy se cruzó de brazos y aguardó, pero ella no rompió el silencio.

—¿Vas a decirme qué es lo que te ocurre? —dijo él al cabo de un rato—. ¿Qué ha pasado para que de repente te hayas enfadado?

—¡Tú eres lo que me ocurre, Timothy! —exclamó Halley y cruzó los dos pasos que la separaban de él para golpearle en el pecho con el dedo índice—. ¡Tú eres el único que podía romperme en dos sin siquiera proponérselo!

—¿Romperte? ¿De qué demonios estás hablando? Halley, mi amor, si te he ofendido de algún modo, no es lo que...

—¡Lo sé todo, Timothy, lo que te traes con Russell, deja ya de fingir! —interrumpió ella y le clavó la mirada en los ojos—. Si voy a vivir un matrimonio falso, al menos merezco saber cuál es el motivo que te llevó a casarte conmigo si no estabas enamorado. ¿Qué fue lo que hizo mi hermanastro que te ofendió tanto como para llegar a esto?

Nada más oírla, el color abandonó el rostro de Timothy. Si lo que decía era cierto, sin duda su esposa había escuchado la conversación entre Aiden y él, y eso era algo que no había previsto. No supo qué decir, y al ver su semblante Halley se volvió, para darle la espalda y no caer embrujada por sus iris azules como un océano profundo.

—¿Cuánto has alcanzado a oír de mi conversación con Aiden? —inquirió Timothy, que continuó al ver que ella le iba a interrumpir—. No te molestes en negarlo, es obvio que nos has escuchado. Hace un rato estabas perfectamente feliz y ahora sales con esto.

La joven apartó la mirada, que clavó en las llamas antes de soltar un suspiro.

—No pensaba negarlo, os he oído. Has dicho que te habías casado para acercarte a Russell, pero que a pesar de todo no querías hacerme daño. Todo un detalle... —declaró.

—Y es cierto, jamás he pretendido herirte. Sé que lo he hecho, pero a cambio voy a contarte la verdad. Si no lo he hecho ha sido para no crear una herida que no mereces —dijo Timothy—. La culpa de que estemos ahora frente a frente es de ese malnacido, Russell Carbury, tu hermanastro. Verás, soy un hombre muy familiar, Halley. Para mí, la familia y los que considero amigos son pilares inquebrantables. Moriría por ellos, mataría por ellos, y cuando alguien les hace daño, me hace daño a mí.

—¿Insinúas que Russell ha herido a alguien de tu familia?

—Así es, a mi única hermana, y lo ha hecho de la peor manera posible.

—¿Por qué habría de creerte? —le espetó Halley—. Russell jamás me ha mentido, y tú no solo me has mentido, sino que me has usado para hacerle Dios sabe qué.

—¿Eso es lo que piensas? —dijo Timothy, y sin saber por qué la idea le dolió. «Si supieras lo falso que es ese infame en realidad...».

—La verdad es que no sé si el hombre que tengo delante es el mismo del que me enamoré o un desconocido. ¿Quién eres, lord Armfield?

Timothy se llevó los dedos al puente de la nariz. Halley estaba en lo cierto, no tenía motivos para creerle. La verdad era que le había ocultado sus demonios, pues, a pesar de todo, la naturalidad de la joven, su espíritu y esas rarezas que la hacían tan especial y diferente a las demás mujeres de su posición eran lo que le había hecho sentirse libre a su lado. Libre para sonreír, para soñar. Como si su corazón pudiese latir otra vez. Pero ella no lo sabía y la tarea de demostrarle lo equivocada que estaba respecto a Russell y él mismo era de Timothy. Al elevar la cabeza se encontró con que Halley lo estaba mirando.

—Soy el hombre que conoces, Halley, y te ruego que me permitas demostrártelo —dijo—. Sé que no me creerás hasta que oigas la verdad, así que voy a contarte mi parte de la historia.

Entonces se detuvo, inseguro, como si quisiese poner en orden sus pensamientos. Halley aguardó expectante, se moría por escuchar lo que él tenía que decir. No sabía que Timothy tenía una hermana, enterarse ahora de algo tan básico la desconcertaba. Sin embargo, tenía todo el sentido del mundo que no le hubiese hablado de ella. Si lo que decía era cierto, cosa que empezaba a plantearse seriamente, Timothy no podía permitir que su hermana se topara con Russell, que iba a estar presente en su boda. Eso estaba pensando cuando él rompió el silencio y la devolvió a la realidad.

—Clarice es una joven preciosa y dulce. Cumplió dieciocho años hace unos meses, pero siempre ha sido una soñadora, demasiado confiada —comenzó Timothy—. Esta primavera fue su fiesta de debut, y ahí debió de conocer a Russell. Ignoro cómo fue, pues ella no me lo ha contado y yo no he querido insistir para no reabrir las heridas, pero el muy miserable le juró amor y matrimonio y no cumplió su palabra. No solo la dejó plantada en el altar, sino que tuvo el descaro de acudir acompañado de mujeres de la calle para reírse y hundirla. Como comprenderás, mi hermana quedó destrozada.

Halley no respondió. Timothy continuó el relato.

—Nunca había visto a una mujer sufrir por un hombre tanto como ella, y, créeme, Halley, ver ese dolor desgarrador en un ser querido no se lo deseo ni a mi peor enemigo. Clarice se despertaba llorando, gritando, y cada día que pasábamos en Londres empeoraba. En tales circunstancias, no me quedó más remedio que alejarla de aquí y rezar para que el sol de la campiña y el cariño de la gente que la quiere ayudaran a curar su tristeza. Pensar que ese malnacido pueda hacer lo mismo con otras pobres ingenuas como mi hermana me hizo hervir la sangre. ¿Entiendes por qué lo he hecho?

—Timothy, yo... Lo siento, lo siento tanto, no tenía ni idea. Veo que si has ocultado la verdad ha sido para hacer justicia, sé que no mentirías en algo tan grave —afirmó Halley y sintió que se le encogía el pecho, como si una garra la oprimiese por dentro—. Me avergüenza que Russell sea capaz de bajezas semejantes, ninguna mujer debería sufrir tal desengaño. Lo que ha hecho es... algo que no me sorprende tanto como debiera.

—¿De qué estás hablando?

—De que, volviendo la vista atrás, siempre he sabido que Russell tiene una vena cruel, lo ha demostrado muchas veces al despreciar a mis sirvientas, Josephine y Molly —explicó Halley—. Que no lo haya querido admitir antes es terrible, lo siento mucho.

—No lo sientas, no es culpa tuya. Podrías incluso increparme, pues lo ocurrido entre nosotros guarda cierta similitud —continuó Timothy—. Sin embargo, te doy mi palabra de honor de hombre y de caballero de que incluso habiendo planeado todo esto nunca he querido jugar contigo. Mi intención era casarme y te seré fiel hasta el último de mis días, si aún me aceptas. Te he usado, lo admito y cargaré con la culpa, pero no tiene por qué terminar mal para nosotros. Me importas de verdad, Halley, debes creerme.

—Me has hecho daño, Timothy. Tu idea al casarte conmigo era utilizarme en tu venganza. Y yo no tengo la culpa de lo que hizo Russell. Yo creía en ti. Yo me he casado contigo porque te quiero. Te quería... —Los ojos de Halley se llenaron de lágrimas y Timothy se acercó a ella, temeroso de que lo rechazara.

—Por favor, a pesar de lo que escuchaste tras esa puerta, en estos meses me ha ocurrido algo que me ha desbordado... No me lo esperaba, pero me has tocado por dentro con tu manera de ser, con tu risa, con tu complicidad conmigo. Eres tan distinta a todas las mujeres que he conocido. Y, sin embargo, me siento atado por lo que le han hecho a mi hermana, ¿comprendes? Siento que hay una sombra sobre mi familia, no lo puedo evitar. Pero este tiempo junto a ti, y anoche...

—Te creo, a pesar de todo lo que has hecho. Te creo, Timothy —lo interrumpió ella, con una intensidad que lo conmovió.

Timothy la miró y el corazón se le aceleró sin poder evitarlo. Sabía que Halley era distinta, siempre lo había sabido, y de nuevo la joven le daba las pruebas para reafirmarse. Que creyera en él a pesar de que acababa de descubrir que la había utilizado era admirable, muestra de un gran corazón y un espíritu generoso. Tragó saliva y clavó los ojos en ella. Si Halley deseaba dejarle no iba a impedírselo, pero algo dentro de él se removió ante el mero pensamiento. ¿Estaba nervioso o asustado? Al parecer, su esposa le importaba mucho más de lo que se atrevía a admitir incluso ante sí mismo.

—¿Qué vas a hacer entonces? —inquirió finalmente, tratando de controlar su voz.

—¿A qué te refieres? —dudó Halley.

—A si, ahora que sabes toda la verdad, deseas que continuemos casados.

Para su sorpresa, la joven rompió a reír y Timothy la miró pasmado. ¿Dónde estaba lo divertido en todo ese asunto? Si lo había, no podía encontrarlo. Al ver su expresión confundida, Halley cruzó la distancia que lo separaba de él para dejar una mano sobre su antebrazo. Timothy miró la delicada mano de su esposa y notó la alianza de oro.

—Voy a ayudarte a hacerle justicia a Clarice, para que ninguna otra mujer pase por ese dolor por culpa de Russell —contestó Halley—. Te amo, Timothy, y juré en el altar que estaría a tu lado en lo bueno y en lo malo hasta que

Dios así lo quisiera. Es lo correcto, lo que me pide el corazón. Llámame tonta, cándida o las dos cosas, pero así lo siento. La pregunta es: ¿quieres tú seguir a mi lado?

—Sí.

«Sí». Para Halley, la sencilla respuesta dicha sin titubear fue suficiente. «No pienso rendirme contigo», pensó decidida. Le dolía el alma tras conocer la realidad de Russell y, como acababa de decirle a Timothy, haría lo correcto por mucho que le hubiese afectado la verdad. Pero lo que sentía por ese hombre era superior al dolor del engaño. Había tanta complicidad entre los dos, tanta ternura... No, eso no podía ser mentira. Al menos, no del todo. Lo notaba dentro de ella.

Y entonces tomó una decisión. No derramaría ni una lágrima más. Resurgiría de sus cenizas como el ave fénix. «Tendría que estar ciego para ver cómo es y no sentir algo por ella». Esas palabras significaban que Timothy podía llegar a amarla tanto como ella a él, y Halley se esforzaría para conquistarlo.

El conde de Armfield no sabía con quién se había casado. La señora de Casterberg no se rendía jamás.

Capítulo 11

No temo lo que el tiempo o el destino puedan
traer a la carga del corazón o la frente.
Fuerte en el amor que tan tarde llegó,
¡nuestras almas lo guardarán siempre!

Elizabeth Akers Allen

La lluvia acompañó su camino durante todo el día en un repiqueteo constante sobre sus cabezas. El carruaje cruzaba veloz los embarrados caminos que recorrían el país de norte a sur, y ahora, en medio de la campiña y a punto de llegar a su destino, Halley se sentía más segura que nunca de la decisión que había tomado. El viaje de luna de miel había quedado olvidado a la luz de los acontecimientos. En vez de dirigirse a las islas griegas a bordo del *Pearl of the seas* como se suponía que deberían estar haciendo, su destino era Cloverfield, la mansión de los Richemond en el ducado de los Wadlington.

Timothy permanecía en silencio al otro lado del asiento, con la vista fija en el brumoso paisaje, y Halley no quiso molestarlo. En vez de eso, se puso a pensar en la conversación que habían mantenido horas antes.

—Gracias, Halley, no tienes por qué, y aun así quieres ayudarme. No te merez...

—Silencio —interrumpió ella y le tapó la boca con la mano—. Ahora dime cuál es el plan, los dos juntos llegaremos más rápido al fondo de todo esto que si lo haces tú solo.

—Pensaba empezar a investigar los trapos sucios de Carbury en Casterberg Hill después de nuestra luna de miel —confesó Timothy—. Sin embargo, ya que lo sabes, no tiene sentido retrasarlo. Iremos a Cloverfield y hablaremos con Aiden y Byron, ellos me han ayudado desde el principio, dado el cariño que sienten por Clarice.

—Está bien, dejaremos el viaje a Grecia para otro momento. De todas formas, no tiene sentido, para entrar en mi cama no necesitas cruzar el océano —contestó mientras se ponía en pie bajo la mirada de asombro de Timothy—. Vamos a Cloverfield. Ardo en deseos de conocer a tu hermana, ella arrojará luz sobre este asunto.

—Que así sea, partiremos con las primeras luces.

Y ahí estaban, cruzando los caminos que llevaban a Cloverfield. Cuanto más se adentraban en el suroeste, más natural se volvía el terreno. El verde y el azul cubrían los campos, el amarillo brillaba con fuerza en los árboles, y cada matiz se veía más vivo que en Londres, donde todo estaba cubierto por un velo grisáceo. Aquí, Halley se sentía como en casa. Para ella, que amaba el verano, era como sumergirse en un pequeño paraíso. Cuando el carruaje se adentró en el pueblo, sacó la cabeza por la ventana sin importarle mojarse con la lluvia. Timothy sonrió sin poder evitarlo.

—¿Tanto te gusta este lugar? No creía que te fuese a gustar Cloverfield en absoluto, es muy distinto de Londres —comentó.

—¡Precisamente por eso es maravilloso! —replicó Halley sin mirarlo—. ¡Mira esos campos verdes, el río y los bosques! Ah, Timothy, podría acostumbrarme a vivir en un lugar así... ¡Adiós, fábricas!, ¡hola, sol y campo!

El nuevo duque se rio sin molestarse en ocultar su alegría. No supo por qué, pero ver que a Halley le complacía su hogar le quitó un peso de encima. Ahora que había descubierto que su matrimonio, en un principio, había sido algo planeado como una venganza, lo que menos deseaba era llevársela a rastras a un lugar que odiara. Sin embargo, se recordó, con Halley nada era lo que parecía. Era sencilla, tan dulce, sincera y tímida..., pero a la vez tan valerosa. No se arrepentía de haberse casado con ella, a pesar de las desastrosas circunstancias en que lo había hecho.

—Vamos, entra, está lloviendo con más fuerza —dijo y la tomó por los hombros—. No temas, si lo que quieres es correr por estos parajes tendrás todo el tiempo del mundo cuando salga el sol. Ahora resguárdate, ya no falta mucho para llegar.

Cuando el carruaje torció para entrar en la calle principal, Halley disfrutó con el paisaje que se abría ante ella. Las casas de Cloverfield eran tan rústicas que parecían casi medievales. Con tejados triangulares de madera, paredes blancas y ventanas oscuras, contrastaban enormemente con el verde de los jardines y el color brillante de las flores en las macetas. Parecían sacadas de un cuento, y se preguntó si la mansión Richemond sería igual. No tuvo que esperar demasiado para saberlo, pues apenas hubieron cruzado un puente de piedra de tiempos romanos llegaron a una desviación del camino, y al final de esta apareció el hogar de Timothy.

La casa Richemond era maravillosa. De piedra ambarina, pórtico y balconadas de madera, no era en absoluto neoclásica como Richemond Manor. Tenía grandes ventanales rectangulares y un porche de columnas que sostenían una generosa terraza. Había un sofá-columpio en el porche y los árboles, cargados de hojas rojas, naranjas y amarillas, rodeaban la casa como guardianes. Ni siquiera había un camino de piedra o gravilla para llegar al edificio principal, todo era hierba. A lo lejos vislumbró varias edificaciones más pequeñas, que supuso que serían las caballerizas, el cobertizo y el almacén. Eso estaba pensando cuando el carruaje se detuvo y Wade bajó para abrir la puerta.

—Muchas gracias, señor O'Keegan —sonrió Halley.

—No hay de qué, *milady*. Y, por favor, llámeme solo Wade —dijo él.

La joven se limitó a asentir sin perder la sonrisa, y Timothy la imitó antes de tomarla de la mano para entrar juntos en la casa. Una vez a resguardo de la lluvia, sacó una llave y abrió la puerta. Halley entró al que iba a ser su nuevo hogar.

❋ ❋ ❋

El mediodía era una realidad cuando Timothy se volvió hacia ella mientras se secaba el agua de la cabeza con una toalla. Halley se había cambiado de ropa y estaba calzándose unos botines secos cuando se paró frente a ella, como si esperase algo.

—Vamos al palacio de Cloverfield, quiero que conozcas a Clarice —dijo, y continuó al ver su mirada sorprendida—. No te apures, tendrás tiempo de conocer la casa más tarde. Yo mismo te enseñaré cada rincón si eso te hace feliz, preciosa.

—Está bien, te tomo la palabra —asintió Halley.

Timothy arrojó la toalla a un lado antes de darse la vuelta cuando de pronto Halley reparó en algo. No había visto al pequeño Eddie durante la boda, por lo que había supuesto que lo encontraría allí, en la casa Richemond. Pensó que seguiría el curso escolar cerca de su padre, bien con un tutor, bien en un internado. Sin embargo, allí parecían vivir solo los criados, y se preguntó dónde estaría.

—¿Edwin vivirá aquí? —preguntó mientras caminaban hacia las escaleras. Timothy se volvió.

—Sí, la razón de que estuviésemos en Londres ya la conoces. Eddie vive y viaja conmigo. Si no estuvo en la boda fue para evitar complicaciones, se quedó en Cloverfield junto a mi hermana —explicó—. En realidad, era lo más adecuado para nosotros dos; se supone que íbamos a estar tres meses de luna de miel, y al regresar a Inglaterra viviría con nosotros. Tal vez ya estarías encinta... ¿Acaso te molesta Edwin? No lo hemos hablado, es cierto, pero me imaginaba que te parecería bien.

«Tal vez ya estarías encinta», repitió Halley y sintió que le ardían las mejillas. No esperaba que Timothy quisiera tener hijos con ella, y la idea le aceleró el pulso y le calentó el pecho de una forma que la sorprendió.

—No, por supuesto que no, Eddie es un niño maravilloso —contestó.

—Me alegra oírlo, se ha encariñado contigo, ¿lo sabías?

«Y tú también lo harás, me esforzaré para que logres amarme», pensó Halley con una sonrisa. Timothy tomó aquel gesto como una aceptación, y sin más dilación le ofreció su brazo y caminaron hacia la salida para dirigirse al hogar de los Wadlington.

A diferencia de la casa Richemond, el palacio de Cloverfield era una gran propiedad colonial de piedra clara. Halley se sintió como en Casterberg Hill al traspasar los muros del palacio, y cuando una mujer madura de uniforme negro y sonrisa alegre salió a recibirlos devolvió el gesto con cortesía.

—Lord Richemond, es un placer tenerlo de vuelta —saludó la mujer.

—Igualmente, Grace —contestó Timothy y se volvió hacia Halley—. Permite que te presente a *lady* Halley Richemond-Hasford, mi esposa. Halley, ella es Grace Walton, la gobernanta de Cloverfield.

—Es un placer conocerla, señora Walton —dijo Halley.

—El placer es todo mío, *lady* Richemond. Pero pasen, por favor, no se queden ahí con este tiempo. Iré ahora mismo a avisar a lord Aiden de su llegada, y también a la señorita Clarice. ¡Se alegrará mucho de verlo, lord Timothy!

—Y yo de verla a ella —asintió él.

Terminada la presentación entraron y Halley comprobó con asombro la exquisita decoración. Había multitud de cuadros y tapices, y muchos jarrones con flores de colores adornando el lugar. Una sonrisa se dibujó en sus labios al notar el toque de *lady* Eleanor, pero se puso seria cuando llegaron al salón en el que aguardaban Aiden, Eleanor y una muchacha a la que no conocía y que debía de ser la famosa Clarice. Halley la observó.

Tal y como Timothy le había contado, Clarice parecía más joven que ella, apenas una cría. Llevaba el cabello dorado recogido en una trenza de espiga y su rostro era delicado: barbilla menuda, pómulos altos, cejas finas y largas pestañas negras para enmarcar los ojos azules más profundos que Halley hubiera visto jamás. Solo se podían comparar con los de su hermano. Al verlos, Aiden se acercó con una sonrisa y envolvió a Timothy en un abrazo antes de tomar la mano de Halley para besarla.

—Querida Halley, me alegro mucho de verte, de veros a ambos —dijo—. De hecho, en este momento os imaginábamos camino de Grecia, cruzando el Mediterráneo. No me estoy quejando, que conste, pero me pregunto a qué se debe esta inesperada visita.

—Si han venido seguro que tienen sus razones, mi amor, y estoy segura de que nos las dirán muy pronto —señaló Eleanor, que se volvió a mirarlos con una sonrisa—. ¿Por qué no os sentáis? Enseguida nos traerán un té.

—Claro, pero antes quiero presentarle a Halley a mi hermanita —dijo Timothy—. ¿No vas a darle un abrazo a tu hermano mayor, Clarice?

La mencionada sonrió antes de levantarse para abrazar al hombre, que la besó en la frente antes de apartarse y mirarla con cariño.

—¿Cómo estás? —preguntó Timothy.

—Estoy bien, Tim, mucho mejor ahora —contestó Clarice—. ¿No ha venido Wade con vosotros? Quería saludarlo antes de que os marchaseis.

—No te preocupes, está con Dale guardando el carruaje.

—Por fin conoceré a mi cuñada —comentó la joven y sonrió—. Encantada de saludarte, Halley. Aiden y Eleanor me han hablado mucho de ti.

El comentario sorprendió a la duquesa, que se sonrojó como una cereza madura.

—Espero que solo te hayan dicho cosas buenas —dijo. «Yo no soy como Russell.»

—Las mejores —aseguró Clarice.

Las dos jóvenes se sonrieron y, al ver que el ambiente estaba relajado, Aiden rodeó a Timothy por los hombros y se volvió hacia ellas.

—Bien, queridas mías, dado que tenéis muchos asuntos de los que hablar, Timothy y yo nos vamos a poner al día en mi despacho —anunció—. Pasadlo bien.

—Oh, no te quepa duda de que lo haremos —bromeó Eleanor.

Aiden cruzó una mirada cómplice con su esposa y se perdió de vista por la puerta acristalada del salón, dejando a Halley sola con las dos mujeres. Socializar nunca había sido su fuerte, pero al menos Eleanor le caía bien y sentía que podía llegar a ser amiga de Clarice si se le daba la oportunidad. Sin saber bien qué hacer, se acercó al sofá y se sentó frente a Eleanor, quedando Clarice a su lado. Entonces se decidió a romper el silencio y miró a su recién descubierta cuñada.

—Clarice, quería disculparme por... —dijo Halley.

—Había esperado que me... —habló Clarice.

Al ver que habían hablado al mismo tiempo rompieron a reír, y Clarice prosiguió.

—Habla tú primero, Halley, por favor. Después de todo, eres la invitada.

—Gracias, la verdad es que no podía mirarte a la cara sin disculparme —dijo ella—. Quiero que sepas que cuando me casé con tu hermano no tenía ni idea de lo que había hecho Russell contigo, Timothy me lo contó apenas ayer.

—¿Ese es el motivo de que no os hayáis ido de luna de miel? —aventuró Eleanor.

—Sí, así es.

El comentario sorprendió a la hermana de Richemond, que enrojeció de rabia.

—¡Maldito sea ese infame! ¡Incluso tiene que meterse en la vida de mi hermano! —exclamó y miró a Halley con cierta vergüenza—. Lo siento, por mi culpa te has perdido tu luna de miel.

—Ah, no importa, ¡no es más que un viaje! Podremos hacerlo en cualquier otro momento —sonrió la duquesa, en un intento por restarle importancia.

—Tiene razón, Clarice, no te sientas mal por eso —dijo Eleanor—. Sin embargo, ahora que somos prácticamente de la familia, debes permitir que te hable con franqueza, querida Halley.

—Por supuesto, Eleanor. En realidad, te considero ya mi amiga.

La duquesa de Wadlington sonrió con ternura y alargó la mano para estrechar la suya. Halley levantó la mirada para centrarla en la de Eleanor.

—El aprecio es mutuo, por eso deseo ayudarte. Antes has dicho que fue apenas ayer cuando te enteraste de las bajezas de Russell Carbury. Eso fue la mañana posterior a tu noche de bodas. Me atrevo pues a decir que no todo es miel sobre hojuelas entre Timothy y tú, ¿no es así?

—Yo... no sé si... —balbuceó Halley y se sonrojó.

—Que no te apene decirlo, Halley —animó Eleanor—. En realidad, a mí me sucedió algo parecido con Aiden. ¿Sabías que se casó conmigo por conveniencia? Me usó para heredar el ducado de Cloverfield. ¡Hombres! Siempre ponen sus intereses primero... Y míranos ahora, nos amamos con todo el corazón, daríamos la vida el uno por el otro.

—¿De veras? ¿Es eso posible, aprender a amar así? —murmuró Halley.

—Por supuesto que lo es, y si aceptas, te ayudaré con él. Tim no es tan complicado, en realidad se parece mucho a Aiden —dijo Eleanor.

No supo qué fue, si la amabilidad en el tono de voz de Eleanor o la esperanza que había visto en sus palabras, pero las lágrimas acudieron a sus ojos y se desataron como un torrente. Les contó la conversación que había oído entre Aiden y Timothy, y cómo este se había sincerado con ella al contarle lo que le había sucedido a su hermana. Les habló de su plan de trabajar juntos y también de que estaba decidida a conquistar a su marido.

—Creo que llegará a amarme. Sé que no le soy indiferente —finalizó.

—Si lo que dices es cierto, el camino está muy claro. Timothy no es de los que hacen el amor y susurran palabras amables después si no siente nada —dijo Eleanor—. Sufrió mucho por culpa de Elisabeth Whitehall, y desde entonces no se ha enamorado de otra mujer. Que se abriese contigo significa mucho más de lo que imaginas, Halley.

—Es cierto, mi hermano no es como Russell, no pienses mal de él —dijo Clarice—. Sé que te llegará a amar con locura si no lo hace ya, ¡tiene un gran corazón!

—Está bien, acepto. Ayudadme a entender a Timothy Richemond.

Las dos mujeres asintieron y Eleanor se quedó pensativa mientras Halley aguardaba una respuesta. Cuando clavó su mirada azul grisácea en ella, la joven duquesa de Casterberg notó que el pulso se le aceleraba sin control.

—¿Cuáles son tus planes ahora que sabes la verdad? —preguntó Eleanor.

—Sinceramente, estoy perdida. Nunca he tratado demasiado con los hombres, no sé cómo atraer la atención…, no, el amor de un hombre como él —confesó Halley—. Temo que, habiendo sido Timothy tan mujeriego en el pasado, yo no sea suficiente.

Eleanor y Clarice cruzaron una mirada antes de romper a reír, para desconcierto de Halley, que no encontraba nada de divertido en sus palabras. Les había abierto su corazón, así que su sonrojo aumentó y le llegó hasta las puntas de las orejas. Eleanor le estrechó la mano con cariño y mostró una sonrisa cómplice.

—Mi querida Halley, si eso es lo que piensas, te estás preocupando en vano. Timothy hace mucho que dejó de ser el hombre que mencionas. Todavía recuerdo cómo coqueteaba conmigo de forma pícara o cómo alternaba con ciertas jóvenes en las fiestas.

—Desde luego, incluso las traía a casa —asintió Clarice haciendo rodar los ojos.

—¿Alternaba? —repitió Halley.

—Una forma amable de decirlo —resopló Eleanor—. Sin embargo, puedes estar tranquila, ese hombre ya no existe, estoy segura de que tú misma lo habrás notado. ¿Acaso te trató con indiferencia en la noche de bodas? ¿Le has visto mirar a otras?

Halley lo pensó detenidamente unos instantes. En todo el tiempo que llevaba conociendo a Timothy, muchos meses, él solo había tenido ojos para ella, nunca le había visto dedicar siquiera una mirada a otra mujer. Y no tenía nada que objetar de su noche de bodas, para ella resultó un sueño y su marido, el hombre más complaciente y gentil. Una sonrisa se instaló en sus labios al recordarlo, algo que no pasó desapercibido para Eleanor.

—Por lo que veo, he sacado a la luz recuerdos felices —comentó.

—Sí, me has hecho ver el camino —reconoció Halley—. ¿Sabéis que me regaló una pluma de pavo real aquella noche? Dijo que era un símbolo de amor puro, que una rosa sería demasiado común. Tal vez yo debería hacer algo parecido para demostrarle mi amor.

—Creo que mi hermano es consciente de eso, Halley —intervino Clarice—. En mi opinión, lo que tienes que hacer es demostrarle que puede verte como a una compañera, ¿entiendes lo que quiero decir? Que eres algo más que su esposa: sé su amiga, sé su confidente y su apoyo, sé su amante.

—Vaya, Clarice, sí que has aprendido —se sorprendió Eleanor.

—No demasiado, pero conozco bien el modo de pensar de mi hermano.

Halley pasó la mirada de una a otra antes de morderse los labios.

—¿Y cómo voy a lograr que me vea de esa forma? —dudó.

—Por mi experiencia con Aiden te digo que los hombres como ellos, si te dan por garantizada, actuarán en consecuencia. Debes ganártelo, Halley, haz que te conozca como mujer. Timothy es más profundo de lo que muestra y sé que le gustas como eres, no finjas ser otra cosa —contestó Eleanor—. Ahora, si lo que quieres es seducirlo, no seas sutil.

—Cierto, ahora estáis casados —dijo Clarice.

—¿Debería comprarme un camisón de seda y encaje? —bromeó Halley.

Las tres se rieron y cuando volvieron a respirar con normalidad, Eleanor elevó una ceja.

—No es mala idea, hazlo y verás cómo crece su iniciativa —afirmó—. No puedo decirte cómo actuar en el lecho, pero, Halley..., conociendo a Timothy como lo conozco, lo tienes ganado. Le importas mucho, te ama, aunque quizá no se haya dado cuenta todavía. Si eres tú misma y le ayudas, verás cómo el amor y la pasión florecen en él.

—Gracias, Eleanor, Clarice, gracias a ambas, os doy mi palabra de que haré todo lo que esté en mi mano para hacerlo feliz —aseguró Halley.

—Estamos seguras, querida, estamos seguras —contestó Clarice.

Eleanor y Clarice sonrieron y, tras cruzar una mirada cómplice con Halley, el pacto quedó sellado. Aquello no había hecho más que empezar: amor y deseo irían de la mano.

Capítulo 12

Quiéreme día, quiéreme noche...
¡Y madrugada en la ventana abierta!
Si me quieres, no me recortes:
Quiéreme toda..., o no me quieras.

María Loynaz

Decidieron pasar la noche en el palacio de Cloverfield, pues se había hecho tarde. Después de hablar cada uno con sus aliados, comieron juntos y Aiden le presentó a su hijo a Halley. Andrew era un terroncito de azúcar de apenas un año de edad, se parecía mucho a su padre. De ojos celestes y cabello castaño como Aiden, era un bebé curioso, vivaz y travieso que había empezado a andar hacía poco. Halley sonrió enternecida, y de nuevo las palabras de Timothy sonaron en su cabeza: «tal vez estarías ya encinta», había dicho. La joven sintió que se sonrojaba con solo imaginarlo.

Pasaron la tarde jugando con Edwin y Andy y merendando en el invernadero de Eleanor. Como apasionada de las flores que era, poseía uno de los jardines botánicos más grandes de Inglaterra; cultivaba los brotes en un pequeño invernadero. Estaba decorado de tal forma que parecía un oasis de las colonias de la India. Habían instalado una mesa con sofás de mimbre alrededor porque a todos les encantaba el lugar. Las horas pasaron rápido, y cuanto más se acercaba el momento de irse a la cama, más crecía el nerviosismo de Halley. Tanto que apenas probó bocado en la cena.

¿Qué debería hacer? Estaban recién casados, lo normal sería que su marido la deseara. Sin embargo, ahora que habían quedado en tablas y se habían sincerado, Halley no sabía si compartir lecho con ella era lo que él quería. Tal vez solo lo había hecho porque era lo que se esperaba de él, para cumplir con la farsa. Ahora conocía la verdad y Timothy no tenía por qué fingir. Halley quería que la deseasse, su deseo por él era algo que no podía negarse a sí misma, a pesar de todo lo que había descubierto, pero se sentía insegura. Después de esa primera noche y la mañana maravillosa que le había seguido, ardía en ansias por estar junto a él. Quería sentir que él la amaba y la deseaba solo a ella. Sin embargo, la sombra de la duda se cernía sobre su matrimonio sin que pudiera evitarlo.

Con ese pensamiento en mente se retiró, tras dar el último bocado a su tostada de pan dulce con miel. Luego se encaminó a la habitación que compartiría con su esposo. Estaba en el segundo piso, y cuando la sirvienta, Trudy, le abrió las puertas, admiró la decoración. Paredes blancas, cama con colcha y cortinas verde agua y grandes ventanales. La chimenea estaba encendida y la habitación caldeada, y había un jarrón con rosas carmesíes sobre la mesilla. Tan concentrada estaba que cuando Trudy habló dio un brinco.

—Lo lamento, *milady,* no quería asustarla, pero no respondía —se disculpó.

—No importa, Trudy. ¿Qué ocurre?

—Preguntaba si desea mi ayuda para desvestirse. Dado que no está aquí su dama de compañía, puedo hacerlo yo, si me lo permite.

—Ah, sí, no hay problema —dijo Halley.

Tenía la cabeza en otra parte, y cuando Trudy comenzó a desabrocharle los botones del vestido, ni se inmutó. Pronto vestido y crinolina estuvieron en el suelo, y Halley aguardó en silencio con la vista fija en las llamas y la mente en la estrategia que iba a seguir. Ni siquiera notó que otra persona entraba en la habitación. Cuando Timothy abrió la puerta y vio a la joven de espaldas a medio desnudar, una pequeña sonrisa se dibujó en sus labios. Trudy volvió el rostro hacia él, pero el conde se llevó un dedo a los labios para indicarle que no hiciese ruido. Después señaló la puerta con un ademán y la sirvienta se marchó.

Entonces Timothy se hizo cargo del corsé, que desató con maestría antes de apartarlo, para comenzar con los lazos de la enagua de seda que cubría el pecho de su esposa. Cuando los desató, la tela resbaló por los hombros de Halley y Timothy acercó los labios al hueco entre el hombro y el cuello, para besarla con el más delicado de los toques. Al sentir el roce de su barba, Halley se volvió.

—Trudy, ¿qué estás...? —comenzó, pero se interrumpió al verlo.

—Tranquila, no te asustes, solo soy yo. No he podido evitarlo al verte tan distraída —susurró Timothy.

«Eso, y el deseo de sentir tu calor de nuevo», pensó Timothy.

Halley se sonrojó al notar su aliento contra la piel desnuda. Se sintió vulnerable bajo su mirada azul índigo, y el deseo de cubrirse la dominó. Ridículo, si tenía en cuenta que él ya había visto y amado cada parte de su anatomía, así que se tragó sus temores y se giró para encararlo. Timothy pasó la mirada de sus labios a sus ojos en silencio. Cuando sintió la caricia de las manos de su marido sobre la espalda, acercó los labios y lo besó. Apenas fue un roce, pero el calor de su tacto la encendió y profundizó el beso. Entonces recordó las dudas que como joven esposa la asaltaban. ¿Cuál era el modo correcto de actuar?

Como si notara esas sombras, Timothy se alejó y rompió el beso para mirarla.

—¿Estás bien? —se preocupó.

—Sí, solo me preguntaba...

Halley se mordió los labios, pensativa, y Timothy frunció el ceño antes de soltarla. Creyó entender lo que ocurría. El pensamiento le hirió más de lo que pensaba. Ninguna mujer lo había rechazado jamás, y le dolió que la primera en hacerlo fuese su esposa.

—No quieres esto, que te toque, ¿verdad? —dijo al fin.

—No, Timothy, yo...

—Lo entiendo, estás en tu derecho. He sido arrogante al suponer que querrías estar conmigo después de lo que has averiguado sobre mí. No te preocupes, no te tocaré hasta que seas tú quien me lo pida, te doy mi palabra.

Entonces se alejó y comenzó a desnudarse de espaldas a ella antes de meterse en la cama. Halley le observó perpleja y no reaccionó hasta que fue demasiado tarde. ¡Todo había salido al revés!, pensó con un deje de angustia. Solo quería decirle que, si la deseaba, estaba más que dispuesta a ser suya. Pero Timothy había entendido todo lo contrario, que Halley no quería que él se le acercara. ¡Maldita fuera su suerte!

Sin saber cómo poner fin a la confusión, se acercó a la cama y descorrió las sábanas para tumbarse. Timothy estaba de espaldas y ella no supo qué decir para romper el silencio, solo sabía que se enfrentaba a una noche muy larga. Sin más que hacer, acercó el rostro al candil que había sobre la mesita y sopló para apagar la vela. Solo cuando la envolvió la oscuridad nocturna, rota por la luz de la chimenea, se atrevió a cerrar los ojos e intentar dormir. Que el sol le trajese mejores ideas.

Al notar la oscuridad, Timothy abrió los ojos y tensó los puños bajo la sábana. Tenía un problema entre manos que no esperaba, y el descubrimiento era más doloroso de lo que jamás pensó que sería. Era casi una ironía. Él, el conde de Armfield, el exquisito amante que había yacido con jóvenes parecidas a Elisabeth Whitehall por mero capricho, el mismo que nunca había tenido problemas para saciar sus necesidades..., compartiendo cama con una mujer que no quería que la tocase y con el cuerpo ardiendo de necesidad. Aquello era una tortura. Lo más humillante de todo era que se trataba de la única por la que se había comprometido, ante Dios y ante los hombres.

Él, que había odiado la idea de venderse como un semental. Él, que solo había amado a una mujer en su vida y se había resignado a no ser capaz de volver a hacerlo tras lo que sucedió con ella. Él, que ya había sentido la suave piel de Halley y el calor de su inocente abrazo, se enfrentaba ahora a la posibilidad de tener que dormir cada noche junto a ella sin tocarla. La necesitaba con vehemencia, y no porque fuera una mujer y punto, sino porque la deseaba a ella y solo a ella. El descubrimiento lo hirió en su orgullo, y eso nunca le había pasado, ni siquiera con Elisabeth. Y ser consciente de ello lo dejaba desarmado, indefenso como nunca se había sentido. Porque no era eso lo que él había buscado al principio. Y sin embargo... Halley era una historia totalmente diferente, y ahora estaba junto a ella con la sangre corriendo caliente en sus venas.

Decidió centrar la mente en otra cosa, a ver si así lograba dejar de pensar en eso. Recordó las palabras que había cruzado con Aiden esa misma mañana.

—¿Qué has hecho, Timothy? —lo había increpado su amigo.

—¿Qué que he hecho? No me mires así, Aiden, ¡para una vez que he sido sincero! —había exclamado él—. Está bien, está bien, te lo diré... Halley lo sabe todo, nos oyó hablar ayer por la mañana.

—¿Qué oyó exactamente?

—Lo suficiente como para que me sincerara con ella —había dicho Timothy—. Se lo he contado todo: lo de Russell, lo de Clarice, lo de la boda. Ya no hay secretos entre nosotros.

—¿Y lo aceptó?

Timothy se había acercado a la chimenea para apoyar los brazos sobre la repisa y clavar la vista en las llamas. Aiden no se había movido de su sitio, tenía la espalda recostada contra la puerta de la habitación.

—Tuve que darle argumentos, pero tras oír mi versión de la historia, lo aceptó con sorprendente entereza. Incluso me ofreció ayuda para desenmascarar a Carbury sin que yo se lo pidiera. Halley... no es como esperaba antes de casarnos. Todas las averiguaciones que hicimos se quedan cortas. Es asustadiza como un ratón de campo, pero más valiente que una leona. ¿Cómo es posible que exista una mujer así en una ciudad tan podrida como Londres?

—Ellie te diría que las flores que crecen entre las cenizas son las más valiosas, eso o alguna frase filosófica por el estilo —había contestado Aiden con un aire de diversión antes de recuperar el tono serio y acercarse a su amigo—. Sin embargo, si quieres mi opinión, creo que has tenido suerte. No muchas mujeres se habrían quedado tranquilas tras averiguar que han sido usadas cual peón. Que Halley quiera ayudarte habla alto y claro de lo maravillosa que es, y sé que has conseguido que te ame sinceramente, Timothy.

—Lo sé, y no creas que no lo valoro. Cuando dijo que quería evitar que otras jóvenes sufrieran por culpa de Russell me dejó sin palabras. Sencillamente... no sé qué hacer.

El comentario había sorprendido a Aiden.

—¿Por qué?

—Te lo dije, no me importaba casarme. Tras haber puesto a ese bastardo en su sitio y teniendo el amor de Halley, me conformaba con una vida tranquila a su lado. Darle un hermano a Eddie y ocuparme de los negocios de mi familia. Llevar la vida de un noble, como haces tú, era suficiente para mí. Pero ahora que Halley lo sabe todo, no me parece justo obligarla a vivir una vida a medias.

—¿No crees que puedas llegar a amarla?

—Amarla... tal vez. ¿Me queda aún un corazón que entregar?

Aiden había suspirado. Él mismo había tenido que responderse a esa pregunta tres años antes con Eleanor, y sabía lo duro que iba a ser para Timothy desnudar su alma ante Halley. Sin embargo, creía que aún había esperanza, que podía ser feliz con ella si lo hacía.

—Solo tú puedes responder a esa pregunta, Timothy. Lo único que puedo decirte es que seas leal a ti mismo.

Después se habían centrado en comentar su estrategia para indagar sobre Russell sin que este se diese cuenta. Tal vez Aiden estaba en lo cierto. Tal vez todo lo que tenía que hacer era dejarse llevar. Que la deseaba no era ningún secreto. Le gustaba pasar tiempo con Halley, la encontraba cada día más fascinante. Apreciaba su ingenio y su dulzura, la apreciaba más de lo que nunca creyó que lo haría. Tal vez el amor surgiese sin que él se diese cuenta, y por una vez decidió ceder y ser un soñador.

Que el tiempo pusiese las cosas en su sitio. Poco a poco, el sueño fue apoderándose de él.

Capítulo 13

*La vida nos ha enseñado que el amor
no consiste en mirarse el uno al otro,
sino en mirar juntos en la misma dirección.*

ANTOINE DE SAINT-EXUPÉRY

Dos días después dejaron Cloverfield para volver a Londres. Timothy había hecho correr la noticia de que el condado de Armfield estaba a punto de cerrar un negocio que no podía posponer, y por ende debía retrasar su luna de miel. Así pues, con los cotilleos de Londres aplacados, Halley y él esperaban tener la suficiente tranquilidad para investigar a Russell sin levantar sospechas. Debían descubrir algo que les ayudase a hundirlo y en la gran ciudad sería más sencillo. Estaban cruzando Kensington y a punto de llegar a Casterberg Hill cuando Halley rompió el silencio con la mirada fija en el camino.

—¿Estás seguro de que no prefieres que vivamos en Richemond Manor? —dijo.

—No, es mejor así. Lo más cortés, pienso, es vivir un tiempo con la familia de la novia, para que se acostumbre a la vida de casada antes de abandonar el nido y mudarse al del marido —negó Timothy—. Además, tendremos más opciones de cazar a Carbury si vivimos bajo el mismo techo.

—Muy bien, pues que así sea.

Timothy asintió y se produjo un silencio. Ninguno dijo nada mientras el carruaje se detenía frente a las puertas de la mansión de los duques de Casterberg y Wade les abría la portezuela. El nuevo duque dobló el codo en un gesto de invitación a Halley, que lo aceptó antes de echar a caminar hacia la casa con su flamante esposo. Tras cruzar los jardines y el camino de piedra que conducía a la entrada principal, se detuvo y miró a Timothy con intensidad.

—Bienvenido a tu nuevo hogar, duque de Casterberg —anunció.

—Nuestro hogar, querida condesa de Armfield, nuestro hogar —corrigió él.

La joven sintió que el corazón se le aceleraba y le ofreció una sonrisa en respuesta; después cruzaron las puertas y se adentraron en Casterberg Hill. Al igual que las veces que la había visitado, a Timothy le pareció una casa de lo más recargada: suelos brillantes, alfombras de lana bordada, paredes altas, techos intrincados, lámparas de cristal veneciano... Un derroche ostentoso habitual en los de su clase. Nada nuevo bajo el sol. Estaba tan distraído con esos pensamientos que cuando Halley paró, le tiró del brazo. Timothy la observó, antes de desviar la mirada y darse cuenta de que no estaban solos.

Se habían detenido en el salón, donde la familia de Halley al completo se había reunido para recibirlos: su madre, *lady* Alice, su cuñado y su prima, John Rhottergram y Margaret Rhottergram-Hasford, y su hermanastro Russell. Al otro lado de la habitación aguardaban los principales miembros del servicio. El cocinero, Lawrence; la institutriz, Josephine; el ayuda de cámara del difunto duque, Edmund; la primera doncella, Harriet, y la dama de compañía de Halley, una muchacha alegre y pelirroja cuyo nombre si mal no recordaba era Molly. Timothy les sonrió a todos, antes de que *lady* Alice se acercara.

—Es un placer que haya decidido honrarnos, lord Richemond —dijo con una falsa sonrisa—. Por favor, tome asiento y disfrute de un té con nosotros.

—Por supuesto, querida suegra, lo haré encantado. Y, por favor, no me llame más lord Richemond. Solo Timothy está bien, somos familia, después de todo.

—Bien dicho, Timothy, romper el hielo es el primer paso para integrarse, y más en un lugar como este, donde todos parecen tener una estaca metida en donde no brilla el sol —intervino Russell, que se acercó para rodearle los hombros con el brazo—. Ven, siéntate conmigo. Dejemos el té para las damas, un trago de *whisky* te calentará mejor.

—No le diré que no a eso —contestó Timothy.

—En tal caso, Halley, ven conmigo y tomaremos ese té —dijo Margaret.

La joven se limitó a asentir con una sonrisa y, tras sentarse en el amplio sofá al lado de su prima, con su madre frente a ellas, se permitió relajarse un poco. Timothy, John y Russell estaban sentados junto a la chimenea con sendas copas de licor en la mano y Halley se preguntó de qué estarían hablando cuando una voz la devolvió a la realidad.

—¿Qué? —preguntó.

—¿Limón o leche? —repitió Josephine con una jarra de cada en las manos—. Dado que usted es golosa y que aún es temprano, le recomiendo tomarlo con leche, pero si prefiere algo más fuerte soy toda oídos.

—Leche, Josie, muchas gracias.

—Sabía que la elegiría —comentó la institutriz con cariño mientras le servía el té y le tendía la taza, que Halley tomó con cuidado de no derramarlo sobre el platito—. Y dígame, ¿qué tal sus primeros días de casada? ¿Es feliz, mi niña?

Halley meditó sus palabras con cuidado mientras sorbía el ardiente líquido. ¿Podía decir que era feliz con Timothy a pesar de lo que había averiguado? Sin duda, sí.

—Mucho más de lo que imaginaba —admitió—. No todo es un camino de rosas, pero mientras esté a su lado, tengo la certeza de tener a un hombre que me respeta y me ve como a una igual.

—Eso es ridículo, ningún varón nos ve como iguales —resopló Alice.

—Timothy sí, me habla con la misma sinceridad y respeto con que le hablaría al duque de Wadlington —contradijo

Halley—. Es una lástima que seas incapaz de ver más allá de las apariencias, madre. Estoy segura de que la fría relación que tenías con padre no fue debido a él.

—Muchacha insolente, si no fuese a causar una escena ante los hombres, te cruzaría la cara. No vuelvas a hablarme así, no tienes ni idea de lo que dices.

Halley elevó las cejas y dio un sorbo a su té, y, al ver que la situación se estaba poniendo muy tensa, Margaret decidió intervenir con un asunto más mundano.

—En tal caso, creo que no me equivoco al suponer que tus miedos en la noche de bodas fueron infundados, ¿cierto, prima? —comenzó con voz alegre—. Pienso que es el momento ideal para ir a comprarte algo. Tía Alice va a dar una fiesta para celebrar el fin de la temporada y solo faltan tres semanas. ¿No crees que a tu esposo le gustará verte brillar como un diamante recién pulido?

—No es necesario, Maggie, Timothy me ha comprado más ropa de la que necesitaré en tres vidas. Deberías ver mi vestidor en Richemond Manor, ¡está repleto!

—¿Quién ha hablado de un vestido? —se rio Margaret, que movió las cejas de forma sugerente mientras bebía un sorbito de té—. Ya es hora de que visites a la corsetera, Halley, tiene unos diseños de lencería que te dejarán con la boca abierta. A tu esposo más que a ti, si te soy sincera.

—Señora Margaret, ¡válgame Dios! No sabía que usaba tales artimañas con el señor Rhottergram —intervino Josephine.

—Por supuesto que sí, y ahora Halley las usará con Timothy. ¿Eh, prima?

Podría haber asentido, podría haber contestado un escueto «sí», pero en vez de eso Halley rompió a reír. ¿Usar lencería provocativa serviría de algo con un hombre como Timothy, que se libraba de las enaguas con la maestría de un ladrón? El pensamiento le resultó muy divertido. Y, sin embargo, algo en su orgullo le dijo que tenía que intentarlo. Como Eleanor le dijo en Cloverfield: «Timothy no es de los que hacen el amor y susurran palabras dulces después si no siente nada». Era un hombre apasionado que no se conformaba fácilmente. Tal vez si le hablaba en el mismo idioma entendiese el mensaje.

—Iré contigo, a ver qué encontramos —declaró Halley con voz firme.

—¡Bien dicho! —asintió Margaret.

Tras eso, las dos jóvenes y Alice terminaron el tentempié enfrascadas en otros asuntos, pero las risas habían llamado la atención de los hombres, que volvieron la cabeza para fijar los ojos en ellas. Parecían contentas, ajenas al hecho de que las observaban, y Timothy sonrió. Le gustaba ver reír a Halley, tenía una sonrisa preciosa que le marcaba un par de hoyuelos de forma encantadora. Además, arrugaba los ojos como si fuera una niña.

—Sea lo que fuere de lo que estén hablando, se las ve felices —señaló.

—Sí, me pregunto qué estarán tramando. Cuando mi esposa tiene esa expresión es porque alguna travesura está fraguando —confirmó John y miró a Timothy—. Cuidado, amigo, creo que serás el principal objetivo de sus artimañas femeninas.

—En tal caso, que hagan lo que quieran conmigo —bromeó él y sonrió sin dejar de mirar a Halley—. Ya ves, John, soy feliz de disfrutar de la atención de las mujeres. ¡Que me lancen lo que sea que estén preparando! Lo aceptaré con gusto.

John estaba a punto de responder cuando Russell se adelantó.

—No te tenía por uno de esos que se deja manipular, Richemond. Con la fama de mujeriego que tienes, pensaba que tú llevarías la voz cantante en la pareja —dijo—. Los hombres de verdad somos de piedra, impermeables a esas tonterías.

—Una cosa no está reñida con la otra, Carbury —rebatió Timothy—. ¿Acaso hablas por experiencia? ¿Has estado casado como para afirmarlo con tal rotundidad?

El pelirrojo resopló y se terminó la copa de un trago, antes de dejarla sobre la mesa.

—Una vez estuve a punto, pero descubrí que el matrimonio no es para todos, para mí menos que para nadie —dijo—. ¿Qué puedo decir? ¡No nací para estar atado a una pordiosera de Whitechapel! Tenía las miras puestas en un futuro más prometedor.

—Negocios antes que placer, ¿eh? —aventuró John.

—Exactamente, Rhottergram. Los hombres como yo levantamos este país.

—Si todos los varones pensaran como tú, en pocos años nos extinguiríamos, Russ —dijo Timothy, que igualmente se terminó su bebida—. No he podido dejar de notar lo que has dicho. Creía que habías salido de la vida humilde hace muchos años, ¿qué edad tenías cuando ibas a casarte con esa mujer de Whitechapel?

—Diecinueve, inconscientes y estúpidos diecinueve —contestó Russell—. Beth era agradable y buena en la cama, supongo que por eso me tentó, aunque desperté rápido. Dejé la relación, me centré en crear mi empresa y aquí estoy: el empresario más joven y exitoso de Inglaterra. Pero no sufras por ella, Tim, habrá atrapado al primer palurdo que le abriese una tienda. Su mayor sueño era ser verdulera. ¡Verdulera! ¿Podéis creerlo?

John se ajustó el corbatín, tenso, y como si quisiese salvarlo, Timothy carraspeó.

—Tal vez sea mejor si volvemos con las mujeres —dijo mientras se ponía de pie—. A este paso van a empezar a echarnos de menos.

—Secundo la propuesta —dijo John, que se levantó también.

Russell pasó los ojos de uno a otro antes de seguirlos. No le pasó inadvertida la incomodidad de Rhottergram al hablar de tales asuntos. John era un pobre papanatas; Timothy, por el contrario, era más inteligente de lo que quería aparentar. No le había afectado lo más mínimo lo que había contado sobre su pasado. La realidad era que no lo engañaba ni por un instante con su amistosa fachada, aunque dejaría que siguiese con su juego. Él se aprovecharía de ello. Ya había conseguido entrar en el club de caballeros gracias a Timothy y Aiden.

Era ilegítimo, el hijo varón y primogénito de un duque, pero sin derecho a herencia. Despreciado por los nobles y envidiado por su dinero de nuevo rico, pensaba entrar poco a poco en las altas esferas de la nobleza. Quizá llegara hasta el mismísimo palacio de Buckingham. Sería un juego curioso y, desde luego, él quien saldría vencedor.

La tarde transcurrió con mucho ajetreo para ambos. Cuando pudo librarse de la charla pegajosa de *lady* Alice y de la mirada inquisitiva de Russell, Timothy se escapó al ala de los criados de Casterberg Hill. Difería bastante de Richemond Manor, cuya distribución era casi la de un adosado, o de Cloverfield, que era un palacio. La mansión de los Hasford tenía cuatro plantas y el servicio vivía en la inferior, subterránea.

Los tres pisos restantes estaban divididos de forma muy simple: en la primera, a pie de suelo, se encontraban las áreas comunes como el salón, la biblioteca, el recibidor, el patio y las salas de invitados. En la segunda estaban las zonas de recreo, como la sala de juegos con mesa de billar y de cartas, la sala de música, el despacho del duque, los baños y el salón privado. En la última se encontraban los dormitorios. La cocina, la despensa y el almacén estaban en el ala de los criados, donde Timothy se hallaba en ese mismo instante.

Con lo que había averiguado tras su charla con Carbury, estaba seguro de que hablar con su exprometida, esa tal Beth, era de suma importancia. Ella debía de conocer los trapos sucios de Russell, el cómo había logrado salir de la pobreza tan rápido. Podía jurar y perjurar que se debía a su espíritu emprendedor, pero Timothy entendía cómo funcionaba el mundo. Para alguien humilde era imposible fundar una empresa como Carbury SteelCo. Por eso tenía que encontrar a Wade cuanto antes. Si alguien podía infiltrarse en Whitechapel y hacer algunas preguntas sin llamar la atención, era él.

Ese barrio estaba lleno de inmigrantes: judíos, polacos, rusos, irlandeses... Alguien como Wade, rubio, alto y pálido, con sangre irlandesa corriendo por sus venas, no llamaría la atención como lo haría él si lo intentase. No es que le importase demasiado, pero prefería obtener respuestas rápido. Cuando llegó a la cocina se acercó a Lawrence, el cocinero, un hombre alto de rizos cobrizos, ojos pardos y mejillas sonrosadas.

—¡Lord Richemond! Nos honra con su presencia, aunque sea incorrecto que el amo de la casa esté aquí abajo —exclamó el hombre, que dejó el cucharón manchado de salsa holandesa sobre la encimera—. ¿En qué puedo ayudarlo, milord?

—Bueno, si soy el amo de la casa podré hacer lo que me plazca, ¿no te parece? —bromeó Timothy y tomó la cuchara que el otro había dejado para lamerla—. ¡Deliciosa salsa, Lawrence, le felicito! Pero, antes de nada, olvida eso de llamarme «lord Richemond», basta con señor. Sin embargo, admirar tus platos no es a lo que he venido, Lawrence, estoy buscando a Wade.

—¿Se refiere al señor O'Keegan? —inquirió el cocinero.

—Sí, mi guardia personal. Alto y fornido, rubio, ojos claros, ¿lo ha visto?

—Sí, ha salido al jardín para dar fruta fresca a los caballos —contestó Lawrence.

—Iré allí entonces, gracias, chef.

Timothy se despidió y subió las escaleras a grandes pasos. Sabía dónde estaban las caballerizas, las había visto al llegar. Tal como había dicho Lawrence, encontró a Wade con un cubo de manzanas, puerros y zanahorias frescas entre las manos, mientras daba de comer a los caballos de la familia Hasford. Al ver que llegaba, el irlandés alzó la cabeza.

—Un poco tarde para dar un paseo por el jardín, ¿no cree? —bromeó Wade.

—No si lo que buscas es privacidad —dijo Timothy—. Ahora céntrate, amigo mío, lo que voy a decirte es importante.

—¿Ha averiguado algo nuevo sobre Carbury?

Timothy asintió y cruzó los brazos, antes de meter las manos bajo las axilas. La brisa era fría y tenía los dedos helados. Se apoyó contra el poste de madera mirando a Wade, que dejó el cubo en el suelo para que los caballos terminasen de comer.

—Resulta que mi cuñado tiene trapos sucios en Whitechapel... Una antigua amante, parece —explicó Timothy—. Quiero que preguntes por ella, que la encuentres si aún sigue viviendo allí.

—¿Y en qué nos puede ayudar esa mujer? —dudó Wade—. Sea lo que sea que sepa de él, si hizo algo, hace muchos años que ocurrió. Dudo que nos sea de ayuda ahora.

—Tal vez, pero no perdemos nada por intentarlo. La llamó Beth, seguramente sea apodo de Bethany o de Elisabeth, y Carbury mencionó que su sueño era ser verdulera, así que quizá trabaje en algún puesto en el mercado. Si mi instinto no me falla, su relación no terminó de forma amistosa... Algo me dice que estará más que dispuesta a hablar de él.

—De acuerdo, iré esta misma noche. Si aún vive allí, la encontraré.

Timothy asintió y se alejaron de las caballerizas en dirección a la casa. Estaban a punto de abrir la puerta que daba al jardín trasero cuando esta se abrió para revelar a Halley.

—Halley, preciosa, ¿qué haces aquí? —inquirió Timothy.

—Lawrence dijo que os encontraría en el jardín —contestó ella—. Al no verte en la casa, deduje que habías sacado algo en claro de tu conversación con Russell. Sea lo que sea que vayas a hacer, Timothy, estoy contigo.

Lord Richemond la miró con intensidad, pero fue Wade quien rompió el silencio.

—No se lo recomiendo, *lady* Halley, será peligroso —advirtió el rubio.

—No me importa. Como dije ante el altar, estaré a su lado en lo bueno y en lo malo.

—Muy bien, que así sea —suspiró Timothy.

Marido y mujer caminaron juntos, y él supo que no la convencería de desistir. Halley era, como él mismo le había dicho a Aiden, valiente como una leona. Si tenía que meterse en líos por su culpa, mejor sería que lo hiciese a su lado. Sin saber por qué, un deje de orgullo lo recorrió al encontrarse sus miradas.

Parecía que cada día junto a ella era un paso en la dirección adecuada.

Capítulo 14

Solo tu palabra sanará la herida de mi corazón.
Mientras la herida está limpia, tus ojos pueden matarme.
Su belleza me estremece, a mí, que una vez fui sereno.

GEOFFREY CHAUCER

Tras el pequeño descubrimiento, las semanas se sucedieron sin incidentes. Wade partió a Whitechapel en busca de esa mujer tal y como prometió, pero no halló nada. Y así, el otoño pasó y se encontraron a las puertas del invierno. Diciembre acababa de empezar y la fiesta de *lady* Alice se celebraba esa noche. Dentro de dos semanas se cumplirían tres meses desde la boda, y Halley quería hacer algo especial por Timothy, algo que le demostrara como se sentía. Con Casterberg Hill preparándose para celebrar la Navidad, la mansión estaba engalanada con guirnaldas de acebo, lazos de muérdago en las puertas, faroles de cristal, abetos decorados con estrellas y angelitos... Se respiraba el ambiente festivo en cada esquina. Halley estaba muy contenta.

Para la gran noche se decantó por un vestido verde musgo de terciopelo y manga larga de encaje. El verde era su color favorito y su modista lo sabía. Hacía bastante frío y a la joven no le apetecía vestir seda en una noche tan poco apacible. Se arregló con la ayuda de Josephine y comenzó a peinarse la larga melena que tenía en lo que prometía ser un moño muy elaborado. Estaban en eso cuando la puerta se abrió para dar paso a Wade. El guardia tenía las mejillas y las orejas rojas como si hubiese estado correteando en la nieve. Entonces reparó en el aspecto de Halley y carraspeó para hacerse notar.

—Wade, pasa, por favor, pareces helado —dijo ella con tono preocupado.

—¿No debería estar con lord Richemond? —inquirió Josephine.

El rubio no se movió, aunque se permitió lanzar una mirada fulminante a la institutriz. Para nadie era un secreto que Josephine no toleraba a Wade, y Halley no comprendía el porqué de su suspicacia. El hombre era leal y sincero, no veía el problema.

—Lo estoy buscando, señora, por eso he venido —dijo él y miró a Halley con las orejas rojas—. Será mejor que vuelva más tarde.

—Sí, será lo mejor, señor O'Keegan —cortó la institutriz—. Por si no se ha dado cuenta, *lady* Richemond aún no está presentable y usted no es su esposo. El cuál, como ve, no está aquí.

—Gracias por señalar la obviedad, señora White —dijo Wade y se volvió para irse.

—Espera, Wade —llamó Halley, que se puso de pie antes de mirar a su institutriz—. Josie, hazme el favor, ve a la cocina y tráeme un té. La verdad es que me vendría bien para entrar en calor.

—*Lady* Halley...

—Solo quiero hablar con él un minuto, Josie. Déjanos a solas, por favor.

—Muy bien, iré a preparar ese té —contestó la mujer.

Dicho aquello, dejó las horquillas de perlas sobre el tocador y se encaminó a la puerta, tras cruzar una mirada intensa con el irlandés, como si le estuviera advirtiendo de que, si intentaba propasarse con Halley, ella misma se encargaría de él. Solo cuando el ruido de tacones sobre el suelo de mármol se alejó, se acercó para tomar de las manos a Wade y clavarle la mirada, cariñosa, al irlandés, que la tenía grisácea como la plata.

—Has encontrado a la tal Beth, ¿verdad? —inquirió sin más preámbulos.

—Sí, pero lord Timothy debería estar presente antes de que les ponga al día sobre lo que he averiguado. La información le interesará mucho.

—Me temo que no será posible, Wade. Como hoy es la fiesta de mi madre, ha ido con Russell a ultimar los detalles y recoger sus ropas, no creo que vuelvan antes del atardecer —explicó Halley—. Si es cierto que has encontrado a esa mujer, iré a verla ahora mismo, así podré contárselo todo a Timothy cuando regrese.

La sola idea hizo que Wade frunciese el ceño y le apretara las manos antes de soltarla. Se debatía ante la duda de si hablar o no, y al notar la mirada de Halley la soltó y se cruzó de brazos.

—No. Si algo malo le sucede, Timothy no me lo perdonará —zanjó tajante.

—Pero nada me sucederá si tú vas conmigo —razonó Halley—. ¡Por Dios santo, es Whitechapel, en Londres, no el séptimo infierno! ¿Qué es lo peor que puede pasar?

—¿Debo recordarle la última incursión que hizo en un barrio así? —señaló Wade.

Halley arrugó la nariz al recordar cuando la robaron en la calle Garnet.

—Sea como fuere está decidido, dime dónde es e iré, contigo o sin ti —dijo.

—No es necesario que sea tan testaruda, la llevaré —suspiró Wade y reparó en su aspecto. Estaba preciosa, reluciente como la duquesa que era—. Sin embargo, le sugiero que se ponga una capa vieja encima del vestido o solo nos traerá problemas. Ni siquiera un revólver puede hacer frente a una docena de ladrones borrachos, ¿entendido?

No hizo falta que lo repitiera, Halley captó el mensaje. No tenía ganas de volver a sentir las manos de un sucio ratero sobre ella como le sucedió la vez anterior. Decidida, se encaminó al vestidor y tomó una de las capas de caza de su marido, de piel gastada, antes de pasársela sobre los hombros y cubrir el suave terciopelo y el encaje.

Después, duquesa y guardia salieron en dirección a las caballerizas.

Aún no era mediodía, pero Whitechapel bullía de actividad. Los vendedores de cerillas se peleaban por el mejor lugar en la acera, los mercaderes ambulantes movían sus carritos, las prostitutas se insinuaban sin el menor reparo, los comerciantes gritaban para atraer a los clientes... Halley bajó de la silla de *Promesa*. Aquel barrio era más pintoresco de lo que había imaginado, como si hubiese sido arrancado directamente de uno de los libros de Charles Dickens. Cuando Wade la tomó del brazo para sostenerla, volvió a la realidad.

—No se separe de mí, estará más segura si creen que va conmigo —dijo.

—De acuerdo.

Wade la condujo a través de los callejones hacia una plazoleta. En ese punto se cruzaban la calle Half-Moon y Whitechapel, y un abarrotado mercadillo ocupaba la plaza. Lo cruzaron para detenerse frente a un puesto de verduras. Halley observó a la tendera. Si lo que Russell le contó a Timothy era verdad, esa mujer tenía que ser su exprometida. Pelirroja, pecosa y de ojos azules, era atractiva a pesar de llevar un vestido que había visto tiempos mejores. Al verlos, elevó las cejas y se cruzó de brazos.

—¿Vais a comprar algo o pensáis seguir ahí parados mirando como idiotas? —les increpó.

—En realidad, venimos a hablar con usted, señorita —comenzó Halley—. ¿Tal vez le gustaría ir a un lugar más privado donde no nos molesten?

Nada más terminar, la tendera estalló en carcajadas. Halley la miró desconcertada, y Wade se puso alerta, tenso como el arco de un violín.

—¡Bonitas y finas palabras para este humilde barrio! —se burló la pelirroja—. Tal vez «su excelencia» ha creído que estamos en Mayfair, pero esto es Whitechapel. ¡No me hagáis perder el tiempo y moved el trasero! Estáis espantándome a los clientes...

—Escucha, mujer, somos nosotros los que no podemos perder el tiempo —intervino Wade, que le lanzó una bolsa de monedas sobre la mesa—. Ahí tienes lo que estabas esperando, ahora empieza a cantar y dinos todo lo que sepas sobre Russell Carbury.

Al oír el nombre, a la joven le cambió la cara.

—¿Quién demonios sois? —inquirió—. ¿Quién os ha hablado de mí?

—Soy Halley Richemond-Hasford, y fue el propio Russell quien me habló de usted —mintió—. Por favor, señorita, es de vital importancia que nos diga el motivo por el cual Russell la abandonó.

—¿Por qué?

—Porque debe pagar por el daño que ha hecho. No es usted la única mujer con la que ha jugado, pero esta vez ha ido demasiado lejos y ha herido a alguien querido para una persona muy importante para mí. Si nos dice lo que ocurrió, se lo haremos pagar.

La pelirroja bufó y se guardó la bolsa, antes de fulminar a Halley con la mirada.

—Para nadie es un secreto lo que pasó, «princesa». Cuando Russ se enteró de que era el hijo de un ricachón, ¡un duque, ni más ni menos!, le entraron aires de grandeza. Comenzó a frecuentar esos ambientes, y un buen día rompió nuestro compromiso y me abandonó por una vieja rica —dijo—. ¡Pobrecita Bethany Browden, se quedó para vestir santos! ¡Ja! Al menos yo tuve más suerte que su madre, a la que echó de casa para que se pudriera en un asilo de caridad de Dios sabe dónde.

—¿Qué dice? ¿Acaso su madre vive todavía? —se sorprendió Halley.

—Así era la última vez que lo vi hace diez años —contestó Bethany—. Ahora, si ya tienen lo que querían, lárguense y déjenme en paz.

Como si quisiera enfatizar lo que acababa de decir, bajó la persiana del puesto, dejando a Wade y Halley perplejos frente a una ventana de madera cerrada.

✾✾✾

Tras lo que habían averiguado, Halley no podía dejar de pensar. Wade y ella regresaron a Casterberg Hill en completo silencio, cada uno en su montura con la vista fija en el camino, y cuando Timothy volvió al romper la tarde, encontró a la joven pensativa y seria. Fue Wade quien le puso al corriente de lo ocurrido con Bethany en su pequeña excursión. El primer impulso de Timothy fue ir él mismo a Whitechapel a hablar con ella. Luego, saciada su curiosidad, se enfadó con Halley. No podía creer que no le hubiese esperado para ir a un lugar así. Ni siquiera le molestaba no haber podido hablar con la mujer, lo que le molestaba era el peligro que había corrido innecesariamente. Daba gracias a Dios porque Wade hubiera estado a su lado, si no, quién sabe qué le podría haber sucedido. El robo del día en que ambos se conocieron probaba lo ingenua que era.

Y ahí estaban, cada uno en un rincón mientras se arreglaban para la fiesta sin mirarse. La tensión flotaba en el aire, y lo que más deseaba Timothy era atravesar la habitación y tomar a su esposa por la cintura antes de unir sus bocas en un beso. Tal y como le prometió, desde la primera noche en Casterberg Hill no la había vuelto a tocar, y de eso hacía ya tres meses. El tiempo se le estaba haciendo muy largo, larguísimo. Estaba comenzando a desesperarse, pero, a pesar de todo, pensaba mantener su promesa: le sería leal.

Cuando el pequeño reloj de cuco que había sobre la chimenea marcó las nueve en punto, Halley se volvió y sus miradas se encontraron. Timothy iba de punta en blanco: *frock coat* gris, chaleco plateado, botones de nácar, pañuelo blanco de seda dupioni y guantes. Era la viva imagen de la elegancia. Halley estaba absolutamente preciosa. Su vestido verde musgo contrastaba con su piel, y el encaje de su escote y mangas la hacía deseable hasta la locura, según pensaba Timothy. Se había recogido el pelo en un moño del que caían tirabuzones. También se había puesto horquillas de perlas en los rizos. Como joyas solo portaba un collar con el blasón de Casterberg y unos pendientes pequeños.

Al ver que su marido la observaba, un ligero rubor le inflamó las mejillas.

—¿Estás lista para deslumbrarlos? —inquirió Timothy y le ofreció la mano.

—Todo lo lista que pueda, así que vamos —contestó ella de forma esquiva.

Timothy la condujo a la salida, para bajar juntos las engalanadas escaleras de mármol. El salón estaba abarrotado, apenas eran las nueve y diez, pero los invitados se agolpaban ya por toda la planta baja de la mansión. El nuevo duque recorrió la sala con la mirada y encontró a muchos de sus conocidos, entre ellos a Byron. No sabía que Halley lo había invitado, y se alegró de ver a su amigo allí. La música de violines sonaba por todo el lugar y Timothy creyó reconocer una melodía de Antonio Bazzini, *Le Carillon d'Arras*. Sonrió y, cuando estaba a punto de ofrecerle bailar a Halley, oyó una voz que les interrumpió e hizo que ambos se volvieran.

—Mis disculpas, *milady*, me preguntaba si me concedería este baile —inquirió el hombre, que Timothy reconoció como lord Owen Ewing, marqués de Winney.

—El primer vals lo abren los anfitriones, marqués —contestó Timothy.

—Sin embargo, ha sido un ofrecimiento muy audaz, lord Ewing —intervino Halley, que le lanzó una mirada significativa a su esposo antes de volverse hacia el otro hombre—. Por eso bailaré con usted, admiro la audacia tanto o más que la cortesía.

Sin esperar respuesta, se soltó del brazo de su esposo y tomó la mano que el marqués le ofrecía, antes de volverse a mirar a Timothy con las cejas arqueadas.

—No te apures, tenemos toda la noche para bailar —dijo—. ¿Vamos, marqués?

—Por supuesto, *milady*, después de usted —asintió Owen con una sonrisa.

Ante los ojos de todo el *Beau Monde* de Londres, Halley abrió el baile en los brazos de un hombre que no era su esposo. Lord Owen Ewing no tenía un mal porte, pensó Timothy con disgusto: ojos pardos de cachorrito, cabello castaño rizado y bigote poblado. Le dieron ganas de vomitar, así que se dirigió hacia un costado del salón para tomar una copa que le nublase la vista y no tener que ver a su esposa bailando con un hombre que no la merecía.

Chardonnay fue lo primero que encontraron sus dedos, y cuando el intenso caldo afrutado le bajó por la garganta, se sintió mejor. Entonces un destello verde le cruzó los ojos y vio a Halley. Estaba sonriendo, sonriendo mientras bailaba con ese necio. Timothy apretó la copa de vino vacía y tensó la mandíbula. Debería ser él quien provocara esa sonrisa, no lord Owen Ewing. Debería ser él quien bailase con ella, él quien le rozara la espalda y la sujetase de la mano. Un toque sobre el hombro lo devolvió a la realidad.

—Si sigues mirándolo así vas a explotar —comentó Byron—. Tranquilízate, Timothy, parece que lo quieras ver arder.

—Tal vez sea así y quiera que desaparezca de mi fiesta como ceniza en el viento —dijo Timothy, que dejó la copa sobre la bandeja de un camarero—. Parece un idiota, fíjate cómo le sostiene la cintura a mi esposa. ¡Ni siquiera sé por qué me importa!

—Te importa porque ella te importa —explicó Byron con la diversión reluciendo en su voz—. Vamos, Timmy, admite que te has enamorado. Uno no tiene celos de otro hombre si no siente nada por la mujer en cuestión... Creo que yo fulminaría a cualquiera que tratase de coquetear con Emily.

—Te equivocas, ¡ni siquiera estoy celoso!

Byron resopló y no se molestó en disimular una sonrisa.

—¿Entonces qué es esto? —señaló.

—Estoy irritado, que no es lo mismo —contestó Timothy—. Me irrita ver a ese idiota ocupando el lugar que debería ocupar yo, ganándose la mirada de Halley que debería estar recibiendo yo.

—Sí, y a eso se le llaman celos, amigo mío.

Timothy no respondió. Byron lo tomó del brazo y lo alejó hacia el otro extremo del salón. Estaban más cerca de la pista de baile, y cuando el vals terminó y otro caballero se ganó el favor de Halley, Timothy se sintió miserable. Solo se había sentido así una vez, cuando vio a Elisabeth bailar con Aiden el día de su boda, y odiaba aquel sentimiento amargo que creía haber dejado atrás hacía mucho tiempo. Tragó saliva y bajó la mirada a la alfombra. Entonces Byron suspiró y le envolvió la espalda con el brazo. Estaba a punto de decir algo cuando unas voces femeninas hicieron que se sobresaltaran.

—Parece mentira el cambio que ha dado Halley en tres meses —dijo la voz.

—Es cierto, de ser una sosa con menos gracia que un solomillo sin guarnición a la mujer más deseada de la fiesta —contestó la segunda mujer—. Supongo que eso es lo que tiene estar casada con lord Richemond, es obvio que le ha enseñado «las artes del mundo».

—¡Jane, menuda pécora traviesa y malhablada estás hecha! —se burló la otra.

—Solo digo lo que todas pensamos, Emme —contestó la tal Jane—. Una idiota sosa y aburrida como ella no merecía semejante marido.

—Te carcome la envidia —señaló Emmeline.

—¿Y a quién no?, ¿acaso no querrías tener los ojos de todos los hombres sobre ti?, ¿una de las fortunas más grandes de Inglaterra y a un marido que te ame apasionadamente? Ah, no, ¡no mientas, querida! Eres tan desvergonzada como yo.

Timothy se quedó sin palabras. Un furioso rubor le encendió las mejillas, no supo si por rabia o por lo que decían de Halley. A punto estuvo de volverse para contestar algo a ese par de malcriadas cuando Byron intervino y le susurró al oído.

—Sabes tan bien como yo que te gusta tu esposa, Timothy, no tiene nada de malo. Esa mujer te adora, todos lo sabemos... Ya perdiste el orgullo por amor una vez, así que sal ahí y deja a esas chismosas con la mandíbula en el suelo. Demuestra quién es el conde de Armfield, demuéstrales quién es el señor de Casterberg Hill.

Al clavar sus ojos azules en los grises de Byron, Timothy lo tuvo claro. Su amigo tenía razón, ya era hora de dejar de hacer el idiota y sacar la cabeza del hoyo en el que la tenía metida desde hacía semanas. Era lord Timothy Richemond, y todos verían su pasión. No le respondió a Byron, en vez de eso se abrió paso entre la multitud y cruzó la pista de baile para detenerse frente a Halley y el caballero con el que estaba bailando ahora, el conde de Edston. Al ver su baile interrumpido, este miró a Timothy, que sonrió con suficiencia.

—Si me disculpa, lord Thomas, le robo a la dama —dijo y tomó la mano de Halley, que lo miraba perpleja—. Ya es hora de que mi esposa y yo estrenemos la pista.

—Por supuesto, lord Armfield, es toda suya —dijo el conde apartándose.

Timothy miró a los músicos, que comenzaron a tocar una nueva pieza. Después se volvió hacia Halley. La joven se sonrojó al sentir cómo aquellos ojos azules la traspasaban, pero acortó las distancias y entrelazó la mano con la de su marido. Cuando Timothy posó la otra mano en su cintura y la acercó para comenzar a flotar, Halley sintió que el corazón comenzaba a correrle al galope.

—¿Por qué has hecho eso? El baile estaba a punto de terminar —señaló.

—Porque me moría por bailar contigo desde que hemos puesto los pies en el salón —contestó Timothy y acercó los labios a su oído—. Porque quería tenerte en mis brazos.

Halley elevó la cabeza lo justo para mirarlo, y sus rostros quedaron tan cerca que sus labios casi se rozaron. Sentía la respiración de Timothy sobre la mejilla, se moría por besarlo. Sin embargo, la duda la atenazó en el último momento.

—Creí que estabas enfadado por lo de esta mañana, porque no te esperé —susurró.

—Halley... —suspiró él—. No me importa ni mucho menos no haber ido a Whitechapel, ¿lo entiendes? Lo que me molestó es que te hubiese podido pasar algo malo y yo no habría estado allí para ayudarte.

—¿Puedo suponer entonces que el matrimonio ha dejado de ser una molestia?

—¿Aún lo dudas a estas alturas? Me importas mucho más de lo que crees, preciosa. Mucho —resopló Timothy y sonrió de medio lado—. Maldición, ¡y yo que creía que no era sutil! Si acaso no es evidente, llevo semanas sufriendo en esa cama sin tocarte, Halley.

La declaración la dejó estupefacta, tanto que casi se detuvo en medio del baile. Sin embargo, Timothy la encauzó con un giro y sonrió por lo tierno de su reacción. Esa mujer siempre lograba sacar de él un sentimiento cariñoso. De pronto se sintió confiado.

—No puedo creerlo, no es... no es posible —murmuró Halley.

—¿Qué me importas o que te deseo? —inquirió Timothy con diversión.

—Creía que te había decepcionado aquella noche —dijo ella, haciendo caso omiso de la pregunta—. Tras la mañana en que estuvimos juntos intenté acercarme a ti, pero siempre me dabas la espalda o actuabas como si mis caricias te quemaran.

—¡Porque pensaba que eso era lo que tú querías! Te respeté, Halley.

Se miraron, y ella rompió a reír, para alegría de Timothy, cuya sonrisa se amplió al verla así. Le encantaba el sonido de su risa, musical como el trino de un ruiseñor.

—¡Somos un par de idiotas! —declaró Halley, y lo miró con un repentino fuego ardiendo en sus ojos avellanados—. Llevo intentando seducirte sin éxito desde que supe la verdad, y ahora resulta que tú te estabas conteniendo.

—¿Querías seducirme? —repitió Timothy perplejo.

Halley se encogió de hombros cuando el vals terminó, pero como otro empezaba acto seguido su marido no la soltó. No pensaba dejar esa conversación a medias, no ahora que empezaba a tener las cosas claras, y volvió a girar sobre la alfombra.

—Respóndeme, Halley —insistió.

—Sí, Tim, eso era lo que quería... Lo que aún quiero.

«Tim», repitió él en su mente, saboreando lo bien que sonaba el diminutivo en su voz.

—Entonces te lo pondré fácil: si me quieres, no tienes más que decirlo —dijo y unió sus labios.

El beso fue apasionado, semanas de deseo frustrado siendo liberadas en un instante. El pulso le tronaba en el pecho al ritmo de la respiración, y por primera vez en mucho tiempo se sintió flotar. Entonces Timothy rompió el beso y con él la burbuja.

—Ahora que tengo claro lo que piensas te prometo algo —dijo con voz ronca—. Consiga o no mi objetivo, te entrego todo lo que soy. Soy tuyo, Halley Richemond.

Las cosas entre tú y yo no empezaron de la mejor manera, y créeme que lo siento, fui un imbécil, pero lo único que sé es que quiero ser tuyo, y que tú seas solo mía.

Halley no respondió, aunque una sonrisa le iluminó la cara. Sintió que por primera vez desde que se habían conocido, la declaración de Timothy era sincera. Decidida, elevó los brazos y le rodeó el cuello, y él amplió la sonrisa al ver que la joven acortaba la distancia y volvía a besarlo. No se hizo de rogar y le devolvió la caricia, sin importarle quién estuviese mirando o los cuchicheos de las cotillas de turno. Serían la comidilla de todo Londres al día siguiente, y antes de darse cuenta el mundo a su alrededor pareció perder el sentido.

Fue Halley la primera en alejarse y romper el silencio.

—Si lo que dices es cierto olvídate de la fiesta, ¡al diablo con mi madre! —dijo—. Te demostraré que mis palabras eran sinceras.

—¿Así que vas a seducirme ahora, preciosa esposa mía? —bromeó él.

—Tendrás que esperar para averiguarlo...

Dicho aquello, se dio la vuelta para perderse entre los invitados. Las parejas seguían bailando, y Timothy sintió una alegría que nada tenía que ver con la fiesta. Por primera vez en semanas notó la emoción del flirteo, el cosquilleo del juego, y que la protagonista fuese Halley le hizo sentir una calidez inesperada. Se le aceleró el corazón. Echó a caminar a paso rápido tras ella sin importarle dejar a su suegra plantada como un abeto, mientras subía las escaleras en dirección a su dormitorio.

Cuando abrió la puerta la visión lo dejó mudo. Halley estaba de pie junto a la chimenea, enfundada en un conjunto de lencería de color champán. Sintió que el pulso se le aceleraba al verla así vestida. Su esposa se mordió los labios.

—¿Te gusta o es demasiado? —dudó ella.

—Es perfecto, Halley, estás arrebatadora —confesó Timothy.

La joven se rio y lo invitó a acercarse, así que Timothy cruzó la distancia y la rodeó por la cintura. Sin embargo, antes de que pudiese hilar otro pensamiento, ella habló.

—En realidad, como me dijiste, amor mío, este solo es el primer regalo de muchos —dijo Halley—. Te amo, Timothy, te amaré siempre. Por mucho que lo nuestro no empezara de la mejor manera.

—Halley...

La joven no le dejó terminar. Lo besó, y juntos sellaron una noche de amor.

Capítulo 15

¿Qué hicimos, a fe mía, hasta el instante de amarnos?
¿Apenas habíamos empezado a vivir hasta entonces?

JOHN DONNE

La serena melodía de un violín la despertó. La calidez envolvía cada rincón de su cuerpo, y se le dibujó una sonrisa en los labios al recordar la noche que habían compartido. No sabía qué había sido de la fiesta de su madre, si había terminado o aún había rezagados que se habían quedado a desayunar, pero fuera como fuese no le importó. Abrió los ojos despacio, mientras la suave cortina blanca del dosel amortiguaba los rayos de sol. Enternecida, se volvió hacia el otro lado para ver a su marido, pero, al igual que aquella primera noche, encontró el lecho vacío. ¡Qué testarudo era! ¿Tanto esfuerzo le suponía aguardar en la cama con ella?

Halley se sentó para buscar la enagua que había caído al suelo y, tras ponérsela, salió de la cama y recorrió la habitación en busca de su esposo. Lo encontró en la terraza, y la imagen que la recibió se le quedó grabada de forma imborrable. Timothy parecía tan tranquilo mientras tocaba que ni siquiera la notó acercarse. Se hallaba desnudo de cintura para arriba y tenía los ojos cerrados. La música que tocaba era hermosa, así que no pudo evitar sonreír como una idiota.

—Preciosa melodía —le dijo.

—Halley, siento haberte despertado. Me desvelé hace horas y salí a la terraza para ver amanecer —dijo Timothy, que se volvió a mirarla con una infinita ternura—. ¿Vienes?

La joven asintió y se acercó, para rodearle la cintura y besarle en el hombro.

—Eres una caja de sorpresas. Y pensar que me entero de que tocas por casualidad... —admitió Halley, frunciendo los labios antes de echarse a reír—. ¿Tienes alguna otra habilidad oculta?

—Hay mucho de mí que ignoras, preciosa, pero mis palabras de ayer eran sinceras —dijo Timothy elevando la mano para acariciarle la mejilla—. Espero que pases la vida a mi lado descubriéndolo.

Halley le observó en silencio, y al levantar los ojos se perdió en la inmensidad del océano de Timothy. Sabía que, si quería que lo suyo durase para siempre, tenía que dar el paso. Sin miedos, sin artimañas, sin seducciones. Sencillamente abrirle su corazón y sus sentimientos, como le había aconsejado Eleanor.

—¿No dices nada? —se preocupó él.

—Solo pensaba que, si vas a ser fiel a lo que dijiste anoche, eso nos brinda un nuevo comienzo. ¿Te das cuenta?

—¿A qué te refieres?

—Digo que olvidemos que estamos casados, que quieres ver en la cárcel a Russell y que te casaste conmigo para salvar el honor de tu hermana —dijo Halley—. Si vamos a ser una pareja de verdad, Timothy, quiero lo mismo a cambio.

El duque de Casterberg abrió la boca, pero ella lo silenció con un dedo.

—Conóceme como si me estuvieses cortejando, empieza con una cita —pidió.

—¿Una cita? ¿Adónde quieres ir? —repitió él, sorprendido y alegre a partes iguales.

Halley caminó por la terraza, pensativa. Entonces una idea acudió a su mente y se detuvo antes de volverse a mirarlo con una sonrisa brillante. Timothy devolvió el gesto, desconcertado, y aguardó en silencio a ver qué era lo que le proponía.

—Ya que todos dicen que soy muy aburrida porque me gusta ir a museos, podríamos ir al zoo —dijo Halley—. Allí hay multitud de animales de tierras lejanas que estoy segura de que no has visto aún. Y muchos puestos de comida y aperitivos. ¿Qué te parece la idea?

—Opino que es perfecta, nunca se me hubiera ocurrido ir a un lugar así en una cita —admitió el conde—. Creo, *lady* Richemond, que tenemos un plan.

—Efectivamente, milord.

—En tal caso, la dejaré a solas para que se vista —bromeó Timothy, que se adentró en la habitación para dejar el violín sobre la mesa—. No está bien que un hombre espíe a una mujer mientras se cambia, por mucho que eso vaya a deleitarme la vista.

—Ay, Timothy...

Él sonrió de medio lado antes de romper a reír y adentrarse en el vestidor para tomar su ropa y salir. Una vez ambos estuvieron preparados, se encontraron en el comedor, desayunaron y caminaron hacia las caballerizas.

✻✻✻

Para honrar el estatus de «cita», decidieron que ni Matthew ni Wade les acompañarían. Montaron en la silla de *Ébano,* Halley delante con las riendas en la mano y Timothy detrás con los brazos rodeando la cintura de su esposa. La mañana estaba despejada y muy fría, así que sintió la mejilla de su marido agradablemente cálida contra la suya. Mantenía a *Ébano* con un trote ligero en lugar de un paso más rápido. Por una vez en su vida no tenía prisa, y darse un paseo a caballo junto a su esposo era algo de lo que quería disfrutar.

El zoo de Londres, o como era conocido, el London Zoological Gardens, estaba en la parte alta de la ciudad, y allí se dirigieron. Era viernes por la mañana, muy temprano, así que no había demasiada gente. Varias parejas de ancianos caminaban de la mano y algunos otros paseaban sus mascotas a la luz del sol invernal. No había niños a esas horas, por lo que su mayor compañía serían los empleados del zoo y los animales. Timothy desmontó primero en cuanto llegaron para ayudar a Halley a bajar de la silla. Nunca había visitado el zoo, descubrir el lugar junto a ella sería curioso. Tras atar las riendas de *Ébano* a un poste, se volvió y le ofreció el brazo. Se la veía tan emocionada como a una chiquilla.

—¿Preparado para una mañana maravillosa, caballero? —dijo Halley.

—Más que preparado, sobre todo si voy a disfrutarla en compañía de una mujer preciosa —asintió Timothy, que se detuvo al llegar a un cruce de caminos—. ¿Adónde vamos?

Halley pareció pensarlo durante un momento, hasta que sus cejas se alzaron y el rostro se le iluminó con una sonrisa. Entonces echó a caminar casi arrastrando a Timothy y él no se molestó en reprimir la risa al ver su entusiasmo.

—¡Te va a encantar esto, estoy segura! —exclamó Halley sin detenerse.

Timothy se dejó guiar por el camino principal hacia una zona repleta de árboles, con muros de madera el doble de altos que un hombre. Se preguntó qué criatura guardaban allí dentro para necesitar semejante muralla, pero antes de que pudiese leer alguno de los carteles, Halley se acercó a las puertas para hablar con uno de los empleados. El hombre asintió y, tras hacerle un gesto a Timothy, Halley volvió a tomarlo de la mano. Entraron en el interior del recinto y, para su sorpresa, Tim se encontró en lo que parecía ser una selva del centro de África. Había grandes árboles, exuberante vegetación, lianas de hiedra, ríos artificiales... Un pequeño paraíso.

Estaba a punto de preguntar qué animal vivía allí cuando obtuvo la respuesta. A un lado de los frutales apareció un grupo de simios de pelaje negro que caminaban a cuatro patas. Había al menos ocho, entre hembras, machos y crías. Algunos se acercaron con curiosidad, los otros se alejaron hacia el riachuelo a beber agua, sin hacer caso de las visitas.

—¿Monos? —comentó Timothy.

—No dejes que te escuchen decir eso o se ofenderán, son muy inteligentes —explicó Halley—. No son monos, se llaman chimpancés, y he pensado que te gustarían porque son de los animales más sociables que hay aquí.

—Ah, ¿sí?

—Sí, y como me conoce, el guardia ha accedido a dejar que les demos de comer. No temas, no son peligrosos, comen frutas y ratones…, mangos y baobabs, sobre todo. Eso es lo que les daremos.

—No sabía que también tenías buena mano con los animales —dijo Timothy y se inclinó para alzar a uno de los chimpancés bebés que se le había agarrado a la pierna—. Eres sorprendente, Halley: lista, hermosa, culta, valiente, dulce y caritativa.

—Basta, vas a hacer que me ponga colorada…

—Tal vez es lo que quiero.

Halley lo miró en silencio al sentir que las mejillas se le encendían, y sin saber qué decir, apartó la mirada y se sentó en el suelo. La hierba estaba tan alta que le llegaba hasta los muslos y formaba un lecho cómodo para descansar. Timothy la imitó, sin importarle mancharse el chaleco, así que acariciaron a los chimpancés hasta que llegó el cuidador con una caja llena de fruta que depositó frente a ellos. Timothy le agradeció el gesto, y al entender lo que quería, el trabajador se alejó y los dejó a solas.

Cuando Halley tomó una papaya y comenzó a alimentar a un bebé chimpancé, Timothy la observó. Estaba preciosa a la luz del sol que se colaba entre las hojas, con su vestido de terciopelo verde pastel en contraste con sus rizos castaños. No supo qué fue, si el reflejo del sol sobre sus iris avellanados o la sonrisa que mostró cuando el bebé simio le sujetó uno de los tirabuzones, pero Timothy sintió un mazazo en el pecho.

—Vas a ser una gran madre, tienes el instinto dentro de ti —dijo sin pensarlo.

Halley lo miró, sorprendida por la declaración.

—¿Eso crees?

—No lo creo, lo afirmo. Solo hay que verte jugando con Eddie, o con este adorable monito —asintió Timothy—. Cuando tengamos un hijo, te amará con locura, lo sé.

—Bueno, eso no es raro, soy una persona muy fácil de amar —se rio ella.

«Más de lo que piensas, dulzura, más de lo que sabes», pensó Timothy.

Halley sonrió. Lo dijo en tono de broma, pero Timothy no lo encontró divertido. Una sonrisa misteriosa se instaló en sus labios mientras tomaba un trozo de baobab para entretener a su chimpancé, y estaba a punto de decir algo cuando Halley se adelantó.

—Hasta ahora nunca había creído que tendría una familia propia, esposo e hijos, ya sabes —confesó Halley.

—¿Por qué? Eres preciosa y dulce, cualquier hombre en su sano juicio querría llevarte a la cama —dijo Timothy—. Además, si eso no fuera suficiente reclamo, tu dinero y tu título atraerían a más de uno.

—Gracias por recalcar la obviedad. Sin embargo, te equivocas, nunca he sido popular. Mi padre era un hombre encorsetado, de los que solo iban del banco al club y de allí a la cámara de los lores. Y en cuanto a mi madre..., ya has visto cómo es. Para ella, cualquier cosa que se salga del protocolo es un delito. Por eso yo, que soy un bicho raro que siempre ha preferido la lectura y la arqueología a las fiestas y las frivolidades, nunca fui objeto de halagos o de presentación.

—¿Te tenían escondida en un cofre como a un tesoro? ¡Terrible error! Aunque bien pensado, mejor para mí, que he descubierto la joya que hay bajo la tapa.

Entonces rompieron a reír para sobresalto de los chimpancés, que se alejaron, más interesados en la fruta que en las visitas. A ninguno de los dos les importó. Se miraron y se perdieron en los ojos del otro, ajenos a todo lo demás.

—Bueno, ¡ya basta de hablar de mi aburrida vida! —exclamó Halley de pronto—. ¿Qué hay de ti? ¿Eras un muchacho obediente o un rebelde?

—Ni lo uno, ni lo otro... En realidad nos parecemos más de lo que crees —dijo Timothy—. Mis padres tampoco aprobaban mi comportamiento, su única obsesión era la de casarme con la primera heredera que encontraran, igual que un semental en subasta.

«Como mi madre, entonces», pensó Halley.

—Aquello despertó mis ansias de independencia —continuó Timothy—. Me fui de Armfield a la mansión de los Richemond en Cloverfield, ya que allí había pasado la mayor parte de mi infancia y juventud. Cuando conocí a Aiden,

Frederick y Byron pasábamos mucho tiempo jugando a espadas y justas los cuatro; en especial Aiden y yo. A Freddie no lo conoces, se ha mudado a las colonias debido a negocios familiares. Esperamos su vuelta el próximo año, ya te lo presentaré. Y bien…, lo demás ya lo puedes imaginar: partidos de polo, fiestas, vivir la vida de un muchacho lleno de energía. ¡Parece mentira que mis intereses cambiaran tan radicalmente!

—¿Descubriste los líos de faldas?

—No, eso llegó más adelante. No soy tan promiscuo como la gente dice, Halley.

—¿Entonces? —dudó ella.

—Entonces casi me muero de difteria, tenía quince años —aclaró—. Después dejé de hacer el idiota, me centré, estudié… y, sí, llegaron a mi vida las mujeres.

—Eso fue antes de Elisabeth Whitehall, supongo —aventuró Halley.

La mención no alteró a Timothy como ella había pensado que lo haría. Su marido permaneció tan sereno como si nada, acostumbrado quizá, y no se inmutó.

—Sí, fue antes de conocerla —admitió—. Tenía veintitrés cuando la conocí, acababa de terminar mis estudios y estaba abierto al mundo. Era mi padre quien quería casarme, y admito que mis planes eran otros hasta que llegó ella. Elisabeth fue el punto de inflexión que marcó mi vida, prácticamente me arruinó. Pasé más de ocho años sufriendo por amor hasta que logré pasar página; entonces ella murió y cargó mi conciencia con su muerte. Cada día que pasa maldigo el día en que la conocí.

—Lo siento, Timothy, no quería entristecerte —se disculpó Halley.

—No importa, a estas alturas ya no me molesta, Elisabeth es papel mojado. ¿No te has preguntado por qué Aiden y yo caímos en sus garras? Algún día te lo contaré, pero no ahora, no hoy... No quiero estropear este día tan especial junto a ti. Simplemente, no fue una buena mujer, y no quiero que pienses siquiera en compararte con ella.

—No es necesario, ya lo has hecho tú.

—Y fue un error —dijo Timothy—. Eres lo mejor que me ha pasado en muchísimo tiempo, Halley, en todos los sentidos. ¿Qué no eres tan experta en el lecho como Elisabeth? No me importa. Es más, lo prefiero así. Tengo toda una vida para enseñarte, mi amor.

Nada más oírlo las mejillas le ardieron y el rubor le coloreó hasta las orejas. Halley sintió que el pulso se le aceleraba al entender lo que aquello implicaba: primero, compromiso; segundo, promesa de pasión. Sonrió y se acercó para besarlo. Elevó las manos para rodearle la espalda mientras lo hacía, pero antes de que la situación fuera a más, un carraspeo a su lado hizo que se separaran.

—Disculpen, duques, su comportamiento podría alterar a los chimpancés —señaló el cuidador—. Si no es molestia, debo pedirles que salgan del recinto.

—Lo siento, señor Patterson, nos iremos ahora mismo —se disculpó Halley.

Dicho aquello se puso en pie y ayudó a Timothy. Él se metió la mano en el bolsillo para sacar un par de billetes de veinte que le dio al otro, que le miró sorprendido.

—Por las molestias... y tu discreción —explicó Timothy.

—P-por supuesto, milord, mis labios estás sellados.

Timothy asintió antes de seguir a Halley hacia la salida del recinto de los simios. Solo una vez que las puertas estuvieron cerradas cruzaron una mirada y rompieron a reír. Una vez en el camino principal se dedicaron a vagar sin rumbo mientras veían a los animales: desde los saltarines lémures de cola anillada a los grandes elefantes africanos, pasando por las aves de la selva amazónica. Estaban a punto de llegar a la zona de acuarios cuando de pronto Halley se detuvo frente a uno de los recintos. Junto a él había un puesto de comida y Timothy se acercó a comprar un paquete de almendras garrapiñadas. Cuando regresó le ofreció una, que Halley mordió con deleite, lo que le arrancó una risa al hombre. No había olvidado lo ocurrido en su cumpleaños con la tarta y los *macaroons*.

—¿Por qué te gustan tanto? —inquirió curioso.

—Josie las hacía cuando era niña, supongo que despertó mi amor por lo dulce.

—Entonces tendrás cuanto quieras, ojalá todos los caprichos fuesen tan sencillos de complacer como este tuyo —dijo Timothy, que se detuvo al ver frente a qué animal se había parado Halley—. Delfines mediterráneos... Admito que nunca los he visto, y deduzco que eran lo que esperabas que viésemos en Grecia.

—No, no, lo que yo quería ver son las ciudades. Hace poco se han descubierto las ruinas de Esciro, la ciudad donde el gran Aquiles pasó su infancia y donde engendró a su único hijo. ¡Qué maravilla! Ojalá estuviésemos allí.

—¿Debo ponerme celoso, preciosa? —inquirió él con una ceja en alto.

—¿De Aquiles? Bueno, él era un semidios, pero puedes considerarte mi campeón de entre todos los mortales. ¡No hay otro hombre como tú! —bromeó ella.

Entonces un delfín saltó y los salpicó. Timothy rompió a reír sin poder evitarlo y la joven también. Halley era un soplo de aire fresco, la alegría que le faltaba a su corazón. Incluso algo tan trivial como un personaje mitológico lo convertía en un descubrimiento. Ahora se arrepentía de no haber viajado de luna de miel a las islas griegas como estaba previsto. Sin embargo, se prometió que más pronto que tarde la llevaría a recorrer todos esos lugares y muchísimos más. Quería descubrir el mundo junto a ella.

—Bien, me doy por satisfecho de estar a la altura de un semidios —anunció.

—Entonces vamos, mi valiente campeón —dijo Halley y lo tomó de la mano—. Se está haciendo tarde y aún queda mucho zoo por recorrer.

—Como ordenes, mi bella dama —sonrió Timothy.

Halley le guiñó un ojo y así pasaron la mañana, en la cita más curiosa e inusual que Timothy jamás hubiera tenido. Al clavar sus ojos en los de su esposa lo tuvo claro: después de todo, aquella boda sí había valido la pena. Lo que sentía era amor y ya no tenía dudas.

Capítulo 16

Te amo como al oleaje que trae,
con su suave hechizo, el pasado a la vida otra vez.
Cuando la melodía y la luz de la luna se encuentran
para mezclar su tono y encanto, te amo.
Te amo como ama el pájaro la libertad de sus alas,
sobre las que se mueve alegre en el más salvaje viaje.

ELIZA ACTON

Un par de días después, Timothy se descubrió a sí mismo soñando despierto como un chiquillo. A su mente acudieron las palabras de burla que una vez le dijese a Aiden, «en menos de tres meses suspirarás por Eleanor como un colegial». Y ahora era él quien se encontraba en ese estado de dulce enamoramiento que se sucede una vez asumido lo que se siente. Que se había prendado de Halley ya no era un secreto, todos los que lo conocían podían verlo, y una sonrisa se dibujó en su rostro al imaginarlo: él, siempre tan sereno y picaresco, debía de verse ridículo... ridículamente enamorado. Nunca en toda su vida se había sentido tan feliz, tan pleno, tan complementado por otra persona. No dejaba de imaginar los lugares a los que quería llevar a su joven y contradictoria esposa: Grecia, Kenia, el lejano Canadá... ¡Había tantos lugares que deseaba descubrir a su lado!

Por el momento se conformaba con darle una sorpresa. Sabía que a Halley le fascinaba el Antiguo Egipto y, dado que ese fin de semana era el último en el que la exposición sobre la faraona Ahhotep I iba a estar abierta al público antes de que la retirasen para su investigación y estudio, decidió que ir juntos al Museo Británico era un plan perfecto. Satisfecho, acarició las entradas que llevaba en el bolsillo interior del *blazer*. Se moría por ver la sonrisa radiante de Halley al oír su propuesta, así que salió de la habitación para encaminarse al salón, donde esperaba encontrarla junto a Josephine. Estaba a medio camino del recibidor cuando sus planes se fueron al traste.

Russell estaba plantado bajo las escaleras y lo miró con una sonrisa nada halagüeña. Todo el entusiasmo de Timothy voló con el viento, agriando su expresión. Al llegar abajo, su cuñado le puso una mano sobre el hombro sin perder la sonrisa.

—Al fin te dignas a hacer acto de presencia, Richemond, empezaba a temer que mi hermanita te hubiera dejado tísico —bromeó el pelirrojo, aunque a Timothy no le hizo ninguna gracia el comentario—. ¿Tienes planes esta mañana?

—En realidad sí, pensaba ir a...

—Sea donde fuere, puede esperar —interrumpió Russell—. Me han invitado a un torneo de naipes en el club y necesito un compañero. Dado que Wadlington no está en Londres y tú eres familia, he apostado por ti.

El comentario sorprendió tanto a Timothy que elevó las cejas.

—¿Un torneo de cartas en el club de caballeros? —repitió con escepticismo—. Te equivocas, Carbury, el club de Londres no es una tasca mugrienta de Campbell Road, allí no se celebran ese tipo de torneos.

—Claro que no, sus anticuadas y *snobs* personalidades morirían sobresaltadas ante semejante posibilidad —se burló Russell—. ¡Obviamente no es oficial, Richemond! Lo ha organizado lord Owen Ewing, marqués de Winney. Seremos seis, por eso te necesito, porque sin alguien que forme pareja conmigo no podremos abrir la mesa.

«Otra vez lord Ewing», pensó Timothy irritado. Primero le robaba los bailes con Halley y ahora se dedicaba a fastidiar en el club. Tal vez debería ir y ponerlo en su sitio. Con esa idea en mente, clavó los ojos azules en los grises de Russell.

—Iré, creo que mi salida puede esperar a la tarde —declaró Timothy.

—Bien dicho, amigo, bien dicho —dijo Russell, que comenzó a andar hacia la salida—. No te apures por tu mujercita, ya le he informado de que ibas a salir conmigo.

—¿Ahora das informes de lo que hago sin mi permiso, «amigo»?

—Solo cuando la ocasión lo merece. Ahora deja de quejarte, que te voy a hacer un poco más rico.

—Ya lo veremos —contestó Timothy.

—Oh, desde luego que lo verás —zanjó Russell.

Y con aquella respuesta, ambos hombres se subieron al carruaje que el pelirrojo ya tenía fuera listo y aguardando, para dirigirse al club de caballeros de Londres.

En cuanto llegaron a las elegantes escaleras de mármol, las dudas comenzaron a asaltar a Timothy. Y no porque se estuviese arrepintiendo de jugar, sino porque se planteaba qué objetivo le irritaba más. «Podría fallar a propósito y de ese modo fastidiar a Carbury, haciendo que pierda una pequeña fortuna», pensó. «Sin embargo, de hacerlo, el dinero iría a las manos de lord Ewing, y enriquecer a ese idiota no me complace». Al final se decidió por el menor de dos males. Haría que Russell y él perdieran, pero de tal forma que pareciese culpa de Carbury. Si Owen Ewing ganaba unas miles de libras a su costa, mejor para él. Satisfecho con esa idea, le entregó el sombrero y el bastón al mayordomo y se adentró en el prestigioso club.

A esa hora, cercano el mediodía, había muchos lores tomando té y licor mientras leían el periódico, charlaban de política y comentaban sus negocios entre humo de pipa. Timothy hizo rodar los ojos y avanzó por el alfombrado salón hacia el fondo, donde se encontraba la pequeña cafetería de inspiración romántica, llena de mesitas de cristal y hierro tallado pintado de blanco. Junto a la chimenea que se abría a la galería de ventanales vio al bueno de lord Ewing junto a otros cuatro caballeros. Estaba a punto de dirigir sus pasos hacia allí cuando una conversación a un lado hizo que se detuviera y volviera la cabeza.

—Parece mentira que estemos así a estas alturas, dependiendo del dinero de chacales como ese patán de Carbury, o de Rockefeller... Dios santo, ¡don nadies convertidos en nuevos ricos que invaden nuestras calles! —dijo lord Hartfield, marqués de Meadow—. Y por si fuera poco mal, también tenemos que soportarlos en los clubes de caballeros, un refugio para los de nuestra posición social que ya ni seguro me parece...

—Estoy de acuerdo con usted, marqués, es indignante —contestó lord Edston.

Timothy se acercó sin poder evitarlo, sin hacer caso de Russell ni de la partida a la que lo había invitado. Al llegar junto a los dos caballeros, ambos cortaron la conversación y elevaron la vista para mirarlo, uno sorprendido y el otro sonrojado.

—No se detengan por mí, caballeros, me interesa mucho lo que estaban diciendo, no he podido evitar oírles —dijo Timothy, que se sentó en una silla libre—. ¿Puedo saber por qué les molesta mi cuñado, aparte de por su origen incierto?

—No es de caballeros hablar de ciertos asuntos, lord Armfield —dijo Thomas.

—Creo que ya hemos superado esa fase, señores, les ruego me complazcan.

Ambos hombres se miraron y lord Ewing se tiró del nudo del pañuelo, incómodo.

—Si tanto quiere saberlo, Timothy, debo advertirle que tenga cuidado con Russell Carbury —dijo Owen y dio un trago a su té—. Es hombre de irse de la lengua al beber.

—¿De qué está hablando? ¿En qué me afecta eso? —preguntó Timothy confuso.

—Hace unos días el señor Carbury alardeó en este mismo lugar sobre cómo había engatusado a una señorita hasta llevarla a las puertas del altar —explicó Thomas—. No dio nombres, pero para muchos resultó evidente que se trataba de su hermana por las descripciones proporcionadas por el muy infame. No hemos vuelto a sacar el asunto, pero temo que para los que estaban presentes el rumor sea ya un hecho.

En ese momento Timothy creyó que la sangre se le detenía en las venas, antes de correr veloz como un torrente. Tensó y destensó los músculos de la mandíbula mientras veía a Carbury riendo alegremente en su mesa de naipes. ¡Maldito hijo de perra! No solo le rompía el corazón a su hermana, sino que alardeaba de ello en plena borrachera. Sintió el deseo de levantarse y darle tal paliza que olvidara su nombre, que olvidara el nombre de los Richemond para el resto de su miserable vida. Y su rostro debía de ser fiel reflejo de sus pensamientos, pues lord Edston le puso una mano en el hombro.

—Timothy, no vale la pena —dijo—. Tal vez sea mejor que deje las cosas por...

Pero Timothy no le dio tiempo a terminar su oración. Se puso en pie de golpe y arrastró la silla con un ruido estruendoso. Todos los que estaban en la cafetería se volvieron a mirarlo, Russell incluido, y sabiendo que tenía la atención de los presentes, Timothy sonrió y elevó la voz para hacerse oír.

—Caballeros, de todos es bien sabido que soy padrino en este honorable club del señor Russell Carbury, cuyos orígenes como hijo ilegítimo de lord Charles Hasford todos conocemos bien. Quería que escuchen la promesa que hoy hago, con todos ustedes como testigos —declaró ganándose un puñado de miradas de sorpresa, de las que hizo caso omiso para proseguir—: Russell, eres valiente, y yo admiro a los valientes, por eso te considero como uno más de la familia. Debes saber que si alguien, quien sea, intenta hacer algo contra mi familia, se las verá conmigo. Iré de frente y sin miramientos, como siempre he hecho.

«Solo yo tendré tu destino en mis manos, malnacido hijo de perra», pensó.

Tras unos momentos de silencio un tímido aplauso hizo eco en el salón, aunque cesó rápido, y Russell se puso en pie e inclinó la cabeza. Se sentía furioso y humillado porque Timothy había hecho referencia a él como bastardo abiertamente delante de todos, pero no le quedaba más remedio que guardar las apariencias. Si montaba una escena, lo único que lograría sería perjudicar sus inversiones y su precaria posición entre los caballeros, que pendía de un hilo. Russell mostró una falsa sonrisa, sabedor de que Timothy lo había amenazado abiertamente, aunque ninguno entre esos *snobs* remilgados entendiese el juego velado que se traían. Y en ese juego él era experto. «Te crees superior, Richemond, pero conmigo has encontrado un adversario a tu altura», pensó.

—Gracias por tus palabras, querido cuñado, tu apoyo es muy apreciado, y secundo lo que has dicho: también yo prefiero dar siempre la cara —contestó Russell—. Ahora, si gustas acompañarnos, estaré encantado de retribuirte el favor que me hiciste al invitarme a este honorable lugar.

—Faltaría más —asintió Timothy.

Tras acercarse y darse un apretón de manos que todos observaron, se sentaron a la mesa y jugaron a las cartas tal y como estaba planeado. La mañana iba a ser muy larga.

❊ ❊ ❊

Cuando puso los pies de nuevo en Casterberg Hill, Timothy tenía bilis en la garganta. Sentía una mezcla de satisfacción y asco, pues, tal como había planeado, le había hecho perder a Russell una cantidad ingente de dinero disfrazándolo de mala suerte. Por otro lado, no se le iba de la cabeza la revelación de que el muy miserable había estado bromeando a costa de Clarice. Le hervía la sangre, y cuando se sentó en el sofá con los puños apretados parecía una gárgola, tal como Aiden siempre decía en broma. Así fue como Halley lo encontró, con la mirada fija en las llamas y la postura más tensa que una estatua. Sorprendida, se acercó y se sentó en su regazo, logrando que él saliera de su ensimismamamiento.

—Timothy, tienes mala cara, ¿estás bien? —se preocupó la joven.

—Sí, es solo que he tenido una mañana desagradable. Lo siento, no debería traer mi mal humor a casa y mucho menos cargarte con él —se disculpó Timothy—. ¿Cómo has estado tú? ¿Ha ido bien tu día?

—Mejor de lo que creía, Josie y yo hemos estado planeando una pequeña sorpresa —admitió Halley, que se rio entre dientes—. La verdad es que tenía planeada una salida para ultimar los detalles.

—¿Esta tarde?

—Ajá —confirmó Halley.

—¿Y no puedes posponerla? También yo tenía una sorpresa para ti —dijo Timothy.

El comentario asombró a Halley, que amplió la sonrisa.

—¿Una nueva sorpresa? —comentó alegre—. ¿Y qué es, algo bueno?

—Lo llaman sorpresa por una razón, dulzura —rio él y le besó la punta de la nariz—. Y claro que es algo bueno, estoy seguro de que será la cita que más te va a gustar.

—¿Otra cita? En tal caso no perdamos más tiempo, me muero de curiosidad.

—Me apuntaré un nuevo tanto en mi haber —bromeó Timothy.

—¡Y espero que quedes imbatido! —dijo Halley.

Al reconocer las palabras que le había dicho hacía meses, Timothy rompió a reír sin poder evitarlo. Halley le alegraba el corazón y le hacía sentir calor como en un amanecer de primavera. Atrapó su boca y la besó apasionadamente hasta que ambos se quedaron sin aliento; entonces la joven se apartó, para acariciarle la barba con el dedo índice.

—Te ha crecido bastante... —comentó en voz baja.

—¿Preferirías que me afeitara? —dijo Timothy.

—No, me gusta así. No te cambiaría en nada, lord Richemond.

Timothy puso los ojos en blanco y sonrió antes de volver a besarla. Pasaron varios minutos acaramelados sobre el sofá, hasta que el conde sintió que, de seguir así, la visita al museo quedaría relegada a un segundo plano en favor de otros menesteres. Se alejó a su pesar, para ponerse en pie y ofrecerle una mano a su esposa, que la estrechó sin perder la sonrisa mientras él la guiaba afuera. Y así, paseando por las ajetreadas calles, marido y mujer pusieron rumbo al Museo Británico.

❀❀❀

—Cierra los ojos, no dejaré que te caigas.

—Muy bien, muy bien, los cerraré —dijo Halley.

Al volver a abrirlos, se encontró sobre la escalinata principal del Museo Británico. La sorpresa fue mayúscula. Volvió la cabeza y vio a Timothy observándola expectante. El duque se mordía los labios como si no supiera qué esperar y su esposa lo miró con adoración. ¡Cómo amaba a ese hombre!

—¿El Museo Británico? ¿Aquí es donde querías que viniéramos? —dijo perpleja.

—¿Te atrae la idea? Podemos ir a otro sitio, claro, pero he pensado que te gustaría —dudó Timothy.

—¿Gustarme? ¡Tim, me encanta! Sé que este tipo de actividades te aburren mucho, que hayas elegido el museo de entre todos los lugares de Londres porque querías verlo a mi lado es la mejor cita que nunca hubiese imaginado tener... Te amo.

«Te amo», decía. Aún le sonaba raro oír esas palabras y que fuesen sinceras, y no una frase dicha por lujuria momentánea. ¡Pero qué bien se sentía al oírlas!

—Y yo a ti, Halley Richemond, y yo a ti —dijo sonriente—. En tal caso, querida, debo advertirte que estoy en tus manos. No tengo ni idea de lo que puede haber en este lugar. De hecho, será mi primera vez visitándolo.

—¿Nunca has estado? —repitió Halley.

—Así es, y creo que he elegido a la mejor guía posible: mi esposa.

—Haré que valga la pena —prometió ella comenzando a tirar de él hacia la puerta—. Vamos, hay mil cosas que quiero enseñarte, ¡tienes que ver la piedra Rosetta! Y luego...

Timothy se dejó arrastrar, satisfecho por el entusiasmo de Halley. Comenzaron en la sección helenística, donde la joven se detuvo a mostrarle algunas piezas, que acompañaba con leyendas e historias que no hacían sino alimentar las ganas de Timothy de llevarla a Grecia, tal y como debía haber hecho meses atrás. Sin embargo, guardó silencio hasta que llegaron a una pieza en particular que llamó su atención e hizo que se detuviera. Se trataba de un cilindro de piedra amarilla esculpida del tamaño de su brazo.

—¿Qué es esto? —inquirió.

—Es el Cilindro de Ciro, un escrito babilonio antiguo; lo descubrieron hace unos años y lo han traído a Londres hace poco —explicó Halley señalando los símbolos—.

¿Ves que, a diferencia de las letras griegas, los símbolos son triángulos? Está escrito en acadio. Cuenta la historia del rey Ciro, que trajo la paz a la ciudad de Babilonia.

—¿Cómo sabes tanto? Sé bien que eres una preciosa, inteligente y dulce ratoncita de biblioteca, pero no te tenía por una experta en antigüedades —se sorprendió Timothy.

—Y no lo soy, todo lo que sé hay que agradecérselo a mi madre —se rio Halley—. Dado que no me hacía caso nunca, no me quedó más remedio que leer todo lo que encontraba por Casterberg Hill. De ahí nació mi afición por los libros. En una de mis visitas a los estantes de mi padre encontré un ejemplar de *La Odisea* de Homero; la mente me explotó con tantas maravillas allí plasmadas.

—Habré de agradecérselo a *lady* Alice, sí, porque de no haber sido tan fría contigo, no serías la mujer que eres —afirmó Timothy, que comenzó a caminar hacia otra sala—. Cada cosa que sé de ti me hace reafirmarme en lo afortunado que soy. ¿Puedes creer que yo no leí un libro por propia voluntad hasta los quince años?

Halley se detuvo en seco con los ojos como platos, antes de romper a reír.

—¡Dios mío, Timothy, eres un caso! Solo falta que me digas que te pasabas el día cazando y despilfarrando... —exclamó, divertida al ver la cara de su esposo—. He dado justo en el blanco, ¿no es cierto?

—No te alejas de la verdad —confirmó él y la sostuvo por la cintura para acercarla, dejándolos a ambos en una posición que bien podría ser la de un vals.

—Tim... ¿qué haces?

—Estamos en medio de un salón, así que bailo con mi esposa —bromeó él.

Sin importarle las miradas molestas de los visitantes, Timothy comenzó a guiarla por la gran sala que era la biblioteca y, entre risas, giros y miradas cargadas de pasión, la pareja recorrió el lugar hasta dar una vuelta completa. Al llegar al otro extremo de la estancia, Timothy se detuvo sin dejar de mecerla y sopló sobre uno de los rizos que le colgaban de la cabeza para despejarle el oído. Su esposa se estremeció y se mordió los labios al sentir que el corazón se le aceleraba.

—Puede que esta sea la cita más extraña que he tenido nunca, pero no me arrepiento —declaró él.

—Yo tampoco —aseguró Halley.

—¿Aunque sea más que probable que nos expulsen por mal comportamiento?

—Podré vivir con ello.

Timothy se alejó, antes de darle un beso en el dorso de la mano.

—Seguro, pero yo no me lo perdonaría si lo hacen, así que, mi preciosa Halley, vamos a seguir una visita normal como lo haría un buen londinense. ¿Me hace usted de guía, estimada señorita Hasford?

—Con mucho gusto, caballero —asintió ella.

Entonces Halley condujo a Timothy por las diferentes salas, para mostrarle todas y cada una de las reliquias que en algún momento le habían hecho volar la imaginación. Al llegar a la sala egipcia, donde se encontraba la famosa exposición de Ahhotep I, Halley condujo a Timothy frente al sarcófago de la reina y juntos observaron la majestuosa caja mortuoria. El hombre volvió la cabeza levemente, para contemplar a la joven con la vista fija mientras sonreía sin poder evitarlo. Tenía las pestañas largas y curvadas, lo que hacía que proyectaran sombra sobre sus mejillas. Las pecas de la cara, pequeñas y desperdigadas, le conferían un aspecto adorable. ¿Era posible quedarse embobado mirando a alguien con fascinación? Cada detalle de Halley le encantaba, y la momia de una soberana antigua no podía importarle menos.

Fue la voz de su esposa la que lo hizo regresar al mundo real, aunque no se volvió a mirarlo cuando habló, pues continuó con la vista fija en el sarcófago.

—¿Sabías que Ahhotep luchó una guerra solo para defender la posición de su hijo? —susurró Halley—. Se había quedado viuda y estaba muy sola, pero nunca dejó de luchar por lo que amaba: su reino y sus hijos. ¿No te parece una mujer admirable?

—No seré yo quien diga lo contrario. Como sabes por experiencia, soy el primero en luchar por mi familia —contestó Timothy—. De todos modos, creo que hay muchas formas de valor, Halley, y que ganase la guerra no me parece lo más admirable.

—¿No te parece que expulsar a los hicsos fue una gran hazaña?

—Lo fue, pero cualquiera de sus generales pudo haber hecho eso, eran soldados, y ella, su reina. Su valor reside en que, en una sociedad como la suya y siendo mujer, lograra hacerse valer no solo ella misma, sino asentar el futuro de sus hijos —explicó él.

La joven se volvió a mirarlo, expectante. Aquel punto de vista era nuevo.

—¿De veras lo piensas? —se sorprendió.

—He conocido a muchas mujeres a lo largo de mi vida, Halley: ricas o campesinas, ingenuas o interesadas. ¿Sabes que tenían en común? —inquirió Timothy y ella negó—. Que todas valoraban algo por encima de todo, sus intereses. Nunca he conocido a otra mujer, excepto Eleanor, que pusiese la felicidad de los que ama por encima de la propia; entonces te conocí. ¡Al diablo Ahhotep, no necesito admirar a una reina teniéndote a ti!

—Basta, Timothy, estás rozando la fantasía... —se rio Halley.

—Pues bendita fantasía si en ella soy noble, rico, tu esposo y el padre de tus hijos —dijo Timothy, que le guiñó un ojo antes de comenzar a caminar hacia la puerta.

Halley se apresuró a seguirlo a paso rápido, casi corriendo, y cuando le dio alcance tenía la respiración tan agitada como el pulso. Las palabras de Timothy no dejaban lugar a duda, y no era la primera vez que insinuaba algo parecido. Tragó saliva antes de hablar.

—¿Quieres? —preguntó.

—¿El qué, ser el padre de tus hijos? —repitió él y se detuvo sobre las escaleras—. ¡Pues claro, creí que era obvio! No ansío otra cosa que llevar una vida plena a tu lado. Sin complicaciones, sin venganzas, sin traiciones... Tú, yo y lo que nos depare el mañana.

«Tú y yo y lo que nos depare el mañana», repitió ella. Y de pronto se rio.

—Habrá que ponerse manos a la obra para cumplir tus deseos, ¿eh? —bromeó.

—¿Es una proposición? —se burló él, divertido.

La joven se encogió de hombros y echó a correr escaleras abajo hacia la acera, deteniéndose en el último peldaño, para darle a entender que quería que la siguiera. Y así, el conde de Armfield se dejó llevar y pasaron la tarde juntos, en la que, tal y como Timothy había pensado hacía un rato, resultó ser la cita más inusual que jamás había vivido.

Capítulo 17

El tiempo es muy lento para los que esperan,
muy rápido para los que temen, muy largo para los
que sufren, muy corto para los que gozan;
pero para quienes aman, el tiempo es eternidad.

WILLIAM SHAKESPEARE

La mañana siguiente a la visita decidieron desayunar en el jardín trasero de Casterberg. Durante la noche habían caído los primeros copos de nieve de la temporada y una capa cubría la hierba como una alfombra blanca y mullida. A Halley le encantaba el paisaje, «limpia la tierra de los humos y ceniza de las fábricas», decía, así que a Timothy le pareció buena idea disfrutar de una bebida caliente y repostería al amparo de los árboles nevados.

Removió su café mientras leía titulares en *The Morning Star:* atraco en licorería, un hombre asaltado en su propio salón, inversiones fructíferas en las colonias... Nada nuevo bajo el sol. Tan centrado estaba en el periódico que no notó la mirada de Halley. Estaba untando un panecillo con mantequilla con la vista fija en él, y al vislumbrar la marca roja medio oculta por el pañuelo de Timothy sonrió. Sabía bien cómo se la había hecho, prueba del paso de sus labios sobre su piel la noche anterior. Saboreó el recuerdo mientras mordía el panecillo. Entonces llegó Russell. El pelirrojo caminaba con las manos en el interior del abrigo y al llegar a su altura pasó los ojos de uno a otro.

—No sabía que ahora compartías rarezas con Halley, cuñado —dijo—. ¿Por qué coméis junto a la nieve si tenemos una excelente chimenea encendida en el comedor?

—Comemos fuera porque el ambiente interior está muy cargado. Tal vez lo ignores, Russ, pero ambos preferimos la campiña a los humos de una fábrica —contestó Timothy sin rastro de acritud, aunque más hostil de lo que pretendía—. ¿Qué haces aquí?

—¡Vaya, así que eso piensas de mi empresa! Parece que nunca se conoce del todo a un hombre —exclamó sin ocultar una risa—. Bueno, eso hay que remediarlo ahora mismo, Richemond, no puedo permitir que mi cuñado fomente el atraso. Venía a invitarte al club a jugar unas partidas, pero esto lo cambia todo.

«Nunca se conoce del todo a un hombre... No tienes ni idea de lo cierto que es eso, Carbury», pensó Timothy fingiéndose sorprendido.

—¿De qué estás hablando? —inquirió.

—Hablo de que voy a llevarte a Carbury SteelCo —contestó Russell—. Hasta ahora solo has visitado las oficinas, pero nunca el interior de la fábrica. Quién sabe, quizá logres aprender lo que hacen los hombres de verdad.

—¿Y qué es lo que hacen los hombres de verdad, Russell? —intervino Halley.

—Trabajar, hermanita, trabajar en la fragua y los hornos con el sudor de su frente y la fuerza de sus brazos. Nada de ir de un lado a otro enfundado en un traje de seda para derrochar billetes como un señorito.

—Excelente resumen de mis actividades, Carbury, ya veo que estás bien informado —se burló Timothy.

Russell se encogió de hombros.

—Ya ves, Richemond, tengo mis fuentes.

—En tal caso, acepto, ¡cómo dejar pasar semejante sabiduría! —resopló Timothy.

Dicho aquello, dobló el periódico y se terminó el café de un trago. Estaba a punto de levantarse cuando Halley habló e hizo que ambos se volviesen a mirarla.

—Yo también voy —anunció.

—¿Tú, a la fábrica? —replicó Russell, perplejo—. ¿Por qué?

—Porque quiero ver cómo trabajan los hombres de verdad.

Russell lo meditó en silencio y se acarició la barba, pero Timothy clavó los ojos en los avellanados de Halley. Sabía que su respuesta no era más que una excusa, y la idea de que se metiera en líos le hizo notar un nudo en el estómago. No supo exactamente cuándo había ocurrido, pero la joven se había colado muy dentro de su alma, y los momentos que llevaban compartiendo desde su reconciliación en la fiesta le hacían darse cuenta del error que había cometido al juzgarla precipitadamente cuando se conocieron. Aiden y Byron estaban en lo cierto: se había enamorado.

No pudo seguir meditando antes de que Russell rompiera el silencio.

—Muy bien, Halley, vendrás, pero esperarás en las oficinas —sentenció—. No me arriesgaré a que distraigas a los obreros, tropieces o te caiga una chispa de acero caliente.

—¡Pero, Russ!

—Es mi última palabra, querida, ¿lo tomas o lo dejas? —dijo Russell, cortante.

—Está bien, esperaré allí —suspiró Halley.

—Sabia elección. Ahora vamos.

Los tres se pusieron en camino hacia la casa y, cuando cruzaron el recibidor para ponerse las capas, Timothy tomó a Halley de la mano e hizo que se detuviera. Después se volvió hacia el pelirrojo, que se estaba ajustando el sombrero de copa sobre los rizos cobrizos.

—Adelántate, Russell, deseo besar a mi esposa y no creo que quieras presenciarlo —dijo Timothy.

—Pediré a Matthew que saque el carruaje —contestó él poniendo los ojos en blanco.

Una vez a solas, Halley se volvió hacia Timothy, que la miraba con cara de pocos amigos. Sabía que no le iba a gustar la idea, pero sea como fuere ya estaba hecho. Al ver que no decía nada, el hombre la tomó por los hombros y la sostuvo contra la pared. El rostro de uno y de otro quedó muy cerca. Halley sentía su aliento sobre los labios y el roce de su barba en la mejilla. Su marido estaba claramente molesto.

—¿Qué demonios crees que estás haciendo, Halley? —espetó.

—Antes de que te enfades, confieso que ha sido una inspiración repentina. Piénsalo, Timothy: si entretienes a Russell en la fábrica, yo podré registrar su despacho y ver si encuentro algo de lo que Bethany mencionó sobre su pasado. Tal vez sobre esa mujer rica por la que la abandonó, o quizá sobre su madre...

—¿Crees que algo de eso me importa? —cortó él sin soltarla—. ¿Y si te atrapan? ¡Carbury no tiene escrúpulos, Halley, entiéndelo de una vez! No le importará que seas de su sangre, si descubres algo que le estorbe... No pienso permitir que te haga daño.

La declaración dejó a la joven boquiabierta, pero el calor le arreboló las mejillas y le calentó el pecho al entender lo que implicaba. Tuvo que sonreír sin poder evitarlo.

—¿Te preocupas por mí? —susurró.

—¡Claro que me preocupo por ti, maldita sea!

La sonrisa de Halley se amplió y cerró los ojos para besarlo. No le importó nada: ni los criados, ni Russell, ni el mundo. Rozó los labios de su esposo y, cuando los abrió, lo besó con más intensidad. Timothy jadeó y se dejó llevar. Sin embargo, aunque feroz, el beso fue breve. Unos instantes después, él se alejó.

—Vamos, no le hagamos esperar —declaró.

Halley asintió y salieron juntos en dirección al carruaje.

Tal como el duque de Casterberg recordaba, Carbury SteelCo era inmensa. El edificio de oficinas era colosal, frío y gris, aunque la fábrica que tenía detrás, la famosa refinería, era aún mayor. Timothy mantuvo el rostro neutral, pero Halley no pudo ocultar su expresión de disgusto, para diversión de Russell, que no apartaba la vista de su hermanastra.

—¿Qué ocurre, querida, acaso no te gusta? —inquirió con voz burlona.

—Lo siento, sí, sí, claro que me gusta. Solo me ha sorprendido que parezca tan... desolada —dijo Halley mirando en derredor—. No hay árboles, ni nada que ponga colorido sobre esta paleta de tonalidades tan gris.

Su hermanastro resopló mientras abría la puerta del carruaje para bajar de un salto. Aguardó a un lado mientras Timothy ayudaba a Halley a bajar. Russell volvió los ojos.

—¡Mujeres! Cuatro flores y un par de pájaros es todo lo que les importa en la vida —dijo—. ¿Ves, Timothy, como estoy en lo cierto? Por eso no deberían estar en sitios así. Los negocios escapan de su entendimiento tanto como los bordados del nuestro.

—Su alteza la reina Victoria discreparía contigo —señaló Timothy mientras avanzaban.

—Poco me importa lo que tenga que decir esa ramera. Podrá ser reina, pero ten por seguro que los logros que han engrandecido este país no se los debemos a ella, sino a los hombres que se han partido la espalda por Inglaterra. Llámalos exploradores, soldados, navegantes, comerciantes, emprendedores... Estás a punto de comprobarlo.

—No puedo esperar —dijo Timothy, que se volvió hacia Halley—. ¿Vienes, preciosa?

Halley sonrió, pero negó con un suave ademán.

—Russell tiene razón, será mejor que no entre a la fábrica. Esperaré en el despacho, si no te importa, puede que me ofrezcan un té con leche si estoy de suerte.

—Por supuesto, pide lo que quieras, Halley, mi lacayo te servirá —dijo Russell.

Tras la breve despedida, los hombres y la joven tomaron caminos separados, Halley hacia las oficinas de Carbury SteelCo y Timothy, con Russell hacia la fábrica. Solo cuando estuvo sola en el interior del tétrico edificio, Halley se permitió volver a respirar. El vestíbulo era amplio, un mostrador de madera se erigía frente a la puerta, y se dirigió hacia allí para pedir indicaciones. La mujer que había al otro lado levantó la vista al verla.

—¿Puedo ayudarla, señorita? —inquirió con voz amable.

—Soy *lady* Halley Richemond-Hasford, familiar del señor Carbury —se presentó ella—. He venido de visita con él, pero le está enseñando la fábrica a mi esposo, el duque de Casterberg, en este mismo momento. Me ha pedido que espere en su despacho, aunque ya ve, como es la primera vez que vengo no tengo ni idea de dónde está, ¿podría usted acompañarme?

—Por supuesto, *milady*, será un placer.

Dicho aquello, la guio hacia una escalinata de piedra que subía en caracol hacia los pisos superiores. El despacho de Russell estaba en la última planta, el cuarto piso, y allí se dirigieron. Una vez frente a la puerta de cristal y roble, la mujer introdujo la llave y abrió para dejar paso a Halley, que recorrió la habitación con la mirada. El lugar no se parecía a la imagen que tenía de Russell en absoluto. Las paredes eran de madera oscura con molduras de escayola dorada. Había una mesa de caoba, un par de sofás a un lado de la chimenea y una enorme estantería frente a un cuadro de él mismo.

Halley observó el retrato. Russell aparecía de pie frente a Hammersmith Bridge con la mirada fija en la lejanía y expresión determinada. Vestía un traje elegante, parecía un verdadero lord. La joven sintió que el corazón le daba un vuelco, ese retrato tan narcisista demostraba que Timothy estaba en lo cierto sobre Russell. Su discurso de desprecio a los nobles no era más que una farsa, se veía a sí mismo como uno de ellos. Fue la voz de la secretaria la que la sacó del análisis y la hizo regresar a la realidad.

—¿Necesita algo más, *lady* Richemond? —inquirió.

—No, muchas gracias, esperaré aquí a que vuelvan —contestó Halley.

La mujer se dio la vuelta y, una vez la puerta se cerró tras ella, Halley se puso manos a la obra. Tenía que encontrar algo que los guiase a Timothy y a ella hacia el pasado de Russell y ese lugar era el mejor para empezar, puesto que allí nadie de Casterberg Hill lo molestaría. Carbury Steel-Co era su guarida, su rincón privado, así que se acercó a la mesa para comenzar a registrar los cajones.

Abrió el primero y no encontró nada útil: un par de fajos de billetes, un cuaderno, recambios para el tintero... En el segundo el panorama era similar: documentos de la refinería y una agenda. En el tercer cajón la cosa cambió. Dentro había un Colt 1865 c36 y una caja de munición llena.

Halley tragó saliva, por las manchas del cañón parecía haber sido usado hacía no mucho, no era mera decoración. Cerró los cajones con una oleada de disgusto y se dirigió a la estantería que había frente a la chimenea.

Las baldas superiores estaban llenas de libros de contabilidad, pero en las de abajo, unas cajas de madera suscitaron su curiosidad. Halley tomó la primera y encontró un montón de carpetas llenas de documentos. Tenía que darse prisa o la atraparían con las manos en la masa. Dedicó a revisarlas la siguiente media hora, y estaba por darse por vencida cuando un pequeño papel amarillento en el fondo de la cuarta caja llamó su atención. Estaba doblado en una esquina, parecía papel barato. Olía a moho y la tinta se había desgastado; sin embargo, se veía perfectamente el mensaje.

Londres, 14 de noviembre de 1850

Al señor Russell Carbury:

Le rogamos que abone la cantidad de 50 libras para la manutención de la señora Meredith Carbury. Como sabe, somos una organización humilde, contamos con más de cuarenta inquilinos en este momento, a los que proporcionamos comida y alojamiento. De no abonar la cantidad, su señora madre se verá afectada por la falta de recursos. Apelo a su sentido del honor, recordándole su manifiesto desinterés.

Atentamente:
Alfred Black, administrador de St. Francis Haven

Halley releyó la carta varias veces, perpleja. Así que lo que decía Bethany era cierto, después de todo. La madre de Russell estaba viva, abandonada por su hijo dieciséis años antes en un refugio para indigentes. ¡Despreciable! Más aún si tenía en cuenta la fecha de la carta, 1850. Ya a sus diecinueve años Russell mostraba frialdad, según el remitente.

Sin embargo, aunque horribles, eran buenas noticias para Timothy y para ella, pues les daba un rastro que seguir. Satisfecha, se guardó la nota en el escote y volvió a colocar las cajas en su sitio. En cuanto saliesen de allí le daría las noticias a su esposo.

***

Tal y como Halley había supuesto, a Timothy le alegraron mucho las novedades. Nada más regresar de la fábrica la miró en busca de alguna señal, y ella asintió con una disimulada sonrisa que él captó en el acto. Conocía demasiado bien los gestos de Halley como para no saber que estaba satisfecha y ansiosa, y por eso inventó una excusa para que la joven y él pudiesen irse sin levantar las sospechas de Russell, que este aceptó de buena gana. Y ahora, Halley y él se encaminaban hacia St. Francis Haven en el carruaje.

A Timothy le hubiese gustado tener a Wade con ellos. Iban a adentrarse en un barrio difícil y no llevaba encima ni su espada ni su revólver. Sabía que sus ropas no se iban a camuflar entre la multitud. Sin embargo, le quedaba el consuelo de saber que estaba presente para proteger a Halley. Si algún ladrón, vagabundo o borracho intentaba algo, le daría lo suyo con sus propias manos. Eso pensaba cuando Matthew detuvo el carruaje.

—Ya hemos llegado, lord Richemond —anunció.

—Gracias, Matt.

Dicho aquello, Timothy saltó y tomó a Halley por los brazos para ayudarla a bajar. La joven sonrió ante el gesto de cariño, pero no dijo nada antes de volver la cabeza hacia el edificio frente al cual se habían parado. El refugio estaba situado en el centro de Bethnal Green, el barrio más pobre de Londres. Sin embargo, el hecho no molestó a Halley, que se alejó de Timothy y comenzó a caminar hacia el refugio. El edificio de ladrillo rojo estaba en muy mal estado, el cartel de la entrada estaba torcido y las letras desgastadas. Aun así, se podía leer en letra florida: Saint Francis Haven.

Sin pensarlo más, la joven subió las escaleras y llamó a la puerta, que se abrió para revelar a una mujer madura con la piel rojiza y el cabello ralo recogido en un moño alto. Vestía una blusa gastada y una falda de lana remendada. A juzgar por las marcas de viruela en su piel, llevaba una vida muy dura, y al ver a dos ricachones en su puerta su expresión se endureció.

—¿Qué quieren? —gruñó.

—Buenos días, venimos a ver a una huésped que se aloja en sus instalaciones, la señora Meredith Carbury —explicó Halley.

Al oír su voz suave y educada, la mujer bajó la mirada hacia Halley y pareció reparar en su aspecto por primera vez. Se miraron, y Timothy se apresuró a acercarse a su esposa para dejar claro que no estaba desprotegida. La encargada del refugio sonrió con sorna.

—Creo que se han confundido, excelencias, este lugar no es para ustedes —dijo y se dispuso a cerrar la puerta. Sin embargo, Timothy metió el pie en el hueco y lo impidió.

—Usted es la que se equivoca, señora, sabemos dónde estamos —contradijo, mostrándole la carta arrugada—. Como ha dicho mi esposa, venimos a ver a Meredith Carbury, haga el favor de dejarnos pasar.

—¿Quiénes dicen que son?

Halley pensó en inventar una excusa, pero Timothy se adelantó.

—Soy lord Timothy Richemond, duque de Casterberg y conde de Armfield, y el hijo de la señora Meredith es mi pariente —contestó—. No irá a negarme una visita, ¿verdad? Sobre todo teniendo en cuenta que puedo pagar una generosa suma a este asilo.

—No me atrevería, «su excelencia», pasen —resopló la mujer abriendo la mano.

Timothy le dio cien libras, solo entonces esta se hizo a un lado para dejarles entrar. Tal y como él había predicho, el lugar estaba en un estado desastroso. El olor a humedad era intenso y la dejadez imperaba por doquier. El pasillo estaba cubierto por un papel pintado de flores que había visto tiempos mejores y la alfombra tenía manchas cuyo origen prefería no conocer. Podían oírse gritos y quejidos que surgían desde cualquier rincón, y un aire de abandono y tristeza impregnaba la atmósfera de aquel lugar olvidado por todos, donde los parias quedaban a merced de una caridad mal entendida. A Halley se le encogió el corazón.

—Dios mío, Timothy, ¿cómo es posible que haya seres humanos en estas condiciones? Es terrible, debería poder hacerse algo por ellos...

—Preciosa, te entiendo perfectamente, pero ahora hagamos lo que hemos venido a hacer y marchémonos de aquí —contestó él.

La mujer a la que buscaban, que aún no se había dignado a presentarse, los condujo hacia una habitación sin detenerse en el salón, el patio o el comedor. El dormitorio en cuestión tenía ocho camas estrechas, pero en ese momento solo había dentro una persona con la vista perdida en el paisaje tras el cristal. Su anfitriona dio un par de bruscos toques sobre la puerta.

—¡Meredith, tienes visita! ¡Estos señores conocen a tu hijo, mueve el trasero y habla con ellos! —exclamó antes de darse la vuelta e irse.

La mención de su hijo logró que Meredith centrase su atención en Halley y Timothy. La mujer se parecía mucho a Russell, a pesar de su deplorable estado. Delgada y arrugada como una pasa, llevaba el cabello cobrizo surcado de canas recogido en una trenza. Tenía los ojos grises y una expresión de cierto orgullo. Halley se acercó y rompió el silencio.

—Señora Carbury, permita que me presente. Me llamo Halley Hasford y...

—¿Hasford? —repitió la mujer, con la voz ronca por el desuso—. ¿Hija de Charles?

—Sí, lord Charles Hasford era mi padre —dijo Halley.

El comentario pareció afectar a Meredith, que bajó la mirada. Halley se acercó para arrodillarse frente a ella y le sostuvo las manos.

—¿Se encuentra bien, señora, quiere que llame a alguien? —dudó.

—Deduzco por sus palabras que lord Charles ha muerto —dijo Meredith, y un deje de tristeza brilló en sus ojos—. ¿Por qué están aquí, qué quieren de Russell?

—No tema por su hijo, es dueño de una empresa millonaria y vive con los Hasford —intervino Timothy—. Venimos por él, en realidad.

—¿Qué Russell vive con los Hasford? ¿Cómo es eso posible, está bien?

—Por desgracia..., aunque pronto no lo va a estar —no pudo evitar murmurar Timothy.

Meredith le clavó la mirada y Halley intervino para corregir el error de su marido. El odio cegaba a Timothy al hablar de Russell, si no jugaban bien sus cartas perderían la información que tanto les había costado obtener.

—Verá, señora Carbury, lo que mi esposo quiere decir es que, si no hacemos nada por remediarlo, habrá más mujeres que sufran su mismo destino. Russell ha tomado una senda cruel en la vida, utiliza los sentimientos de las mujeres para su propio beneficio sin importar los corazones que rompa por el camino —explicó Halley—. Bethany Browden, a la que usted sin duda ya conoce, no es la única mujer a la que ha abandonado.

—¿De qué está hablando? —dudó Meredith—. ¿Qué es lo que ha hecho mi hijo?

—Le destrozó el corazón a una cría de dieciocho años con toda la vida por delante, mi hermana —contestó Timothy—. Juró amarla, le prometió bajar el cielo con sus manos, le propuso matrimonio y la dejó plantada ante el altar para dedicarse ese mismo día a burlarse de ella. Ninguna mujer debería soportar una humillación y un dolor semejantes.

Meredith sintió que sus ojos se llenaban de lágrimas.

—Oh, Russ, ¿en qué te has convertido? No puedo creer que haya vuelto a suceder.

—¿Qué dice, esto había ocurrido antes? —dudó Halley—. ¿Antes de Bethany?

—Se lo contaré, pues en cierto sentido soy responsable. Si mi hijo nunca hubiese sabido quién era su padre no se habría endurecido, no habría desarrollado ese odio hacia los de su clase, ese sentimiento de injusticia... Nunca debí hablarle de lord Charles —dijo Meredith limpiándose las mejillas—. ¿Dicen que Russell es rico? Bueno, no me sorprende que lo sea, debió de obtener su riqueza de *lady* Edith Cottigam.

Timothy y Halley cruzaron una mirada y el duque frunció el ceño.

—Recuerdo haber leído la noticia —dijo este—. ¿Qué tiene que ver Russell con eso?

—Él fue el responsable —contestó Meredith.

—¿De qué estáis hablando? ¿Quién es *lady* Edith Cottigam? —preguntó Halley.

—Hace quince años hubo un crimen muy sonado en Londres, una mujer, *lady* Edith Cottigam, fue asesinada —explicó Timothy—. En un principio Scottland Yard pensó en un infarto, pues *lady* Edith estaba entrada en años y era viuda, pero luego se descubrió que le había dejado su fortuna a un desconocido.

—¿Y esa persona era Russell?

—Mi hijo era su amante —explicó Meredith—. Después de romper el compromiso con Bethany, conoció a esa anciana y la sedujo. Yo no estaba de acuerdo en que un muchacho de veinte años se relacionara con una mujer de sesenta, y fue entonces cuando Russ me trajo aquí. Es obvio que quería deshacerse de mí para acabar el trabajo. Eso es lo que yo creo, y que Dios me perdone, porque estamos hablando de mi propio hijo. Pero lo he visto siempre tan capaz de todo...

Cuando Meredith terminó, Timothy se llevó las manos a la cara y rompió a reír, a diferencia de Halley, que sentía el estómago revuelto. La joven no podía creer que su hermanastro pudiera ser un asesino, y que Timothy lo encontrase divertido era terrible. Sin embargo, había urgencia en su tono cuando dejó de reír y rompió el silencio.

—Ah, señora mía, ¡si logramos probar que Russell tenía relación con *lady* Cottigam, se podrá hacer justicia! ¡Si se demuestra que Carbury acabó con la vida de la anciana, irá a la cárcel y el honor de Clarice y los Richemond quedará vengado!

—Deseo que haya justicia..., pero como madre le pediré algo, milord. Si llega el momento en que deba encarar a mi hijo, permita que viva, no le mate. Aunque se haya portado mal conmigo, aunque quizá haya acabado con la vida de otro ser humano... sigue siendo mi hijo.

—Mientras no amenace a aquellos a los que amo, así será —prometió Timothy.

Dicho eso y tras una breve despedida, tomó la mano de Halley y salieron del lugar.

Capítulo 18

El amor, cuando se revela, no se sabe revelar.
Sabe bien mirarla a ella, pero no le sabe hablar.
Quien quiere decir lo que siente, no sabe qué va a declarar.
¡Ah, mas si ella adivinase, si pudiese oír o mirar,
y si un mirar le bastase para saber que amándola están!

FERNANDO PESSOA

Diciembre llegó a su punto álgido, y a unos días de la Nochebuena, Clarice y su madre se presentaron en Casterberg Hill para pasar las navidades en familia. Para Halley resultó una doble sorpresa, primero porque no conocía a la viuda Richemond, que, debido a su viaje al norte, no había podido acudir a su boda. Y, segundo, porque la presencia de Clarice en la misma casa que Russell era una bomba de relojería. Después del descubrimiento que habían hecho Timothy y ella, Halley evitaba a su hermanastro como a la peste, incapaz de soportar su presencia más de unos instantes.

Si Russell lo notó no dijo nada, y así se sucedieron los días. Halley ya no dudaba de haber dado los pasos en la dirección adecuada en su relación con Timothy, habían cruzado la distancia que los separaba y él se había mantenido fiel a su promesa. Cada día amanecían enredados entre las sábanas hasta la hora del desayuno, que compartían con la familia. Luego Timothy salía a atender sus negocios, solo o con Wade, y Halley aprovechaba para sumergirse en las páginas de un libro o dar un paseo por el Museo Británico. Más tarde jugaba con Edwin hasta el atardecer, y al caer la noche cenaba con Timothy y compartían sus vivencias del día el uno con el otro.

Nunca se había sentido tan feliz, debía reconocer que Maggie tenía razón al intentar emparejarla. No entendió lo que se había perdido hasta que conoció a Timothy. Amaba a ese hombre con locura: cada sonrisa, cada gesto, cada fibra de su ser. Lo mejor de todo era sentir que él se había entregado a ella, y una vez cruzada esa puerta, Halley no pensaba volver atrás. Lucharía por Timothy contra quien fuera, así tuviera que hundir a Russell con sus propias manos. Esos eran sus pensamientos cuando la puerta se abrió para dar paso a Josephine. La mujer entró, risueña, y cerró la puerta con cuidado.

—Buenos días, Josie, pareces contenta. ¿Ocurre algo? —saludó Halley.

—¿Y por qué no iba a estarlo? Mañana es Nochebuena y la familia está reunida en Casterberg Hill. Si su padre estuviese aún con nosotros, todo sería perfecto —comentó la institutriz mientras tomaba un cepillo para peinar a Halley—. Déjeme, yo terminaré más rápido; además, *lady* Mary desea hablar con usted.

El comentario sorprendió a Halley, que no esperaba ver esa mañana a su suegra.

—¿Y no te ha dicho qué quiere?

—Dar un paseo, creo, así que será mejor que se abrigue —contestó Josephine.

—Está bien, lo haré —asintió Halley.

Cuando el recogido estuvo terminado y las horquillas de perlas fijas en su cabello, la institutriz se alejó para sacar una capa del vestidor. Solo cuando se hubo asegurado de que estaba bien abrigada con guantes, capa y sombrero, Josephine dejó marchar a Halley. Tal como había dicho, la madre de Timothy estaba aguardando en el sofá del recibidor con un libro en las manos, *El retrato de Dorian Gray*, que Halley ya había leído y disfrutado. *Lady* Mary parecía entretenida, pero al ver a su nuera lo cerró y se levantó con una sonrisa. La joven le devolvió el gesto mientras se acercaba.

—Buenos días, Mary, Josephine me ha dicho que me estaba buscando —saludó.

—Buenos días a ti también, cielo, y sí, quería hablar contigo —asintió la mujer—. ¿Te parece si damos un paseo? Ahora que todos están ocupados, estaremos tranquilas.

—Me parece un plan excelente —contestó Halley.

Cuando su suegra le ofreció el brazo, Halley lo tomó para salir afuera. Nada más pisar el patio, el aire helado las golpeó en el rostro. A Halley le encantaba el invierno y aún más la nieve, pero el temblor que notó a su lado le indicó que su suegra no pensaba lo mismo. La joven se permitió una mirada de soslayo a la condesa viuda de Richemond. *Lady* Mary era maravillosa, todo lo que Halley siempre había pensado que debía ser una madre, lo que Alice jamás había sido. A sus cincuenta y tantos años estaba muy bien conservada: cabello rubio oscuro, cejas finas, mandíbula pequeña y labios redondeados. Sus ojos mostraban el mismo orgullo que los de su hijo.

Sin embargo, su belleza era lo de menos, lo que más le gustaba a Halley era su carácter. Era gentil, amable y comprensiva. Era sincera y dulce como un trozo de pan con mantequilla. Tan sumida en sus pensamientos estaba que cuando la voz sonó casi dio un brinco y, al notarlo, Mary se rio con suavidad.

—Mi querida Halley, eres tan despistada que no me sorprende que mi hijo te haya tenido que sacar de un aprieto en más de una ocasión —comentó.

—¿Acaso sabe lo de la calle Gardner? —se sorprendió la joven.

—¡Pues claro que lo sé! Mi hijo me lo contó todo antes de la boda y, en realidad, de eso quería hablarte —dijo *lady* Mary, que siguió al ver que Halley iba a interrumpirla—. No te lo había dicho hasta ahora, pero en estos días conviviendo he llegado a apreciarte... Y mereces la verdad. Timothy nos contó sus intenciones nada más conocerte.

El comentario sorprendió a Halley de nuevo.

—¿Se refiere a lo de Russell? —dudó.

—Sí, y quiero que sepas que no te culpo de ninguno de sus actos —dijo Mary—. Sé que mi hijo ha sido desconsiderado por haberte utilizado de esa manera, pero al veros juntos puedo afirmar cuánto lo amas y que él está enamorado de ti. No sé si te ha dicho o no que te ama, pero puedo decírtelo yo, Halley: te quiere.

—Eso creo, aunque nunca me lo ha confesado abiertamente —admitió Halley.

—Dale tiempo, los hombres son criaturas arrogantes, pastelito —sonrió *lady* Mary, que se detuvo de pronto—. De todas formas, si no da el brazo a torcer, le daremos un pequeño empujón, ¿eh? ¡Para qué estamos las mujeres sino para tentarlos!

—¿De qué está hablando?

La duda en el rostro de Halley hizo reír a la condesa viuda. Con razón Timothy se había decantado por esa muchacha, y no podía estar más contenta con su nuera. Por eso estaba a punto de otorgarle uno de los mayores honores que podía como madre.

—Halley, eres la esposa de mi hijo, quien algún día habrá de llevar las riendas de Richemond Manor y el condado de Armfield en York. Muy pronto le darás hijos y continuaréis al linaje —comenzó—. Creo que eres la adecuada para portar esto.

Apenas hubo terminado de decirlo, sacó una cajita del bolsillo de su falda y Halley la sostuvo con expectación. No tenía ni idea de qué podía ser, pero al abrir la tapa y observar lo que contenía, abrió los ojos y los clavó en los de su suegra.

—*Lady* Mary, no puedo aceptarlo... —murmuró.

—¡Hazlo, Halley, debes tenerlo tú! —insistió *lady* Mary—. La primera en lucirlo fue *lady* Christine Richemond-Hannover, prima del rey y primera condesa de Armfield. Fue un

regalo del tatarabuelo de mi esposo, lord Alfred Richemond. Es tradición que lo lleve la condesa, y ahora tú os-
tentas el título. Vamos, úsalo esta noche, mi hijo se quedará con la boca abierta al vértelo puesto. Después no podrá
resistirse y confesará.

Halley volvió a bajar la vista a la caja, donde descansaba
el broche de diamantes más exquisito que jamás hubiera
visto sobre un lecho de terciopelo negro. La joya parecía
un escudo, pero estaba formada por una cenefa de flores
cuyas hojas eran diamantes. Entre estos se engarzaban pequeñas perlas y, en el centro, una esmeralda tallada desta-
caba la pieza. Era exquisito, de un valor incalculable, y Halley sintió que se le llenaban los ojos de lágrimas.

—Gracias por la confianza que ha depositado en mí,
lady Mary —murmuró.

—No hay por qué darlas, querida, tú solo haz feliz a mi
hijo —contestó esta, limpiando la lágrima que había resba-
lado por la mejilla de su nuera—. ¿Entramos? Estoy empezando a congelarme como una de esas ranas ocultas bajo
las piedras del Támesis.

Halley se limitó a asentir, aún demasiado emocionada
como para hablar, y sin decir palabra cruzaron las puertas
de Casterberg Hill.

Después la tarde pareció volar. Era Nochebuena y la mansión bullía de actividad con los preparativos. Halley no había podido estarse quieta ni un minuto. Tras guardar el

broche en su joyero para ponérselo en la cena, bajó a las cocinas para ayudar con el menú. Al haber tantos invitados se habían decantado por dar una cena tan fastuosa como su banquete de bodas: serían servidos al menos seis platos principales sin contar los postres, los entrantes y los dulces navideños. Además, Halley quería preparar algo especial para su prima, pues tras la mañana de Navidad, John, Margaret y Gabriel partirían a Rhottergram Hall para pasar el resto del invierno con la familia de él.

A Halley se le hacía difícil ver partir a su prima, por eso se había pasado la tarde horneando galletas de mantequilla con forma de arbolito navideño especialmente para ella. Una sonrisa se instaló en sus labios cuando las sacó del horno y se guardó algunas en el delantal. Sabía de otro al que podría ofrecerle las galletas, y probar el sabor dulce de sus labios sería aún mejor. Cuando las campanadas tocaron las cinco en punto, Halley se dio cuenta de lo retrasada que estaba y se apresuró a limpiarse el azúcar de las manos.

—Ay, Dios, Josephine, ¡ayúdame a quitarme el delantal! —exclamó mientras se secaba los dedos con un paño.

—No se apure, todavía tiene tiempo de asearse antes de la cena —aseguró Josephine—. No la serviremos hasta las siete. Quédese tranquila, todo irá bien.

—¡Gracias, Josie, no sé qué haría sin ti! —sonrió Halley

Tras decir aquello, salió corriendo en dirección a las escaleras. Cruzó el recibidor a toda velocidad y esquivó a varios criados que pasaban cargados con bandejas de servilletas y copas de cristal, y una vez a salvo en su habitación se permitió un suspiro. Tal como había sugerido Josephine, se desnudó y se metió directamente en la bañera. El agua estaba fría, pero no le importó; tenía harina bajo las uñas y en el pelo, y necesitaba sentirse limpia, soportaría un poco de agua helada. Diez minutos después salió y se envolvió en una toalla para vestirse.

Para esa noche de fiesta eligió uno de los vestidos que Timothy le había regalado. Él no sabía que había ido a la mansión Richemond para llenar un baúl con algunos de los que guardaba allí, pensaba darle una sorpresa. El vestido elegido era de terciopelo negro sembrado de pedrería, hombros forrados en pelo de zorro y escote en pico. Nunca se había puesto nada tan atrevido y quería impresionarlos, aunque fuera por una vez.

Cuando estuvo lista, se enfundó el vestido para mirarse en el espejo. Halley siempre se había considerado una muchacha sin gracia: cuerpo menudo, cabello castaño sin un reflejo definido... Pero al ver la imagen reflejada, sus mejillas se arrebolaron. No vio a la joven intelectual que era, sino a la duquesa de Casterberg. Una sonrisa iluminó su rostro al verse y, satisfecha, se acercó al tocador para ponerse las joyas. Eligió un collar de perlas y unos pendientes a juego, pues sabía que la puntilla sería el broche de los Richemond, que se colocó en el centro del escote. Solo entonces llamó a Molly para que la ayudara a peinarse, y una hora más tarde estaba a punto. Eran las siete menos veinte cuando salió.

Abajo el ambiente se había calmado: la mesa estaba puesta, las chimeneas llevaban todo el día encendidas y daban calor a cada rincón de la casa, las velas del árbol brillaban y los regalos habían sido colocados. Todos aguardaban en el salón a que se sirviese la cena, excepto los hombres, que habían salido al recibidor a fumar para no importunar al bebé. Entonces repararon en ella. Halley comenzó a bajar las escaleras y, al verla, a Timothy se le atascó el humo en la garganta: estaba radiante como una estrella. Entonces vió el antiguo broche de la condesa de Armfield y abrió los ojos de asombro al ver la reliquia de su casa en el pecho de su esposa. Cuando Halley llegó a su lado, Timothy le tomó la mano y le besó los nudillos sin apartar los ojos de ella.

—¡Halley, estás preciosa! —exclamó John.

—Gracias, John, esta noche quería sorprenderos —dijo Halley.

—Pues lo has hecho, desde luego, estás muy distinta —comentó Russell apagando su cigarro—. Tal vez sea mejor que entremos en el comedor, hay que compartir paz y amor y todo eso... Además, tengo hambre.

John asintió, pero Timothy y Halley habían dejado de escuchar, perdidos el uno en los ojos del otro. Él aún tenía la mano de su esposa entre las suyas, y cuando los demás se alejaron hacia el salón, tiró de ella para acercarla y rodearla con los brazos. Halley creyó que iba a besarla, pero en vez de hacerlo le rozó la nariz con los labios.

—No te haces idea de lo feliz y orgulloso que me hace ver esa joya de mi casa sobre tu corazón —admitió en un susurro.

—Tu madre me la ha dado esta mañana, no sabía si te gustaría —dijo Halley.

—Ha hecho bien, te queda sencillamente perfecta, preciosa. ¿Gustarme? ¡Me encanta!

Halley rio al oír el cariñoso apodo y rozó sus labios. Fue un beso breve, casi fugaz. De pronto, la voz de Alice, que les llegó desde el interior del salón, logró que se separaran.

—Más tarde... —prometió él con un guiño.

La promesa de una noche de amor le arreboló las mejillas. Entraron en el salón para tomar la más deliciosa de las cenas, la primera de las muchas nochebuenas que esperaba pasarían juntos.

La música de piano y campanillas la despertó. La letra de *Ding Dong! Merrily on High* se escuchaba claramente, su familia quería recibir la mañana de Navidad con villancicos. Halley se sentía cómoda, y supo sin necesidad de abrir los ojos dónde estaba. Notaba el cuerpo de Timothy subir y bajar al ritmo de su respiración, y el pelo suave que recorría su pecho le hacía cosquillas en la mejilla. No pudo evitar que una sonrisa tirara de sus labios hacia arriba. Al notarlo, Timothy le acarició la espalda.

—Buenos días, preciosa, feliz Navidad —la saludó.

—Buenos días a ti también, mi amor, feliz Navidad —contestó Halley, que se acomodó bajo las mantas para sentir el calor de Timothy más cerca—. ¿Tenemos que bajar? Se está tan bien aquí, tan calentita entre tus brazos... ¿Por qué no nos quedamos?

El musical sonido de la risa de su esposa le caldeó el corazón.

—Por mucho que me gustaría pasar contigo todo el día, y créeme, no hay nada que desee más, tenemos que bajar a despedir a tu prima. Además, hoy es Navidad, supongo que querrás que te dé mi regalo, ¿no es cierto?

—¿Me has comprado algo? —se sorprendió Halley.

—¿Acaso esperabas otra cosa? —resopló Timothy con una sonrisa.

—En tal caso te daré ya el mío. No sé si te gustará, pero me hizo pensar en ti.

Timothy se movió para quedar sentado contra el cabecero de la cama y la joven se envolvió en la sábana, para alejarse hacia el interior del vestidor. Salió un instante después con una cajita envuelta en seda, y cuando se sentó sobre el colchón y le tendió el regalo, Timothy lo tomó. La caja era de madera fina, y en su interior encontró un libro con tapas de cuero teñido de azul y un tintero. Sorprendido, dejó el paquete sobre la cama para abrir el libro. Estaba en blanco, y al pasar las páginas y notar que todas eran iguales supo lo que era. Hacía pareja con lo que le había regalado en su cumpleaños, una pluma.

—Un diario, ¿eh? —aventuró.

—Así es, creí que querrías llenar sus páginas con tus descubrimientos —explicó Halley y de pronto se ruborizó—. Tal vez lo encuentres tonto, pero pienso que te pareces mucho a mí. No estás hecho para llevar la vida de un caballero, te aburrirías enseguida, por eso prefieres Cloverfield o York a la rutina de Londres.

Timothy la miró y un ligero rubor le coloreó las mejillas, se sintió vulnerable. No tenía ni idea de que Halley había llegado a entender esa parte de su corazón. Había sido sincero con ella desde esa primera mañana de casados, pero al parecer era más intuitiva de lo que nadie le reconocía. Se había colado en su mente y había dado justo en el clavo. Al ver que no decía nada, Halley se mordió los labios.

—¿N-no te gusta? ¿He sido demasiado presuntuosa? —dudó.

Timothy no la dejó terminar y la besó.

—Halley, no sé qué he hecho para merecer tu amor, pero doy gracias al destino por haberte puesto en mi camino —dijo—. ¿Que si me gusta? No me gusta, me encanta, es lo mejor que podrías haberme regalado.

—¿De verdad?

—Sí, y tienes razón, ¿sabes? —continuó Timothy—. Podrías haberme regalado algo que cualquier caballero apreciaría y me compras un simple cuaderno en blanco. Has llegado a conocerme, me has ganado poco a poco... Y no me avergüenza decírtelo: te amo.

Halley lo observó y su corazón rompió a latir desaforado. Lo que llevaba soñando desde hacía meses al fin había ocurrido: había ganado su corazón.

—¡Yo también, Timothy, solo Dios sabe cuánto! —exclamó lanzándose a sus brazos.

Se besaron y la comida navideña y el regalo que él le había comprado, un libro de Charles Dickens que guardaba envuelto bajo la cama, quedaron olvidados. Se entregaron el uno al otro a la luz de la chimenea. Ahora solo importaban ellos dos.

Capítulo 19

Llevo tu corazón conmigo
(lo llevo en mi corazón), nunca estoy sin él.
No le temo al destino
(ya que tú eres mi destino, cariño).

E.E. CUMMINGS

Un par de días más tarde, con Margaret, John, Gabriel y la familia de Timothy de vuelta en sus hogares, la tranquilidad regresó a Casterberg Hill. Era víspera de Nochevieja y, aunque relajado, el ambiente navideño continuaba presente por todas partes. Halley no cabía en sí de felicidad. Ahora que Timothy le había declarado su amor se sentía flotar en una nube. La promesa de una vida feliz junto a él era muy real. Solo debían zanjar el asunto de Russell para que las aguas volviesen a su cauce y poder cerrar aquel capítulo para siempre. Halley sabía que Timothy no descansaría hasta lograrlo, así que decidió que era ahora de acelerar un poco las cosas.

La última noticia que habían obtenido gracias a Meredith Carbury era que Russell era amante de una mujer rica que posteriormente fue asesinada, *lady* Edith Cottigam. Halley sabía que la única forma de llegar al fondo del asunto era hablando con la gente que la había conocido, y por eso se propuso ir a casa de la difunta para hablar con sus criados. Ellos le darían su testimonio de lo ocurrido y si Russell estuvo o no involucrado en su muerte. Lo cierto era que cada detalle que descubría de él le parecía más siniestro. No solo era el aprovecharse de mujeres inocentes, sino abandonar a su propia madre o ser sospechoso de un asesinato. ¿Qué clase de hombre era aquel con el que había estado conviviendo?

Tan centrada en esa idea estaba que, cuando la puerta se abrió, soltó la taza de café con leche que estaba tomando, que impactó contra el suelo y se hizo pedazos. Timothy se sorprendió por su reacción. Cuando Halley se agachó a recoger los trozos de porcelana se adelantó para impedírselo.

—No los toques, puedes cortarte. Molly lo limpiará más tarde —dijo y sostuvo sus manos—. ¿Qué te ha asustado tanto como para reaccionar así? ¿Yo?

—¡Claro que no! Tú nunca me asustarías —dijo ella—. Estaba pensando en Russell, eso es todo.

—¿Y qué pensabas?

—Pensaba... pensaba en terminar con esto de una vez —confesó Halley, que se irguió arrastrando a Timothy con ella—. Si investigamos a *lady* Cottigam, tal vez sus criados nos digan qué le ocurrió. Tal vez recuerden a Russell a pesar haber pasado tantos años.

Timothy entendió lo que pretendía y los músculos de la mandíbula se le tensaron. Miró a Halley y le sostuvo el mentón para que lo mirase a los ojos. No iba a permitir que lo de Whitechapel se volviese a repetir si podía evitarlo.

—Escúchame atentamente, Halley, la respuesta es no —enfatizó.

—¡Pero si todavía no sabes lo que voy a proponerte! —protestó ella.

—Es obvio que pretendes ir a preguntar a la casa de esa mujer, y no pienso permitirlo. ¿Es que no escuchabas cuando te advertí sobre tu hermanastro? Ese hombre esconde muchas cosas turbias, estoy más que convencido de ello. Y entiéndelo de una santa vez, Halley: Russell Carbury no dudará en matarte si te interpones, le dará igual que seas su medio hermana. Puede que ni siquiera piense en ti como tal, quizá solo eres para él la usurpadora que le roba el título de duque de Casterberg.

—Russell no me...

—¡Lo haría, maldita sea, lo haría! —exclamó Timothy—. ¡Por Dios, tengo el pálpito de que se deshizo de esa anciana para quedarse con su herencia! ¡Por favor, Halley, no debes meterte en su camino!

El comentario molestó a Halley, que se zafó de su esposo y se alejó hacia la ventana, donde apoyó las manos para mirar al exterior. La mañana estaba radiante, soleada y nevada como una postal de Navidad. No se giró al hablar, sino que lo miró a través del reflejo del cristal.

—Bueno, pues no me importa. Quiero hacer lo correcto, y eso implica ir allí —zanjó.

—No —insistió Timothy—. ¿Acaso no has pensado que puede tener a alguno o a varios de los criados a sueldo para que nadie lo delate?

—¿Entonces qué más dará que vaya yo o que lo hagas tú? Si es cierto lo que dices se enterará de todas formas —contradijo Halley.

Timothy hizo rodar los ojos y se cruzó de brazos.

—Soy capaz de defenderme solo de ese malnacido. Tú no tienes ni idea de cómo evitar sus artimañas. ¿Podemos dejar ya el tema, por favor?

—Está bien, Tim, perdóname —suspiró Halley, que se volvió para abrazarlo.

—Te amo, Halley.

Dicho esto, se acurrucaron uno en brazos del otro sin que importara nada más.

❀❀❀

Por supuesto, Halley no estaba dispuesta a dejar las cosas correr sin más. Solo había dicho aquello para calmar el ánimo de Timothy. Se equivocaba si creía que estaría indefensa, el Colt que guardaba en su bolso era la prueba de que había tomado las debidas precauciones. En esos momentos cabalgaba hacia la casa de *lady* Cottigam, situada en el barrio de Belgravia, uno de los más grandes y ricos de Londres. Eso la tranquilizó. Finalmente, ahí estaba, frente al número 24, una mansión colonial de ladrillo amarillo y aspecto dejado.

Timothy no sabía que había venido. Aprovechando que era Nochevieja lo había evitado con la excusa de hacer compras para la celebración y la cena. Sabía que mentirle de forma deliberada iba a hacer que se enfadase, pero estaba dispuesta a correr el riesgo si llegaba al fondo del asunto. Ya delante de la puerta de entrada, tiró de la campanilla para anunciarse. Unos instantes después, una sirvienta abrió la puerta y la observó con ojos interrogantes.

—¿Puedo ayudarla, señorita? —inquirió.

—En realidad, sí. Mi nombre es Halley White, trabajo para un investigador privado —mintió ella—. Estamos reabriendo el caso de *lady* Cottigam y creo que usted tal vez pueda ayudarnos. ¿Está dispuesta a ayudar?

—Por supuesto, entre —dijo la mujer y se hizo a un lado—. Soy Jennifer, y aunque no pueda decirle mucho, haré lo que esté en mi mano por ayudar, quiero que se haga justicia. Apreciaba mucho a *lady* Cottigam, ¿sabe? Su muerte fue una desgracia.

Halley asintió y entró, y mientras la otra cerraba la puerta observó el lugar. Era una casa ricamente decorada: arañas de cristal, jarrones de porcelana china... Se notaba que su dueña había tenido mucho dinero. Entonces se volvió y continuó el interrogatorio.

—¿Conocía bien a *lady* Cottigam? —tanteó Halley.

—Sí y no, yo era muy joven cuando *lady* Edith murió. Aun así, siempre fue amable conmigo durante el tiempo que coincidimos —explicó Jennifer. Luego, la joven bajó la voz y le dijo en tono confidencial—: Sin embargo, sí puedo decirle que estoy convencida de que lo que ocurrió fue un crimen.

—¿Por qué dice eso?

—Oh, bueno, porque la señora estaba más que feliz los meses antes de su muerte —contestó mientras la guiaba por el pasillo hacia una sala que resultó ser la cocina—. Su esposo había fallecido ocho años antes y para entonces ella había renunciado al amor de los hombres..., usted ya me entiende. Entonces apareció ese muchacho...

Halley abrió la boca para sugerir el nombre de Russell, pero antes de que pudiese hacerlo la puerta lateral se abrió para dar paso a una anciana que cargaba un montón de paños doblados. Al ver a Halley, se detuvo en el acto.

—Jennifer, no sabía que teníamos invitados. ¿Quién es la jovencita? —inquirió.

—Se llama Halley White y es investigadora —aclaró Jennifer con una sonrisa—. Ha venido a investigar el caso de *lady* Edith, parece que van a reabrirlo.

—Sería un placer si nos ayudara, señora... —dijo Halley.

—Ann, señorita, Ann Connally —completó la anciana.

Halley asintió y prosiguió su alegato.

—Seguramente convivió muchos años con *lady* Cottigam, señora Connally, usted debe de saber qué le sucedió mejor que nadie —dijo.

La anciana asintió antes de dejar los paños sobre la encimera y mover una silla para sentarse frente a ellas. Frunció el ceño al recordar y Halley aguardó con el corazón latiendo a toda velocidad. Finalmente, Ann rompió el silencio.

—Lo recuerdo bien, el amorío de la señora con ese muchacho de Liverpool, ¿sabe? —comenzó—. Se conocieron en una fiesta, según me contó. Él trabajaba allí, no sé si como camarero, como cochero o qué..., pero sea como fuere se conocieron.

—¿Y *lady* Edith se enamoró muy rápido? —se interesó Halley.

—Fugaz como una bengala —confirmó Ann—. No se la puede culpar, pienso. Lord Cottigam, que en paz descanse, era un hombre... No era ninguna una beldad, si usted me entiende. El muchacho, por otra parte, era un joven Apolo: pelirrojo, ojos claros, sonrisa traviesa y modales descarados. Cualquiera hubiese caído por sus encantos, y más una mujer viuda y mayor que ya no creía en sí misma.

Halley tragó saliva. La descripción de la sirvienta encajaba perfectamente con Russell. Un escalofrío le recorrió la nuca al ser consciente de ello y una parte de ella deseó salir corriendo. Que todo fuera un error y el hombre al que llamaba hermanastro no fuese un embaucador, un asesino.

—¿Se encuentra bien, señorita Halley? —dudó Jennifer con voz preocupada.

—Sí, lo siento, me había distraído. Si no les importa, pueden proseguir.

—Bien, como decía, la señora se prendó del chico y comenzaron a mandarse cartas. Pasaron meses así, si mal no recuerdo, carteándose como dos colegiales —dijo Ann.

—¡Es cierto! Yo misma envié varias cartas dirigidas a él —confirmó Jennifer.

—¿Y qué sucedió luego? ¿Él respondió? —quiso saber Halley.

Las dos mujeres cruzaron una mirada y la joven se mordió los labios.

—Respondió adentrándose en la casa como un intruso, ¡qué vergüenza pasaba yo! —dijo Jennifer y se cubrió la boca con las manos—. ¿Lo recuerda usted, Ann? Sucedía en todas partes: en el sofá, en el comedor, en el dormitorio, en el carruaje...

—Lo recuerdo, claro que sí. *Lady* Edith estaba extasiada, nunca la vi tan feliz, ni en sus primeros años de casada —confirmó Ann—. Eso fue antes de hacer su testamento. Lo recuerdo como si fuese hoy, aquella mañana vinieron a la casa varios abogados para dejarlo todo asentado, y luego el muchacho le hizo el amor durante toda la tarde. Era un premio de compensación, si me lo pregunta.

—¿Por qué? —preguntó Halley, sintiendo que el corazón se le encogía.

—Porque él era el beneficiario, claro. Cuando *lady* Edith muriera, recibiría toda la herencia a excepción de esta casa, que dejó a sus empleados. La señora era muy generosa y amable, siempre pensaba en los demás. Y aquel joven era, y perdone mi franqueza, un miserable aprovechado. La muerte de la señora fue demasiado oportuna, se produjo en cuanto el testamento estuvo cambiado a su nombre. Muy sospechoso todo... ¡Maldito asesino! —se le escapó a la buena mujer, que no pudo contener las lágrimas.

Después de aquel arrebato se produjo un silencio incómodo, solo roto por las llamas de la lumbre, que calentaba un par de cazuelas sobre la cocina de hierro. Halley sentía que le faltaba el aire, la situación parecía bastante clara. Sin embargo, debía presionar aún más.

—La verdad es que sí, que todo resulta más que sospechoso. No se preocupen, pueden ser sinceras conmigo. ¿Así que creen que él la asesinó?

—Sin duda, aunque nunca lo pudimos demostrar —suspiró Jennifer—. La policía concluyó que murió de un infarto, pero nosotras creemos que debió de envenenarla con algo. Luego, tras cobrar la herencia, desapareció y jamás lo hemos vuelto a ver.

—¿Y no pueden decirme cómo se llamaba él? —insistió Halley.

—Claro que sí, ¡Russell, su nombre era Russell! —exclamó Jennifer.

En ese momento el reloj dio las campanadas de las seis y Halley se sobresaltó. No podía retrasarse más, así que se puso en pie y les ofreció una mano antes de darse la vuelta para dirigirse hacia la salida, donde se detuvo para mirarlas con agradecimiento.

—Muchas gracias por haber hablado conmigo de un asunto tan espinoso. Se sabrá la verdad sobre *lady* Cottigam, les doy mi palabra, señoras —dijo Halley—. Debo irme ya, pero me alegro de haberlas conocido a ambas a pesar de las circunstancias.

—Igualmente, señorita Halley —dijo Ann.

—Vuelva cuando quiera y tomaremos un té —sonrió Jennifer.

Halley asintió antes de desaparecer por el pasillo que llevaba a la puerta principal. Estaba tan centrada en sus pensamientos que no se dio cuenta de que un tercer criado había escuchado la conversación, oculto entre las sombras.

Su mandíbula se tensó antes de encaminarse a su habitación para escribir una carta. El señor Carbury debía enterarse. A fin de cuentas, era quien pagaba su sueldo, uno muy generoso.

Ajena a todo, Halley se dirigió al poste de amarre para desatar a *Promesa*. No se le iban de la cabeza las palabras de Ann: «Pasaron varios meses así, carteándose como dos colegiales». Si eso era cierto, Russell quizá conservara alguna de las cartas o, al menos, esa era su esperanza. Si lograba encontrar una en la que *lady* Edith hablase de su herencia, el caso estaría resuelto: entregarían la misiva a Scotland Yard y Russell sería detenido. Satisfecha y más determinada que nunca, Halley espoleó a su yegua y puso rumbo hacia Casterberg Hill sin saber que un hombre la observaba desde la ventana de su cuarto.

Capítulo 20

El amor nos convoca y nos desgarra,
cubriendo nuestros hombros con sus alas.
Y lo mejor bien puede ser lo peor,
y lo odioso ser lo deseable.

ELLA WHEELER WILCOX

Nada más poner los pies en Casterberg Hill, Halley supo que estaba en un lío. Timothy estaba sentado en el sofá que había junto al recibidor que daba al patio. Sostenía un libro y había una taza de café a su lado, pero apenas cruzaron miradas. Halley enseguida supo que el azul de sus ojos escondía una tormenta. De algún modo se había enterado de su excursión a casa de *lady* Cottigam. Sorprendida, Halley colgó el bolsito en el perchero y le sonrió a su esposo, que permaneció sereno.

—¿Han ido bien tus compras de fin de año, querida? —inquirió Timothy.

—Tim... —suspiró Halley.

—Supongo que había muchos saldos, sobre todo en Belgravia... Me sorprende que no hayas comprado nada, quizá obtener lo que querías era más costoso de lo que creíste —continuó él, serio e inflexible.

—Sé que ir ha sido arriesgado, pero no podía no hacerlo. Entiéndelo, Timothy.

Entonces el duque se puso en pie, para acercarse y acunar el rostro de su mujer entre las manos. Su mirada hizo que las piernas de Halley se derritiesen como caramelo. Se mordió el labio, incapaz de apartar la mirada.

—Eres la mujer más extraordinaria que conozco, valiente como la que más, ¡pero también la más testaruda! —dijo Timothy—. ¿Es que no puedes comprender que, si te ocurre algo malo, si sales herida, no me lo podré perdonar?

—Sería mi decisión y mi responsabilidad —objetó Halley.

—Esta es mi cruzada, Halley, y tú eres la mujer que amo. ¿Por qué siempre tienes que lanzarte al peligro sin avisarme? No permitiré que sufras por mi culpa.

—Pues tendrás que acostumbrarte, ya que en el momento en que me casé contigo tus causas pasaron a ser las mías —declaró Halley y le besó la palma de la mano.

Timothy suspiró antes de esbozar una sonrisa. Por supuesto que se arriesgaría por él. Halley había logrado que la amase porque era un océano de paz y alegría para su alma.

—No debería sorprenderme, eres así, y no puedo ni sueño con cambiarte —dijo—. Sin embargo, esta vez te lo pido muy en serio, quiero que me lo prometas, Halley.

—Lo que sea.

—Prométeme que, sea lo que sea que hayas averiguado hoy en esa casa, no volverás a arriesgarte a hacer nada contra Russell tú sola —pidió Timothy—. Deja que te ayude y actuaremos juntos, ¿de acuerdo?

—Muy bien, te lo prometo —contestó Halley.

Timothy acortó la distancia y atrapó sus labios. Fue un beso cargado de emociones. Halley se sintió flotar durante unos instantes, pero antes de que la temperatura subiese demasiado, Tim se apartó y le besó la punta de la nariz. Había diversión en su rostro cuando ella lo miró.

—Vaya.

—¿Qué ocurre? —quiso saber.

—¡Menudos conspiradores estamos hechos tú y yo, preciosa, desvelando nuestros secretos en medio del recibidor como dos idiotas! —bromeó Timothy—. Vamos al dormitorio, tienes que contarme lo que te han dicho antes de la cena. Después, despediremos el año como se merece y pensaremos qué hacer. No más preocupaciones.

—Está bien, vamos —asintió Halley.

Marido y mujer subieron las escaleras juntos, y una vez en su habitación ella se dispuso a explicarle a Timothy la conversación que había tenido con las dos sirvientas. Le contó que la casa fue legada a los criados y no a su amante, que el amorío comenzó y se dio de forma fugaz, que el tipo era un conquistador... Cuando llegó a la parte en la que Russell hacía de seductor, su marido hizo que se detuviera con un gesto y Halley se sentó sobre sus piernas en el butacón que había frente a la chimenea.

—Basta, basta, no sigas. Me revuelve el estómago la idea de lo que Russell le hizo a una... mujer entrada en años —dijo Timothy suspirando—. Corrígeme si estoy en un error, pero si lo que te han dicho es correcto, habrá pruebas de que asesinó a *lady* Edith. Tiene que haber cartas entre ambos que demuestren su romance, ¿cierto?

—Sí, y estoy segura de que, si no las ha destruido, las esconde en Carbury SteelCo. Sabe que ninguno de nosotros va nunca allí —confirmó la joven.

—No lo creo, no es tan estúpido. Es más, estoy casi seguro de que las habrá quemado.

El comentario desanimó a Halley, que hizo un mohín.

—¿Y ya está? ¿Nos daremos por vencidos? —dudó.

—No he dicho eso. He dicho que estoy casi seguro de que las ha quemado, no que haya perdido la esperanza —respondió Timothy—. Sea como fuere, no perdemos nada por buscar en su cuarto, de haber algo sospechoso puede que lo esconda ahí.

—¿No sería mejor buscar en su oficina?

—Créeme, Halley, sé un poquito de guardar secretos. El lugar más seguro para esconder algo que no quieres que se encuentre es cerca de uno mismo.

La joven meditó las palabras antes de rodearle los hombros con el brazo. Él le acarició la espalda, pensativo. Se hizo obvio que alguno de los dos tendría que colarse en el dormitorio de Russell para rebuscar entre sus cosas, y antes de que la joven quisiese arriesgarse de nuevo, Timothy rompió el silencio.

—Si estás de acuerdo, lo haremos antes de la cena de esta noche. Tú te encargarás de distraer a Russell y mientras yo entraré en su habitación para registrarla —dijo.

—¿Y cómo supones que lo voy a entretener? No sé de qué hablan los hombres de negocios como él. Nunca hemos tenido tanta confianza como para que me hable de sus gustos personales —señaló Halley—. Quizá podría hablarle de libros... o de mujeres.

—Halley, Halley, mi dulce amor, ¡qué bienpensada eres! —sonrió Timothy—. Háblale de sí mismo, de lo bien que está haciéndolo todo y de lo ingenioso y exitoso que es. A los hombres como él les encanta que alaben sus logros, que les besen las botas. Aprender algo nuevo no entra en sus planes si no va a reportarle alguna ganancia.

—Muy bien, nada de mujeres, todo lisonjeo a su persona. ¿Algo más?

—Creo que sabrás arreglártelas —bromeó él.

Halley se rio y unió sus labios en un suave roce. Era Nochevieja, último día del año, pero aún quedaba mucho por hacer y parecía que el tiempo corría en su contra. Solo cuando Timothy se alejó para besarle la mano supo que el momento había llegado. Fuera lo que fuese, lo afrontarían esa noche.

El dormitorio de Russell era, al contrario de lo que Timothy pensaba, bastante agradable. Cortinas y dosel blancos, ropa de cama color pastel, alfombras de pelo mullido, cuadros de paisajes, un jarrón con flores..., no lo que había esperado de un magnate del acero. Supuso que, al igual que todo en el hombre que tenía en su punto de mira, aquella habitación no era más que una fachada de cara a la galería, en ese caso su «familia». Según el pequeño reloj que había en la mesita de noche era todavía media tarde, pero el duque de Casterberg no quería tentar a su suerte, así que se dispuso a buscar alguna prueba que inculpase a Russell en la muerte de *lady* Edith Cottigam.

Según su experiencia, el mejor lugar para ocultar cartas era en el propio escritorio, por lo que se dirigió allí y abrió el primero de los cajones. El mueble tenía dos líneas, una a la derecha y otra a la izquierda, y Timothy abrió los del lado derecho. Ropa y pañuelos, nada útil. En el segundo había calcetines y mudas limpias, y en el último, enseres de aseo. No se desanimó y pasó al otro lado. En el primero encontró un libro: *Crimen y Castigo*. Toda una coincidencia que Halley poseyese el mismo ejemplar. En el segundo cajón halló algo poco sorprendente, pero inquietante, un paquete de munición para un Colt 1865 c36.

El revólver no estaba a la vista, y la idea de que lo llevara encima hizo que tensara la mandíbula. Russell era un tipo peligroso e iba armado, mejor cuidarse las espaldas. Cerró el cajón y pasó al último, nada útil: una caja de caramelos de café, tabaco y pipa. Con una resolución más firme que nunca, Timothy se dirigió al armario, pero tras revisar sus ropas no encontró nada que le sirviera. Estaba comenzando a plantearse que tal vez Halley tenía razón sobre Carbury SteelCo cuando algo más llamó su atención.

Entre un par de camisas de seda dobladas había un libro, y desde luego el interior del armario no era lugar para ello. El descubrimiento le pareció sospechoso, así que tomó el ejemplar para ver qué era y al leer el título se quedó perplejo. *Fausto,* de Johann Wolfang von Goethe. El corazón se le aceleró: aquella podía ser la clave. Fausto vendió su alma a cambio de éxito y fortuna, justo como había hecho Russell. Abrió el libro a toda velocidad y para su alegría encontró una nota, que se apresuró a leer. Estaba vieja y borrosa, pero se entendía.

> *Señor Carbury:*
>
> *Le alegrará saber que el contenido del frasco que aquí adjunto es aún mejor que lo que me pidió. Incoloro y sinsabor, es más letal que la belladona: solo dos gotas y se acabó el problema. Pero, se lo advierto, ¡no lo toque! Este veneno exuda de las ranas centroamericanas. Si lo roza, también le hará efecto, y en tal caso... que Dios se apiade de usted.*
>
> *Espero el pago en la fecha prometida, tal y como acordamos.*
>
> *J.P.W.*

Timothy sonrió despectivamente mientras leía la carta... ¡Qué imprudente había sido Russell al guardar como un trofeo la prueba de su crimen! Y, por si fuera poco, al mirar en el fondo del estante del armario, encontró un frasco vacío.

¿Sería el envase al que aludía la nota? Evidencia más clara que aquella no la había. Dobló el papel, tomó el frasquito y se lo guardó en el interior de la manga antes de volver a colocar el libro en su sitio y arreglar las camisas. El corazón le latía rápido y sentía que la adrenalina le corría por las venas. ¡Menudo hallazgo! Ya visualizaba a Carbury tras las rejas y a Clarice despreciándolo desde el otro lado. No podía creer que Russell hubiese conservado el frasco de veneno después de dieciséis años sin siquiera esconderlo mejor, pero no se iba a quejar, fueran cuales fuesen sus motivos, beneficiaban a su causa. Satisfecho, cerró la puerta y salió de la habitación.

Cuando la puerta del dormitorio se cerró tras él, Russell se permitió un suspiro cansado. ¡Qué estúpida era Halley! Un minuto más de soportar sus tonterías y se hubiese volado la tapa de los sesos. Por suerte, solo tendría que compartir una cena con esos imbéciles antes de centrarse en sí mismo. Tenía mucho en qué pensar tras la nota que había recibido hacía unas horas, y era menester tener la cabeza fría para planificar. Parecía que al fin las cartas se habían puesto sobre la mesa y el bueno de Timothy se había quitado la máscara.

El ahora duque de Casterberg había apostado fuerte en el juego que ambos mantenían desde el momento en que puso los pies en su oficina aquella mañana en que lord Aiden Wadlington y él lo invitaron a ser miembro del club de caballeros. Tuvo razón respecto a él desde el principio. La única intención de ese cerdo aristócrata era hundirle para vengar la afrenta a su necia hermanita. Pues se iba a llevar una sorpresa si creía que se dejaría atrapar. Russell Carbury era un hombre al que no le importaba pelear duro. Se había forjado a sí mismo, y si tenía que eliminarlo del camino, lo haría. Tanto a él como a la estúpida de Halley.

Halley, Halley, Halley… La mosquita muerta que solo jugaba a hacerse la ingenua y que a la vez se había atrevido a investigar sobre su pasado. Había llegado demasiado lejos. Sacó la nota arrugada del bolsillo para releerla.

Señor Carbury, le escribe Jack Gordon, de la casa Cottigam.

Me temo que debo darle malas noticias. En vista de que ha sido usted generoso conmigo a lo largo de los años, le informo de que debe tomar precauciones, el pasado está a punto de salir a la luz si no lo impedimos. Esta mañana ha venido a la casa una muchacha aprendiz de investigadora y su objetivo estaba claro, reabrir el caso de lady *Edith. Ha estado hablando con Jennifer y Ann al respecto, y por desgracia no pude intervenir para detenerlas sin levantar sospechas. Ya sabe que ambas estaban muy apegadas a la vieja y si hubiera entrado, habrían pensado mal de mí.*

No logré captar el apellido de la chica, pero puedo decir que su nombre, si no lo entendí mal, era Halley.

Una joven, de veintipocos, figura menuda y cabello avellanado. No sé si le suena el nombre o la descripción, pero es lo que he podido averiguar. Espero que tome las medidas necesarias para que este asunto no llegue a puerto o, de lo contrario, tanto usted como yo vamos a pasar una larga temporada a la sombra.

Un saludo.
Jack

Pobre ingenua y dulce Halley, en qué ciénaga se había metido, sin duda guiada por su manipulador marido. No importaba, se encargaría pronto de ambos. Lo primero que tenía que hacer era averiguar hasta qué punto habían descubierto su pasado, y para eso tenía que hablar cara a cara con su hermanastra. Pero no allí, ni cerca de Timothy. Russell era valiente, no estúpido, e igual que no le importaba mancharse las manos, sabía que a lord Richemond le ocurría lo mismo. Decidido, guardó la nota y se acercó a su escritorio para tomar un papel y escribir su propia misiva. Quería ser inequívoco. Así pues, con las ideas ordenadas, mojó el plumín y escribió.

Mi querida Halley:

Veo que crees saber la verdad sobre mi pasado, pero estás en un error. Pobre de ti, no sabes en qué te has metido... Ni tú ni tu necio y arrogante marido sabéis

nada de mí y, si quieres averiguar cuán lejos estoy dispuesto a llegar para que el misterio de Edith Cottigam siga enterrado, irás hoy, primero de enero, a Carbury SteelCo.

Hablaremos cara a cara y pondremos las cartas sobre la mesa.

No se te ocurra contarle nada de esto a Timothy, o te juro por Dios que lo mataré. No estoy de broma, Halley, cuéntaselo a alguien y te haré viuda. Quiero que vengas sola, la decisión está en tus manos: saber la verdad, o actuar como una cobarde y causar la muerte de tu amadísimo esposo. Decídete, y rápido. Si no vas, actuaré.

Russell

Satisfecho, dejó la pluma y sopló sobre la tinta fresca para que se secase más rápido. Después, dobló el papel y lo guardó en el cajón junto a las balas de su revólver. Estaba deseando que llegara la cita para poder al fin poner a Halley en su lugar. Pronto, muy pronto, sus sueños y ambiciones se harían realidad.

Capítulo 21

Te amo con el aliento, sonrisas, lágrimas,
de toda mi vida.
Y, si Dios quiere, solo te amaré mejor después de la muerte.

ELISABETH BARRET BROWNING

Año Nuevo llegó sumido en una tormenta de nieve, como si quisiera envolverlos bajo un manto helado, a juego con la tensa situación que se vivía en Casterberg Hill. Para los que eran ajenos al juego, como *lady* Alice, nada parecía fuera de lo normal. Para los más perspicaces el asunto era otro. Lawrence, Matt y Josephine notaron el tira y afloja entre el duque de Casterberg y el señor Carbury. Y aún peor, entre la duquesa y su hermanastro. Timothy le aconsejó a Halley no decir nada a su institutriz para no asustarla y ella estuvo de acuerdo en guardar silencio sobre todo lo que habían averiguado.

Russell abandonó la casa esa misma mañana. Con la aurora, como alma que lleva el diablo. Cuando los demás se levantaron él ya había volado. Timothy se enfadó al darse cuenta y Halley no tuvo corazón para hablarle de la carta que había encontrado bajo la puerta mientras él se vestía. La petición de Russell era clara, tenía las palabras marcadas a fuego en la mente: *No se te ocurra contarle nada de esto a Timothy, o te juro por Dios que lo mataré. No estoy de broma, Halley, cuéntaselo a alguien y te haré viuda.* Ahora que sabía que su hermanastro era muy capaz de cumplir esa promesa, la resolución era obvia: guardaría silencio y accedería a su petición de acudir sola a Carbury SteelCo.

Tenía que inventar una nueva excusa para Timothy, y tras la promesa que le hizo sentía que se le atragantaban las palabras en la garganta. No quería faltar a una promesa, pero era su vida la que estaba en juego. Prefería morir que ponerlo a él en riesgo, así que con la mayor entereza que pudo, compuso el ánimo y fingió una sonrisa antes de abrazarlo por la espalda. Timothy estaba sentado tras la mesa del escritorio del despacho y cuando sintió el abrazo de Halley, le envolvió las manos y se las acarició.

—¿No vas a darme un beso, preciosa?

—¿Acaso quieres tentarme siendo tan temprano? —cuestionó ella.

—Vivo para tentarte, Halley...

La joven duquesa suspiró ante el flirteo con un deje de angustia. No podía retrasar la salida. Con la ansiedad oprimiéndola como una tenaza, se inclinó sobre él y atrapó sus labios en un beso arrollador. Timothy se sorprendió por el ímpetu de su esposa. Había hecho la pregunta en broma, un tonteo cariñoso entre ambos, pero su esposa se quedó mirándolo. Se le agitó el pulso con la caricia. Luego Halley se alejó. Parecía contenta cuando habló.

—Si no te parece mala idea, iré a comprar unos dulces al mercado... ¡Hay que recibir el Año Nuevo como es debido! —anunció y continuó al ver que él iba a interrumpirla—. No te preocupes, me llevaré a Wade conmigo, ¿de acuerdo?

—De acuerdo, si él te acompaña, ve adonde quieras —suspiró Timothy—. No saber dónde está Carbury me pone nervioso... Sé que algo trama y odio la incertidumbre.

—No te preocupes, mi amor, solo voy a hacer unas compras —aseguró Halley.

Timothy asintió y se levantó. Halley estaba junto a la puerta, pero se volvió en el último momento con la mano fija en el pomo.

—Te amo, Timothy.

Él parpadeó. No supo por qué, pero las palabras sonaban a despedida, y algo dentro de él se encogió ante el mero pensamiento.

—Yo también te amo, Halley —dijo.

Ella sonrió antes de abrir la puerta y perderse tras ella.

❄❄❄

Halley dejó que Wade ensillase a *Promesa* y a *Ébano* antes de salir juntos de Casterberg Hill en dirección al mercado de Borough. Con el ambiente festivo pululando por todas partes, sería fácil perder a su protector entre el gentío, para después encaminarse a la refinería a zanjar aquel desgraciado asunto de una vez por todas. Estaba tan centrada en esa idea que cuando el irlandés habló se sobresaltó.

—¿Está bien, *lady* Halley? —inquirió Wade preocupado.

—Sí, solo distraída —contestó ella con una falsa sonrisa—. Perdóname, Wade, ¿qué decías?

—Decía que no tiene de qué preocuparse, no voy a dejar que le ocurra nada malo. Además, si lo que quiere son buenos dulces, conozco a una pastelera que tiene puesto en Borough. Estoy seguro de que le gustará, sus delicias turcas son las mejores de Londres. ¡Anímese, *milady,* ya casi hemos llegado!

Halley sonrió y asintió, sintiéndose culpable por dentro, aunque lo ocultó para que su acompañante no sospechara. Tal como Wade había dicho, apenas cruzaron un par de calles se encontraron con el edificio. El mercado de Borough era el más antiguo de Londres, uno de los preferidos de Halley. Conocía muy bien el lugar tras haber acudido decenas de veces, y cuando desmontaron le tendió las riendas a Wade para que atara los caballos a uno de los postes de amarre que rodeaban el lugar mientras pensaba qué hacer. Podía echar a correr ahora, pero Wade probablemente le daría alcance. Sería mejor tratar de perderlo en el interior del mercado, entre los ajetreados puestos.

Decidida, Halley aguardó a que el guardia terminara antes de adentrarse en el gran mercado. Tal como había supuesto, ese día, primero del año, estaba a rebosar: mujeres comprando ingredientes para la comida de Año Nuevo, niños jugando entre los puestos, repartidores cargando y descargando...

—¿Quiere que la lleve a ver a la mujer que le dije, *lady* Halley? —dijo Wade.

—Sí, claro que sí, seguro que su puesto me encanta —sonrió ella.

El hombre asintió y, tras caminar durante un par de minutos, Halley vio su oportunidad de escabullirse. Un par de sirvientas con las cestas llenas y un repartidor cargado de cajas se habían interpuesto entre Wade y ella, así que se dio la vuelta y echó a correr hacia la salida norte del edificio, opuesta a la que habían usado al venir. No se molestó en tratar de llegar a los caballos, corrió hacia uno de los coches de pasajeros y subió de un salto a la parte de atrás.

—¿Adónde la llevo, señorita? —inquirió el cochero.

—A Carbury SteelCo, por favor —pidió Halley.

Él espoleó al caballo, que comenzó a trotar entre la nieve en dirección a la refinería, donde Halley esperaba averiguar la verdad de una vez por todas. Que la perdonara Wade, pero la mentira era necesaria. Que la perdonase Timothy, pero romper su promesa era un precio que tenía que pagar por verlo sano y salvo.

❋ ❋ ❋

El edificio de Carbury SteelCo le pareció tan desapacible como la vez anterior; gris, frío y sin vida. Dado que era un día festivo no había trabajadores; sin embargo, la joven vio luces encendidas. Se encaminó hacia la fábrica en lugar de a las oficinas. Las fraguas estaban funcionando y un escalofrío le recorrió la espalda a pesar del intenso calor que expelían los hornos. Tragó saliva y avanzó. Entonces una voz sonó a su espalda, haciendo eco por toda la fábrica y logrando que se volviera. Alzó la vista para ver a Russell apoyado en la baranda.

—Has venido sola, buen trabajo, querida —comentó.

—Russell —saludó ella, tensa como la cuerda de un violín.

—Muy bien, Halley, ahora que estamos a solas vamos a hablar tú y yo, ¿eh? —dijo su hermanastro mientras bajaba por unas escaleras de metal y avanzaba hasta llegar a su lado—. No sabes cuánto llevo esperando este momento, hermanita.

El comentario hizo que se estremeciera, aunque se negó a moverse de su posición.

—¿Porque sabemos lo de *lady* Edith? —acusó.

—¡Esa vieja me importa un comino! Podéis investigar todo lo que queráis, no tenéis nada en mi contra —señaló Russell—. No, Halley, lo que yo quería era tenerte a solas, al fin cara a cara. Sin Matthew, sin Wade, sin tu estúpido Timothy.

—¿Por qué querrías...?

—¿Por qué? Para deshacerme de ti, maldita idiota, creí que era algo muy evidente —escupió Russell con un veneno que Halley nunca le había conocido.

—¿Por qué querrías matarme? —inquirió ella como si no pudiese creerlo.

Él puso los ojos en blanco y gruñó, como si la respuesta fuese tan obvia que hasta un niño la adivinaría. Tener que explicárselo le exasperaba y confirmaba su creencia de que las mujeres eran necias por naturaleza.

—Porque te odio, Halley Hasford. Porque tu vida debería ser la mía. Porque me lo has arrebatado todo con solo existir —dijo Russell—. Soy varón y mayor que tú, y, sin embargo, no tengo lo que es mío por derecho de nacimiento. Tu padre era un chacal, se trabajó a mi madre y luego la echó para evitar el escándalo y que no perjudicara a su imagen a la hora de pescar una esposa en sociedad... ¡Por su culpa tuve que crecer como un sucio proletario, cuando debería haber sido el heredero de Casterberg Hill!

—No es culpa mía, no me adjudiques los errores de mi padre —se defendió Halley.

—Te equivocas, querida, los hijos deben saldar las deudas de sus progenitores. Si tú mueres, yo seré el único con sangre Hasford, el único que podrá heredar los títulos, la fortuna y el ducado de Casterberg. No olvides que tu prima es mujer y su esposo, John Rhottergram, no tiene derecho de linaje. Además, ya que el imbécil de Richemond no ha servido ni para preñarte, no hay herederos que se entrometan en mi camino. Una suerte, ¿no crees?

Halley sintió ganas de vomitar. ¿Cómo podía alguien ser tan horrible, estar tan podrido por dentro? No encontró voz para responder. Russell continuó.

—No te apures, Halley, tu adorado Timothy no sufrirá por tu pérdida, ni siquiera está enamorado de ti. Es tan

obvio que solo se casó contigo para poder llegar hasta mí...
—dijo y de pronto se rio—. ¿No me digas que no lo sabías?, ¿acaso no te lo ha contado?

—¿Contarme el qué? —inquirió Halley.

—Lo mío con su hermana, la dulce y preciosa Clarice —se burló él.

—Lo sé todo, Russell, y te lo digo alto y claro: eres un malnacido. ¿Cómo pudiste embaucar a una chiquilla de dieciocho años? ¿Es que no tienes sentimientos?

—Claro que los tengo... ¡Odio a los de tu clase! Por eso cada lección impartida a uno de ellos se siente como una victoria. Clarice es guapa, fue una presa fácil, ¿por qué no iba a divertirme a su costa? Si ella o su maldito hermano han sufrido, ¡mejor!

—Si tanto nos odias, ¿por qué deseas ser uno de nosotros? —escupió Halley.

—Porque si quiero cambiar este país necesito el poder para hacerlo, y mi fortuna no compra el prestigio e influencias que aporta un título nobiliario —explicó Russell—. Hasta una mujercita ignorante como tú puede entender eso: he nacido para hacer cosas grandes, no para ser un hombre corriente. El futuro recordará mi nombre, te lo garantizo.

Halley lo miró como si lo viera por primera vez. Russell estaba más desquiciado de lo que Timothy creía. No solo era narcisista, hedonista y un auténtico perturbado, también tenía aires de mesías. Creía que era un elegido al que le habían robado, pero que se había sobrepuesto a su destino y renacido de las cenizas para traer el futuro al país. Halley era consciente de que corría un peligro mortal, y más que nunca recordó las advertencias que Timothy le había hecho en varias ocasiones. ¿En qué momento se le ocurrió que alejarse de Wade era buena idea? Ahora estaba sola y desprotegida ante Russell, su única opción era ganar tiempo para distraerlo y tratar de huir.

—Estoy segura de lo que piensas, Russ, para bien o para mal serás recordado. Pero si, como dices, no tengo escapatoria, al menos concédeme un último deseo, por favor —dijo Halley.

—Exponlo y me lo pensaré —contestó él.

—Dime qué pasó con esa mujer, *lady* Edith. Cuéntame la verdad de tu historia.

Russell la observó en silencio y se acarició la barba. Concluyó que no había mal alguno en que Halley supiese la verdad... Después de todo, pensaba acabar con ella. Se encogió de hombros.

—Muy bien, querida, te lo diré. Supongo que tendría que empezar por el día en que algo cambió dentro de mí —comenzó—. Primavera de 1849, tenía dieciocho años e iba caminando con mi novia, Bethany, por el centro de Londres tras entregar unas cajas. En ese entonces ambos trabajábamos como mozos de carga del puerto, y allí aprendí el valor del trabajo, el valor real del dinero. Supongo que tú nunca has tenido que preocuparte por eso, porque siempre te lo han dado todo, pero no importa. Como decía, iba paseando con Bethany cuando nos topamos con una pareja de nobles.

»Discutían acaloradamente y la mujer chocó de frente contra nosotros. La muy arpía llevaba encima más de mil libras en diamantes, ¡y parecía tan descontenta! El tipo que la acompañaba nos miró como a insectos, nos lanzó un par de billetes como quien le da propina a unos apestados. ¿Sabes qué fue lo que dijo mientras se alejaban? Lo recuerdo perfectamente: «Mira a esos desgraciados, Lily, ¿acaso quieres terminar como ellos? Acepta casarte conmigo y nunca tendrás que preocuparte por el dinero».

Russell hizo una pausa y de pronto se rio con un ademán histriónico. Halley creyó que había enloquecido.

—¡Qué irónico! Sin saberlo, aquel bufón prendió la llama en mi cabeza. Después de aquel día no volví a ver el mundo con los mismos ojos —continuó—. Me di cuenta de que no había nacido para ser un muerto de hambre de Whitechapel..., por eso dejé a mi novia y comencé a frecuentar barrios más útiles: Belgravia, Berkley Square, Mayfair. Aprendí sus modales, aprendí cómo se movían, cómo hablaban, cómo pensaban. Así conocí a *lady* Edith Cottigam. Enseguida vi la oportunidad y la aproveché.

—¿Por eso encerraste a tu madre, porque se oponía a tu conquista? —dijo Halley.

Russell frunció el ceño, como si no esperara que ella supiese nada de su madre. Pero un instante después se encogió de hombros.

—No preguntaré como te has enterado, no me importa. En respuesta a tu pregunta, no, no fue esa la razón —explicó

Russell—. Cuando se enteró de lo que hacía, mi madre se encaró conmigo, alegando que no quería que me acercase a los nobles, que mezclar a ricos y pobres no era buena idea. Entonces me habló de mi origen. Cuando supe que mi padre era el duque de Casterberg me sentí tan furioso que la odié por no habérmelo dicho. Esa fue la razón de que la llevase a aquel tugurio: jamás pude perdonarla por mentirme.

—Eres despreciable, tratar así a tu madre...

—No bajo mi punto de vista. Una vez libre, me metí de lleno en la conquista de *lady* Cottigam, y cuando hubo cambiado el testamento a mi favor me deshice de ella: rápido y sencillo. Con el dinero que obtuve tras mi arduo esfuerzo, y créeme, Halley, no es fácil para un joven meterse en la cama de una vieja bruja como esa, comencé a construir mi empresa. Levanté Carbury SteelCo de la nada: fábrica, trabajadores, patentes, maquinaria... Soy un visionario y el futuro me dará la razón. Solo cuando fui un hombre rico y de éxito acudí a mi padre, ese cabrón de mierda, para revelarle mi existencia. Él aceptó su paternidad y lo demás ya lo sabes. ¿Estás satisfecha?

—Creo que ya he oído suficientes locuras para toda una vida —negó Halley.

Dicho aquello echó a correr en dirección a la salida, pero el claro sonido del percutor de un revólver detuvo sus pasos en seco. Después oyó los pasos de Russell acercándose, y cuando estuvo a su espalda, un golpe seco en la nuca y luego nada.

Capítulo 22

Tan bella eres, mi dulce muchachita.
Tan profundo es mi amor que te seguiré amando,
querida, hasta que los mares se sequen.
Hasta que los mares se sequen, amada mía,
y las rocas se derritan con el sol.
Todavía te amaré, querida,
mientras corran las arenas de la vida.

ROBERT BURNS

Cuando el reloj del salón marcó las doce, Timothy elevó la vista del documento que estaba escribiendo y parpadeó, para dejar la pluma sobre el papel. Mediodía, y Halley aún no había regresado del mercado. El pensamiento sería inquietante de no ser porque Wade estaba con ella. En otras circunstancias parecería tonto tener miedo de que Halley pasease por el centro de Londres, pero sabiendo lo que sabía de Russell

Carbury no podía estar tranquilo. Tan distraído estaba que cuando bajó la vista notó que una gran mancha de tinta se había extendido por el papel y arruinado su contrato comercial. ¡Maldita sea!

Frustrado, Timothy arrojó la pluma sobre la mesa y arrugó el documento, que lanzó a la chimenea con la resignación de tener que empezar de nuevo su trabajo. Se levantó y se dirigió al otro lado del salón para tomar un nuevo papel. Entonces la puerta se abrió para revelar a Josephine con una bandeja con té, que dejó sobre la mesita del centro antes de servir una taza, que le ofreció. Timothy la tomó y dio un sorbo, agradecido. Josephine le gustaba, entendía el porqué del afecto que Halley sentía hacia ella.

—Gracias, señora White, lo necesitaba.

—Lo suponía, y tiene mala cara, como si apenas hubiese dormido —señaló ella—. ¿Mucho ajetreo con la señora?

—Más del que desearía —contestó Timothy con diversión—. Olvide eso, en realidad, estaba pensando en mi familia. Añoro la vida tranquila y cada día que paso en Londres se me hace más desapacible. La verdad es que desearía poder marcharme...

—Entonces hágalo, es usted el duque de Casterberg, puede hacer lo que quiera.

—Si fuese tan fácil...

—No veo dónde está el problema, ordene que hagan sus maletas, tome a la señora Halley y váyanse al campo —insistió Josephine—. Si hay alguien que lo disfrutará es ella, pero eso usted ya lo sabe, ¿no es cierto?

—¿Me considera fácil de prever, señora White? —aventuró Timothy.

El ama de llaves sonrió con picardía mientras dejaba la bandeja sobre la mesa y cruzaba los brazos. Timothy devolvió el gesto y enarcó una ceja mientras aguardaba.

—Podría decir que sí, pero los misterios de los hombres, y los suyos en particular, son demasiado variopintos —contestó Josephine—. La respuesta a mi pregunta es fácil: conozco a mi protegida y sé que bebe los vientos por usted. Vivir en la campiña del sur será un sueño cumplido para ella y, viendo cómo se desvive por mimarla, creo que para usted también lo será.

—Sí, tal vez.

Josephine no respondió y Timothy tampoco, así que la mujer entendió que él había dado por zanjada la conversación. Sin más que decir, tomó la bandeja dispuesta a retirarse, pero antes de que llegase a la puerta la voz del duque la detuvo.

—Me ha dado mucho en qué pensar, Josephine White, le agradezco de veras su sinceridad. Si me disculpa, hay algo que debo hacer, pero gracias por la infusión, me ha venido muy bien.

—Siempre a su servicio, lord Richemond.

Dicho aquello, la mujer salió de la sala y dejó a Timothy a solas. Que tenía mucho en qué pensar no era más que la verdad, y a punto de concluir su cruzada, debía mirar más allá. Tal vez la sugerencia de la señora White llegaba en el momento justo, y al llegar a esa conclusión sonrió. Satisfecho, abrió el cajón del escritorio y, tras un montón de carpetas de cuero que contenían documentos, encontró la sorpresa que había estado guardando. La cajita de terciopelo de color esmeralda parecía ligera como una pluma entre sus dedos, y al abrirla para ver su contenido sonrió.

Halley estaría realmente preciosa con el regalo, no podía esperar a vérselo puesto. Era un anillo de oro y pequeñas perlas, sabía que a su mujer le encantaría. Asintió y salió del despacho. No podía faltar mucho para que Halley regresara con los dulces, y mientras su esposa disfrutaba de un delicioso merengue italiano le entregaría el anillo. Se moría por ver el rubor en sus mejillas, su sonrisa tímida. Se moría por ella, y ahora, después de tantos años, entendía lo que de verdad significaba estar enamorado. Subió las escaleras a paso rápido para llegar a su dormitorio y, una vez en él, sopesó dónde dejar la cajita.

Eso estaba pensando cuando un trozo de papel doblado sobre el tocador de Halley le llamó la atención. ¿Había recibido una carta en esa fecha festiva? Sorprendido, Timothy se acercó y tomó el papel. A medida que sus ojos recorrían las líneas de tinta oscura, su expresión se ensombrecía: *...irás hoy, primero de enero, a Carbury SteelCo. Hablaremos cara a cara y pondremos las cartas sobre la mesa. No se te ocurra contarle nada de esto a Timothy, o te juro por Dios que lo mataré. No estoy de broma, Halley, cuéntaselo a alguien y te haré viuda.* «Oh, Dios, Halley... ¿Qué has hecho?», pensó.

La sangre se le heló en las venas y arrugó la carta sin darse cuenta, paralizado. «No, no, no, Timothy, cálmate..., céntrate», se reprendió mientras trataba de apaciguarse y respirar. «Debo conservar esta misiva, es una amenaza no solo contra mí sino contra la vida de Halley. Debo llevársela a las autoridades ahora mismo», resolvió. «¡No! Si pierdo el tiempo en papeleos, ese hijo de perra podría herirla», se recordó. «¿Qué hago?». Finalmente decidió que cualquier ayuda era mejor que ninguna. No sabía con qué cómplices contaba Russell o qué artimañas había preparado en su fábrica. Si pasaba algo, la policía podría ayudarlo a sacar a Halley. Por terrible que fuera, debía arriesgarse.

Sin perder un minuto, salió corriendo escaleras abajo en dirección al establo y cuando hubo desatado a *Ébano* montó y echó a cabalgar. La nieve en polvo se rompía bajo los cascos del semental negro y, en lo que pareció un suspiro, el duque de Casterberg llegó a las oficinas de Scotland Yard. Ni siquiera se molestó en atar la montura al poste de amarre, corrió escaleras arriba y cruzó las puertas como un huracán. Recorrió el lugar con la mirada hasta dar con un oficial y allí se dirigió a paso rápido. Al verlo con la respiración agitada y el rostro crispado, el alguacil le hizo una seña y el duque se adelantó.

—¡Necesito ayuda urgentemente! —exclamó Timothy sin darle tiempo a hablar.

—Cálmese, caballero, y explíqueme cuál es el problema. ¿En qué puedo servirle? —dijo el oficial con el ceño fruncido—. ¿Hay algún herido, alguien tiene problemas?

—Así es, y no puedo perder tiempo aquí, ¡necesito que vengan ahora!

El oficial abrió la boca para replicar, pero Timothy se adelantó.

—Soy el duque de Casterberg y conde de Armfield, y han raptado a mi esposa —explicó Timothy y le tendió la misiva, que el alguacil leyó atentamente—. Como ve, si no acudimos ahora mismo en su ayuda la van a matar... Agente, ¿me ayudará?

—Por supuesto, lord Richemond, deje que vaya a buscar refuerzos —asintió este.

Dándole gracias a los cielos en su fuero interno, Timothy corrió a montar sobre la silla de *Ébano*. No pasaron ni cinco minutos cuando un grupo de agentes de la ley armados se subieron en sus respectivas monturas, para cabalgar por el ajetreado centro de Londres en dirección a Carbury SteelCo. A ese hijo de perra de Russell le había llegado la hora de rendir cuentas, pensó Timothy.

Todo estaba en silencio cuando llegaron a la esplanada donde se erigían las oficinas y la fábrica. Pese a que era primero de enero, tanto las luces como las máquinas estaban encendidas. Las chimeneas escupían vapor negro en gruesas nubes y la visión le provocó un escalofrío. ¿Con qué propósito encendía Carbury las fundidoras de acero en día festivo? Su determinación se redobló cuando bajó de la silla de *Ébano* seguido por los agentes de la ley, que desenfundaron sus armas y caminaron con mucho sigilo entre la nieve.

No se molestaron en amarrar los caballos, pues de acercarlos, el ruido de cascos sobre el suelo adoquinado alertaría a Russell y quienquiera que estuviese dentro. A medida que se aproximaban, el ruido de los engranajes de los motores se hizo más fuerte. Entraron por la puerta trasera en fila de uno. Formaban un grupo de seis, cinco agentes y Timothy, y avanzaron hasta el extremo de la línea de hornos revisando cualquier rastro de Halley. Estaban a punto de llegar al otro lado y, al no encontrar nada, Timothy comenzó a desesperarse y apretó su revólver. ¡Si ese malnacido le había hecho algún daño a su esposa lo mataría con sus propias manos sin necesidad de armas!

Como si adivinase las ideas que le estaban enturbiando el ánimo, uno de los agentes de policía se acercó y le puso una mano sobre el hombro para tranquilizarlo. Timothy no se movió, aquello no le trajo ningún consuelo, más bien lo contrario.

—No se preocupe, milord, la encontraremos —aseguró el agente.

—Pues espero que sea pronto, este vacío me desquicia —dijo Timothy.

—Estoy seguro de que...

—¡Chss, cállese, Hopkins! ¡Escuchen todos, se oye algo en aquella dirección! —exclamó el agente que había hablado con Timothy en las oficinas de Scotland Yard.

Los seis aguzaron el oído al notar las dos voces. El ruido de las máquinas les había impedido escuchar la conversación, pero parecía que estaban muy cerca del origen.

—¿Por qué querrías matarme? —inquirió Halley.

Timothy se alteró al oír la voz de su esposa haciendo semejante pregunta, y habría echado a correr hacia ella de no ser por el par de brazos que lo retuvieron en su sitio. Dos agentes lo inmovilizaron mientras oían una voz masculina responder a la muchacha.

—Porque te odio, Halley Hasford. Porque tu vida debería ser la mía. Porque me lo has arrebatado todo con solo existir —dijo Russell—. Soy varón y mayor que tú, y, sin embargo, no tengo lo que es mío por derecho de nacimiento. Tu padre era un chacal, se trabajó a mi madre y luego la echó para evitar el escándalo y que no perjudicara su imagen a la hora de pescar una esposa en sociedad... ¡Por su culpa tuve que crecer como un sucio proletario, cuando debería haber sido el heredero de Casterberg Hill!

Ante aquello, no quedó duda de que quien retenía a Halley era Russell Carbury. El agente que comandaba el grupo indicó a sus compañeros que se dividieran en dos filas para acercarse con sigilo a la escena, y Timothy lo siguió, escuchando mientras el corazón le latía con la fuerza de un martillo en los oídos. Tensó la mandíbula al escuchar a Russell hablando de nuevo con su tono arrogante y sibilino.

Pero entonces el hermanastro de su mujer cometió un error: confesar la verdad, sin saber que tenía a Timothy y a varios agentes de la ley escuchando sus palabras.

—Cuando se enteró de lo que hacía, mi madre se encaró conmigo, alegando que no quería que me acercase a los nobles, que mezclar a ricos y pobres no era buena idea. Entonces me habló de mi origen. Cuando supe que mi padre era el duque de Casterberg me sentí tan furioso que la odié por no habérmelo dicho. Esa fue la razón de que la llevase a aquel tugurio: jamás pude perdonarla por mentirme.

—Eres despreciable, tratar así a tu madre...

—No bajo mi punto de vista. Una vez libre, me metí de lleno en la conquista de *lady* Cottigam, y cuando hubo cambiado el testamento a mi favor me deshice de ella: rápido y sencillo. Con el dinero que obtuve tras mi arduo esfuerzo, y créeme, Halley, no es fácil para un joven meterse en la cama de una vieja bruja como esa, comencé a construir mi empresa. Levanté Carbury SteelCo de la nada: fábrica, trabajadores, patentes, maquinaria... Soy un visionario y el futuro me dará la razón. Solo cuando fui un hombre rico y de éxito acudí a mi padre, ese cabrón de mierda, para revelarle mi existencia. Él aceptó su paternidad y lo demás ya lo sabes. ¿Estás satisfecha?

—Creo que ya he oído suficientes locuras para toda una vida —dijo Halley.

Entonces oyeron el ruido de tacones sobre el cemento, y luego... nada.

✻ ✻ ✻

El color regresó poco a poco a los ojos de Halley, y a medida que alzaba los párpados comenzó a ver naranjas y amarillos frente a ella, sombras a los lados. Le dolía la cabeza y el cuello le ardía terriblemente. Intentó moverse, pero un latigazo de dolor le hizo volver la vista al frente. Entonces reparó en su posición. Estaba atada a una de las columnas, junto a las máquinas de planchado del acero, y no había rastro de Russell por ninguna parte. Tal vez se había ido, eso le dejaba unos valiosos instantes para escapar. Tenía que salir de allí cuanto antes. Decidida, forcejeó con las cuerdas que le ataban las muñecas. Estaban prietas, aunque no tanto como para que no pudiese moverlas. Tras varios intentos logró aflojar uno de los nudos, lo que le permitió sacar una mano.

Estaba a punto de sacar la otra cuando oyó ruido de pasos en el pasillo. Halley llevó la vista a la puerta, asustada. Debía de ser Russell que regresaba... Pero no era Russell. Timothy corrió hacia ella a toda prisa y Halley suspiró con alivio antes de ser aplastada por el pánico. Cuando él vio que no había sangre ni heridas, sostuvo el rostro de su esposa entre las manos y la besó con premura.

—Timothy, por favor, va a volver... —urgió ella entre sus labios.

—Tenemos que marcharnos de aquí cuanto antes, así que estate quieta para que pueda cortar las cuerdas —contestó su marido, sacando una navaja de su bota—. ¿Estás bien?

—Sí, creo, no me ha herido, aunque me duele mucho la cabeza —dijo ella, que sentía como las fuerzas la abandonaban poco a poco.

—No te preocupes, preciosa, te llevaré a un médico en cuanto salgamos de aquí.

Halley estaba a punto de responder cuando el inconfundible sonido de un aplauso surgió de entre las sombras y una risa seca la paralizó en el acto. Se volvieron para ver a Russell de pie sobre la plataforma de mandos de la cinta transportadora.

—Hermosa y romántica escena, ¡el héroe viene a salvar a su dama! —exclamó—. En realidad, debo darte las gracias, cuñado, gracias a tu visita me has ahorrado tener que ir a buscarte más tarde. Podré matar dos pájaros de un tiro.

—Para llegar a Halley tendrás que pasar por encima de mi cadáver —dijo Timothy.

—Sí, esa es la idea.

Apenas terminó de hablar, Russell sacó la pistola y disparó a Timothy, que se apartó en el último momento. La bala impactó en el suelo, a su lado. Halley forcejeó para liberarse y ayudarlo, cuando de pronto el grupo de agentes de la ley irrumpió en el lugar y comenzaron a devolver los disparos. Cuando logró soltarse las ataduras, Halley tomó el brazo de su esposo y echaron a correr hacia las escaleras que subían a la plataforma de metal donde estaba Carbury. Un nuevo disparo impactó a centímetros de sus cabezas y Timothy se cansó de aquel juego del gato y el ratón.

—¡Vaya, vaya, Richemond, has venido con la policía! ¡Eres una rata cobarde! —gritó Russell.

—¡Es lo mínimo que te mereces, hijo de perra! —exclamó Timothy.

Mientras uno de los agentes conducía a Halley hacia las escaleras de salida, el conde estiró el brazo para ganar estabilidad y no errar la puntería. Apuntó y disparó. El grito de Russell le indicó que había acertado en el blanco, así que corrió hacia donde este se escondía para terminar de una vez. Sin embargo, en cuanto cruzó la esquina, un disparo le impactó en el hombro y lo derribó. Russell se rio y lo miró desde arriba. Le sangraba la pierna a la altura del muslo, pero no parecía importarle.

—Necio niñato malcriado, ni siquiera sabes disparar como es debido —se burló—. Si hubieses dedicado más tiempo a perfeccionar tus habilidades en vez de a desflorar señoritas no estarías aquí ahora, herido y sangrando.

—Y nadie dice que no lo haya hecho, Carbury —dijo Timothy moviendo la pierna para derribar a Russell, que se tambaleó y cayó hacia el borde, para sujetarse con los dedos a la repisa. Timothy se levantó y lo miró desde arriba—. Al fin pagarás lo que le hiciste a mi hermana, malnacido.

—Excelente, pero... ¿podrá tu mujer perdonarte si me dejas caer? —se burló el otro.

Halley y cuatro de los policías observaban la escena desde las escaleras. Russell se sujetaba al borde cada vez con más dificultad, se veía cómo unas gruesas gotas de sudor le caían por la frente y que tenía las mejillas rojas por el esfuerzo. Timothy clavó los ojos en los de Halley, que se aferraba al agente horrorizada, y lo supo. No podía dejar morir allí a aquel desgraciado. Lo enviarían a la cárcel tras darle las pruebas a la policía y, pasaría el resto de su vida a la sombra.

Con todo el dolor del mundo, se agachó para ayudarlo y, una vez lo tuvo bien sujeto, tiró hacia arriba de él para subirlo a la plataforma.

Pero Russell tenía otros planes, y se impulsó para tirar a Timothy al precipicio.

—¡Tim! —gritó Halley.

Entonces todo sucedió muy rápido. El agente de policía que dirigía al grupo, que había seguido a Timothy, llegó a tiempo de ver a ambos, Russell y el conde, sujetándose del borde de la plataforma con dedos temblorosos. Se agachó para ayudarlos y enseguida se les unió el agente Hopkins. Solo cuando su esposo estuvo a salvo y lejos del borde, Halley pudo respirar tranquila. El jefe le enfundó unas pesadas esposas de hierro a Russell, mientras Hopkins lo sujetaba por la espalda.

—Russell Carbury, queda detenido por el secuestro de la duquesa *lady* Halley Richemond-Hasford, el asesinato de *lady* Edith Cottigam y el intento de asesinato de lord Timothy Richemond, duque de Casterberg y conde de Armfield —declaró—. No se moleste en refutar lo segundo, los cinco agentes aquí presentes han escuchado sus declaraciones. Tiene derecho a permanecer en silencio, y le recomiendo hacerlo, no empeore su situación.

—¡Y un demonio! —exclamó Russell—. ¡No tienen nada en mi contra, cerdos!

—Cállese de una vez, Carbury, va a pasar muchísimo tiempo a la sombra —resopló el agente Hopkins y comenzó a conducirlo hacia la salida.

Al fin la pesadilla había terminado, pensó Timothy. Había cumplido la promesa que le hizo a la señora Carbury al dejar vivir a su hijo. Se había restaurado el honor de Clarice, de Bethany, de *lady* Cottigam y de quién sabe cuántas mujeres inocentes. Russell iba a pagar sus crímenes en la cárcel con el duro trabajo de sus manos. Satisfecho, Timothy corrió a reunirse con Halley. Solo cuando la tuvo entre sus brazos pudo latir su corazón.

La justicia había triunfado.

Capítulo 23

El amor alivia como la luz del sol tras la lluvia.

WILLIAM SHAKESPEARE

Cloverfield, Mansión Armfield.
Primavera, 1867

La brisa entró dulce y cargada de aromas florales cuando Timothy abrió las puertas de la biblioteca de la casa Richemond. Los criados habían ventilado y limpiado el lugar a conciencia. Él no pasaba demasiado tiempo allí, cuando le apetecía leer lo hacía en el salón o en su despacho, pero todo era diferente ahora que Halley iba a vivir en esa casa. Su sonrisa se amplió al pensar en la joven que caminaba tras él y se volvió para observar su reacción.

Halley miraba la habitación con los ojos brillantes y, al notar los de su esposo sobre ella, se mordió los labios como una niña pequeña que mirase una piruleta, pero deseara el permiso de su niñera para morderla. Timothy asintió y Halley alzó la mano para tocar una de las estanterías.

El duque de Casterberg no se sorprendió al ver la sección que había elegido: historia del mundo clásico.

—¿Te gusta? Tal vez mi biblioteca no sea tan grande como la de Casterberg Hill, pero puedo presumir de tener varios de los libros más antiguos que se pueden obtener en Inglaterra, legado directo de mis antepasados —dijo Timothy.

—Es sencillamente perfecta —contestó Halley emocionada—. ¡No te imaginas la de horas que pienso pasar aquí, sentada junto a la chimenea! Leeré cuentos con Edwin, descubriré a grandes autores y me relajaré con el aroma y el tacto de las páginas.

—Vaya, veo que yo no entro en tu ecuación... Me rompes el corazón, preciosa.

La joven se rio ante el tono de voz que había utilizado él y se volvió para encararlo. Alzó los brazos para rodearle el cuello y rozarle los labios, y Timothy sonrió.

—Es cierto, tú no entras en mi ecuación. Para ti tengo ideas mejores que pasar el tiempo leyendo juntos en la biblioteca —dijo Halley.

—¿Y esas ideas son cariñosas? —comentó él sonriendo de medio lado.

—Ajá.

—¿Y atrevidas?

—Por supuesto.

—Y no estamos hablando de hornear galletas con pimienta, ¿verdad?

Halley le pellizcó en el brazo por la burla. Sabía bien de lo que estaban hablando y pretendía ruborizarla.

—¡Timothy, basta! Eres un descarado...

—¡Y a mucha honra, amor mío! —dijo él atrapando sus labios.

Halley se rindió y se entregó al beso en cuerpo y alma. ¡Cuánto amaba a ese hombre! Si alguien le hubiese dicho hacía dos años que ella, que había pensado que el amor eran fantasías para los libros y había renegado del mismo, iba a estar loca de alegría en los brazos del hombre más mujeriego de York, jamás lo hubiese creído. Por suerte, la vida era sabia y ponía las cosas en su lugar. Y el suyo estaba junto a Timothy.

Cuando se separaron, él la envolvió en un abrazo protector. Nunca se había sentido más feliz, y al fin, después de tantos años, podía decir que la mujer que amaba lo amaba por quien era, y no por ambición. Halley era el bálsamo que necesitaba para cerrar la herida que Elisabeth dejó en su alma, y al fin entendía lo que significaba amar de verdad. Después de todo, podía ser feliz.

Habían pasado dos meses desde el encarcelamiento de Russell, dos meses que habían tenido que pasar en Londres para terminar de cerrar la investigación. Le entregaron a la policía el frasco y las cartas que habían obtenido, tanto la que guardaba Russell en su armario, la que hablaba sobre cómo pensaba envenenar a Edith, como la nota de amenaza a Halley y Timothy del Día de Año Nuevo. Tras el testimonio de los criados de la casa Cottigam y de Bethany, Russell fue condenado a cadena perpetua.

Ellos se habían mudado definitivamente a Cloverfield. Londres y Casterberg guardaban algunos malos recuerdos, y la pareja prefería volar lejos de allí. Además, la madre de

Halley con su presencia, a menudo insidiosa, suponía un peso para la joven. Solo Molly y Josephine los acompañaron, pues su presencia era imprescindible para la felicidad de Halley.

—Tengo una sorpresa más para ti —dijo Timothy de pronto.

—¿Otra sorpresa? Dios mío, Tim, vas a malcriarme con tanto regalo —bromeó ella.

—¡Y lo haré con mucho gusto! Sin embargo, creo que este no te lo esperas.

Antes de que ella pudiese preguntar al respecto, el señor de Armfield y Casterberg Hill se sacó un grueso sobre que llevaba escondido entre la camisa y el chaleco y se lo tendió. Ella lo sostuvo con la curiosidad burbujeando en el estómago como si fuera una bandada de mariposas.

—¿Qué es? —preguntó.

—Ábrelo y verás —respondió Timothy.

Halley se apresuró a romper el sello de cera roja que unía el papel y arrojó el sobre al suelo, para encontrar un documento escrito en pergamino y una nota. Sorprendida, leyó el titular, y a medida que lo hacía iba levantando las cejas de puro asombro. «No puede ser cierto...», pensó, con el corazón acelerado.

Título de propiedad de la Casa de la caridad
Condesa de Armfield

Halley comprobó que no se trataba de un error, aquello eran las escrituras a su nombre de lo que antaño había sido el asilo de St. Francis Haven, el mismo tugurio de Bethnal

Green donde estaba recluida la señora Meredith Carbury. Con el corazón latiendo a toda velocidad, se apresuró a leer la misiva del administrador.

> *Estimado lord Richemond, me complace informarle de que la transacción ha quedado finalizada, tal y como solicitó. Legalmente es usted dueño de la casa de caridad, que ha sido convenientemente renovada con las mejores comodidades y empleados a la altura.*
>
> *Los residentes han sido reubicados en las nuevas habitaciones, y con la ampliación del ala sur se ha dado cabida a la zona de orfanato. El comedor social abrirá dentro de unos días, y esperamos que su esposa, madrina del lugar, acuda a su inauguración.*

Halley notó que se le llenaban los ojos de lágrimas, pero siguió leyendo.

> *Todos los habitantes de los barrios humildes de Londres le dan las gracias por su generosidad, milord, y le deseamos una vida feliz y plena junto a lady Hasford.*
>
> *Con mis cordiales saludos:*
>
> > *Alfred Black,*
> > *administrador de Casa de la caridad*
> > *Condesa de Armfield.*

—Oh, Timothy... —sollozó Halley.

—He pensado que, para sanar las heridas que Russell Carbury ha infligido a tanta gente, no había mejor cura que comprar ese lugar dejado de la mano de Dios y darle la atención que se merece, ayudando de paso a su desdichada madre —explicó él, limpiándole las lágrimas con el pulgar—. He despedido a aquella mujer horrible que nos recibió y a cambio he contratado a muchas personas que necesitaban un jornal y que tratarán bien a los ancianos, mendigos y niños huérfanos que vivan allí a partir de ahora.

—¿Y le has puesto mi nombre a una obra que solo a ti te corresponde?

—No hay nadie más generoso y desinteresado que tú, preciosa, si alguien merece ser madrina del lugar, lo tengo delante —contestó Timothy—. ¿No te gusta?

—No puede ser más perfecto, lo mejor que podías haberme dado —sonrió Halley—. Tienes un gran corazón, Tim, y me enfrentaré con cualquiera que se atreva a negarlo.

—Oh, lo sé... y me encantará verte hacerlo —dijo él con una leve risa.

La joven puso los ojos en blanco antes de besarlo. Olvidados quedaron el sobre y los documentos. Halley se dejó llevar por las caricias y el corazón le dio un vuelco de felicidad cuando él le rozó de nuevo la boca de forma fugaz.

—¿Te alegras de estar en esta casa? —inquirió Timothy al apartarse.

—Muchísimo, creo que voy a sentirla más como un hogar que Casterberg Hill —admitió Halley—. Además, tener de vecinos a Byron, Emily, Eleanor y Aiden es algo de lo que nunca me oirás quejarme, los aprecio mucho.

—Tal vez cuando estrenemos la casa podamos hacerles una visita —sugirió él.

—Oh, conque «estrenarla», ¿eh?

—Sí, Aiden dice que eso trae buena suerte.

Nada más oírlo, Halley rompió a reír a carcajadas. Timothy no pudo evitarlo y se unió a ella, ver feliz a su esposa era música celestial. Estaba a punto de volver a besarla cuando la puerta de la biblioteca se abrió y una figura conocida entró a paso rápido. El pequeño Edwin estaba contento y muy emocionado.

—¡Papá, papá, tienes que venir, rápido! —dijo el niño.

—¿Qué ocurre, hijo? —inquirió Timothy.

—¡He encontrado una madriguera en el jardín y está llena de topillos! —exclamó—. ¡Ven tú también, Halley, quiero que los veas!

—¡No me los perdería por nada del mundo, Eddie! —asintió ella tomando la mano del niño con una sonrisa.

Timothy lo tomó de la otra mano y juntos se encaminaron al jardín del que desde hoy iba a ser su hogar. Timothy y Halley se miraron, su futuro acababa de empezar.

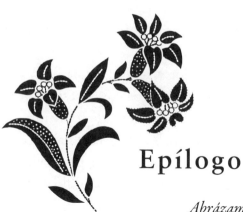

Epílogo

Abrázame con tus cálidos brazos
mientras las pálidas estrellas brillan.
Y viviremos el resto de nuestra vida
entre las delicias de un amor viviente.

ELLA WHEELER WILCOX

Esciro, Grecia.
Verano, 1867

Cuando el guía hizo una pausa para que los visitantes pudiesen tomar un tentempié, Timothy sacó su cantimplora y desenroscó el tapón para dar un largo trago de agua. Nunca habría imaginado que el calor del sur del Mediterráneo fuera tan aplastante, apenas estaban a inicios de junio y ya estaban a más de treinta y cinco grados a media mañana. Nada que ver con las temperaturas frescas de Inglaterra. Sin embargo, estuvo de acuerdo con Halley en considerar Grecia un pequeño Edén. La gente era agradable y los paisajes muy bellos, sus costas eran de un intenso color azul celeste, sus aguas, calientes como una terma y la comida, una delicia de vibrantes sabores.

Aquel estaba siendo el mejor viaje que había hecho en toda su vida, y lo mejor era que estaba con su esposa para compartir esa alegría. Halley se había sentado sobre una columna caída con las mejillas sonrosadas. El sol había coloreado su piel a pesar de llevar un sombrerito, pero la joven parecía ajena a todo mientras mordía un bocadillo de pavo asado. Timothy sonrió mientras se sentaba a su lado y le robaba un trozo.

—¡Eh, eso era mío! —señaló Halley.

Él se encogió de hombros guiñándole un ojo antes de comerse el bocadito.

—¿Te alegras de estar en el palacio de tu adorado Aquiles? —inquirió mientras se relamía el índice y el pulgar, antes de limpiarse sobre la pernera del pantalón.

—¡Claro que sí! Es precioso, el lugar más bonito que hemos visitado de momento —asintió ella—. ¿Acaso te arrepientes de haber venido?

—Por supuesto que no, hay que conocer al enemigo y aquí es donde vivió.

Halley arrugó la nariz. Entonces recordó la charla que tuvieron en su primera cita propiamente dicha, en el zoo, cuando él preguntó si debía ponerse celoso del semidios y ella le aseguró que él, su marido ahora, era su campeón entre todos los mortales. Una risa escapó de sus labios. ¡Ese hombre era un caso!

—Bueno, no te preocupes, amor mío, en algo le llevas ventaja a Aquiles —dijo.

—¿De qué estás hablando? —preguntó Timothy.

—Aquiles solo tuvo un hijo, ¿recuerdas? Mientras que tú ya vas a tener dos.

Nada más oírlo, Timothy se levantó de golpe, como si no pudiese creer lo que ella acababa de decir. ¿Acaso le estaba diciendo que...?

—¿Estás encinta?

—Así es, el médico del hotel me lo ha confirmado esta misma mañana —asintió ella.

—¡Dios, Halley, es maravilloso! —exclamó Timothy, que tiró de ella para estrecharla entre sus brazos—. ¡Tú eres maravillosa!

Sin esperar respuesta, el conde de Armfield y duque de Casterberg la cargó y dio vueltas con ella entre sus brazos. Halley se rio mientras giraban y sus compañeros de excursión se volvieron a mirarlos. Timothy no cabía en sí de felicidad, y cuando bajó a la joven al suelo elevó las manos y gritó a los cuatro vientos.

—¡Voy a ser padre! —anunció.

Un mar de aplausos rodeó a la pareja, y Halley se sonrojó como una granada cuando Timothy le alzó el mentón para atrapar sus labios en un beso. En ese instante se sentía la mujer más feliz de la tierra y no le importaba que hubiera decenas de testigos mirando. Amaba a Timothy con toda su alma y quería que todos lo supieran.

—¿Sabes? Me alegro de que Russell entrara en mi vida, de no ser por eso jamás te habría conocido —dijo Timothy al separarse y la miró a los ojos—. Te amo, Halley, no te haces una idea de cuánto.

—Yo también te amo —murmuró ella.

Timothy asintió y le rozó la nariz con un beso de mariposa.

—¿Volvemos con el grupo? Quiero ir al hotel para enviar un telegrama a casa, que todos sean tan felices como lo soy yo —propuso Timothy.

—Está bien, volvamos.

Comenzaron a caminar hacia el brillante sol tomados de la mano. El futuro estaba a sus pies y su camino era un sendero que apenas estaban comenzando. Timothy sonrió ante esa idea. Con Halley a su lado, lo recorrería feliz.

POEMARIO

No soy tuya, no estoy perdida en ti.
No estoy perdida, aunque anhelo perderme
como la llama de una vela al mediodía.
Perderme como un copo de nieve en el mar.
Sara Teasdale. Fragmento de «No soy tuya»

Hoy la tierra y los cielos me sonríen;
hoy llega al fondo de mi alma el sol.
Hoy la he visto..., la he visto y me ha mirado...
¡Hoy creo en Dios!
Gustavo Adolfo Bécquer. «Rima XVII»

Bébeme solo con tus ojos
y yo me comprometeré con los míos.
O deja un beso en la copa y no buscaré el vino.
Ben Jonson. Fragmento de «Para Celia»

Cartas de amor, si hay amor, deben ser ridículas.
Pero, de hecho, solo aquellos que nunca han escrito cartas
de amor son ridículos.

FERNANDO PESSOA.

Fragmento de «Cartas de amor»

Nada es singular en el mundo:
todo por una ley divina se encuentra y funde en un espíritu.
¿Por qué no el mío con el tuyo?

PERCY BYSSHE SHELLEY.

Fragmento de «Filosofía del amor»

Te doy mi palabra y te digo fielmente:
en la vida y después de la muerte eres mi reina.
Porque con mi muerte se verá toda la verdad.

GEOFFREY CHAUCER.

Fragmento de «Rondel de belleza despiadada»

¿Deseas ser amado?
No pierdas, pues, el rumbo de tu corazón.
Solo aquello que eres has de ser, y aquello que no eres, no.

EDGAR ALLAN POE. Fragmento de «¿Deseas ser amado?»

El amor no se altera en breves horas o semanas,
sino que se confirma hasta la muerte.

Si esto es erróneo y puede ser probado,
nunca escribí, ni hombre alguno amó jamás.
WILLIAM SHAKESPEARE. Fragmento de «Soneto 116»

Me amas, y aún te veo como un espíritu
hermoso y brillante.
Sin embargo, soy yo quien anhela perderse
como una luz en la luz.
SARA TEASDALE. Fragmento de «No soy tuya»

Ella me ama más cuando
canto las canciones que la hacen llorar.
SAMUEL TAYLOR COLERIDGE. Fragmento de «Amor»

No temo lo que el tiempo o el destino
puedan traer a la carga del corazón o la frente.
Fuerte en el amor que llegó tan tarde,
¡nuestras almas lo guardarán siempre!
ELIZABETH AKERS ALLEN. Fragmento de «At last»

Quiéreme día, quiéreme noche...
¡Y madrugada en la ventana abierta!
Si me quieres, no me recortes:
Quiéreme toda..., o no me quieras.
MARÍA LOYNAZ.
Fragmento de «Si me quieres, quiéreme entera»

La vida nos ha enseñado que el amor
no consiste en mirarse el uno al otro,
sino en mirar juntos en la misma dirección.
ANTOINE DE SAINT-EXUPÉRY

Solo tu palabra sanará la herida de mi corazón.
Mientras la herida está limpia, tus ojos pueden matarme.
Su belleza me estremece, a mí que una vez fui sereno.
GEOFFREY CHAUCER.
Fragmento de «Rondel de belleza despiadada»

¿Qué hicimos, a fe mía, hasta el instante de amarnos?
¿Apenas habíamos empezado a vivir hasta entonces?
JOHN DONNE. Fragmento de «Los buenos días»

Te amo como al oleaje que trae, con su suave hechizo,
el pasado a la vida otra vez.
Cuando la melodía y la luz de la luna se encuentran
para mezclar su tono y encanto, te amo.
Te amo como ama el pájaro la libertad de sus alas,
sobre las que se mueve alegre en el más salvaje viaje.
ELIZA ACTON. Fragmento de «Te amo a ti»

El tiempo es muy lento para los que esperan,
muy rápido para los que temen,

muy largo para los que sufren,
muy corto para los que gozan;
pero para quienes aman, el tiempo es eternidad.
WILLIAM SHAKESPEARE

El amor, cuando se revela, no se sabe revelar.
Sabe bien mirarla a ella, pero no le sabe hablar.
Quien quiere decir lo que siente,
no sabe qué va a declarar.
¡Ah, mas si ella adivinase, si pudiese oír o mirar,
y si un mirar le bastase para saber que amándola están!
FERNANDO PESSOA. Fragmento de «Presagio»

Llevo tu corazón conmigo
(lo llevo en mi corazón) nunca estoy sin él.
No le temo al destino
(ya que tú eres mi destino, cariño).
E.E CUMMINGS.
Fragmento de «Llevo tu corazón conmigo»

El Amor nos convoca y nos desgarra,
cubriendo nuestros hombros con sus alas;
Y lo mejor bien puede ser lo peor,
y lo odioso ser lo deseable.
ELLA WHEELER WILCOX.
Fragmento de «Ángel o Demonio»

347

Te amo con el aliento,
sonrisas, lágrimas, de toda mi vida.
Y, si Dios quiere,
solo te amaré mejor después de la muerte.

ELISABETH BARRET BROWNING.
Fragmento de «Cómo te amo»

Tan bella eres, mi dulce muchachita.
Tan profundo es mi amor que te seguiré amando,
querida, hasta que los mares se sequen.
Hasta que los mares se sequen, amada mía,
y las rocas se derritan con el sol.
Todavía te amaré,
querida, mientras corran las arenas de la vida.

ROBERT BURNS.
Fragmento de «Una rosa roja, roja»

El amor alivia como la luz del sol tras la lluvia.

WILLIAM SHAKESPEARE

Abrázame en tus cálidos brazos
mientras las pálidas estrellas brillan.
Y viviremos el resto de nuestra vida
entre las delicias de un amor viviente.

ELLA WHEELER WILCOX.
Fragmento de «Te amo»

Agradecimientos

Como siempre en cada historia que escribo, he intentado poner una pizquita de mí en ella. En este caso, confieso que comparto con Halley el amor por la poesía, ya que yo misma me inicié en la escritura con ella. Los poemas de amor que están en este libro me parecen de los más bonitos que jamás se han escrito, y fue mi abuela la primera en escuchar mis inexpertos pinitos. Gracias, Ma, por haber encendido en mi corazón las ganas de escribir y que otros me leyeran.

El silencio de las flores es una novela para entender y aceptar que el perdón es posible, y en *Casterberg Hill* quería darle redención a Timothy. Él era y es mi personaje preferido del mundillo que inicié en Cloverfield. Por eso deseo agradecer a Libros de Seda el haber confiado en su historia y hecho posible que viese la luz. A todas las personas que han trabajado en *Casterberg Hill* para dejarlo tan bonito como lo veis, sois unos profesionales.

A mi familia, que siempre ha apoyado mis sueños. En especial tú, Cristian, por aguantar mis quebraderos de cabeza, altibajos y temores con paciencia infinita.

A mis amigas, por estar ahí alentándome. Y a la pequeña comunidad *bookstagram* que he conocido desde que inicié mi aventura. Gracias, de todo corazón, sois maravillosas.

¿Sabéis que los libros que lee Halley, incluidos casi la totalidad de los poemas que aquí veis, son contemporáneos a ella e incluso anteriores? Buscarlos resultó complicado, pues poemas hay miles..., pero que expresen lo que yo quería contar en los capítulos, no tantos. Gracias a las páginas de poesía que recopilaban en abundancia las obras de cientos de autores anglosajones, en especial a *All Poetry.com*, y *Poets.org*.

Pero a quien más debo dar hoy las gracias es a vosotros, lectores, por aventuraros a leer esta historia y ser el aire que impulsa mi pluma. Muchas gracias a ti que me lees ahora.

¡Que el futuro traiga nuevas historias muy muy pronto!

Descarga la guía de lectura gratuita
de este libro en:
https://librosdeseda.com/